불가리아 출신
율리안 모데스트의 에스페란토 원작 장편소설

알리나 Alina

KB199976

율리안 모데스트(Julian Modest) 지음

알리나(에·한 대역)

인 쇄: 2025년 5월 14일 초판 1쇄
발 행: 2025년 5월 21일 초판 1쇄
지은이 : 율리안 모데스트(Julian Modest)
옮긴이 : 오태영(Mateno)
펴낸이: 오태영
출판사: 진달래
신고 번호: 제25100-2020-000085호
신고 일자: 2020.10.29
주 소: 서울시 구로구 부일로 985, 101호
전 화: 02-2688-1561
팩 스: 0504-200-1561
이메일: 5morning@naver.com
인쇄소: ㈜부건애드(성남시 수정구)

값: 15,000원
ISBN: 979-11-93760-24-6(03890)

불가리아 출신
율리안 모데스트의 에스페란토 원작 장편소설

알리나 Alina

율리안 모데스트(Julian Modest) 지음
오태영 옮김

진달래 출판사

원서

JULIAN MODEST
ALINA
romano, originale verkita en Esperanto

ISBN/ISSN : 9789538182150
Eldonloko, jaro : Đurđevac. 2024.
Eldoninto : DEC
Formato : 95 paĝoj.
Prezo: 18.00 €

목차(Enhavo)

알리나

1. 꽃그늘 아래, 끝없는 아픔이

알리나는 대학 수업을 마치고 오래된 밤나무들이 줄지어 선 대로를 따라 천천히 걷고 있다. 봄날 오후, 햇볕은 따뜻하다. 가느다란 바람결이 알리나의 부드러운 흑발을 살며시 쓰다듬는다. 그러나 아몬드 모양의 큰 눈동자엔 깊은 슬픔이 드리워져 있다. 꽃이 만개한 나무도, 짙푸른 하늘도, 오가는 사람들조차 눈에 들어오지 않는다. 지난 2주 동안, 슬픔과 날카로운 고통이 커다란 돌처럼 가슴 위에 내려앉아 있었다. 마치 죽음의 침묵이 지배하는 어둡고 차가운 세계 속에 홀로 갇힌 듯, 알리나는 끝나지 않는 악몽을 꾸고 있는 듯 했다.

아침이면 집을 나와 차를 타고 대학으로 가서, 오후엔 집으로 돌아오며 대로를 따라 걷고, 길을 건너고… 하지만 악몽은 끝날 기미를 보이지 않는다. 보이지 않는 단단한 손이 목을 짓눌러 숨조차 쉴 수 없고, 소리 내어 울 수도 없다. 땅과 하늘 사이, 어디에도 속하지 않은 채 떠도는 듯한 느낌에 사로잡혀 있다.

그 끔찍한 날, 알리나의 부모님이 교통사고로 세상을 떠난 지 꼭 이 주일이 지났다. 그것은 알리나 인생에서 가장 어두운, 악몽 같은 날이었다.

4월의 마지막 주, 부모님은 알리나의 이모 베라가 사는 라주르 마을로 차를 타고 떠났다. 화창한 4월의 아침이었다. 주말을 베라와 함께 보내고, 일요일 저녁이면 돌아올 예정이었다. 하지만 알리나는 슬라브 문학에 관한 논문을 써야 했기에 부모님과 동행하지 않았다.

부모님은 차를 타고 출발했다. 일요일 오후, 낯선 남자에게서 전화가 왔는데, 부모님이 교통사고를 당해 병원에 있다고 말했다. 알리나는 그 자리에서 의식을 잃었다. 정신을 차린 뒤 병원으로 달려갔는데, 그곳에서 부모님의 사망 소식을 들었다.

"우리가 할 수 있는 건 다 했습니다. 하지만 그들을 살릴 수는 없었습니다." 의사는 안타까운 표정으로 알리나를 바라보았다.

그 말을 듣자마자, 알리나는 깊은 심연으로 떨어졌다. 그 뒤로의 기억은 온통 희미하다. 병원을 나와 그림자처럼 걷고 또 걸었다.

며칠이 흘렀다. 알리나는 대학에 나갔다 돌아오기를 반복했지만, 몽유병자처럼 살아가고 있었다. 부모님이 떠나고 혼자 사는 넓은 집은 마치 선장도, 사람들도 없는 신비로운 배, 표류하는 배처럼 느껴졌다.

집에 돌아온 알리나는 외투를 벗어 가방과 함께 아무렇게나 소파에 던지고, 그 옆에 몸을 묻은 채 몇 시간이고 말없이 흰 벽만 바라보았다. 의식 속에서 기억들이 불꽃처럼 번뜩였다. 거대한 검은 날개를 펴고 갑자기 떠오르는 새처럼 잠깐 나타났다가 사라졌다. 부모님의 얼굴이 흰 벽 위에 아련하게 떠오른 듯했다. 그 얼굴들은 잠시 반짝이다가, 곧 짙은 안개 속으로 스며들듯 사라져버렸다.

기억은 천천히 의식속으로 스며들었다. 어린 시절, 아버지 품에 안겨 있다. 알리나가 주방에 있는데, 엄마는 점심을 준비하느라 요리하고 있다. 익힌 감자의 따뜻하고 고소한 냄새를 느낀다. 아름다운 공원이 나타난다. 나무는 커다란 푸른 모자를 닮은 울창한 원뿔모양이다. 꽃으로 뒤덮인 양탄자 같은 잔디밭 위에서 부모님과 함께 걷는다. 엄마는 민소매 여름 원피스를 입고, 눈은 매끄러운 구슬처럼 푸르고 빛났으며 희고 가느다란 팔은 마치 갈매기의 날개 같았다. 아빠는 노란 셔츠에 갈색 바지를 입고, 눈은 밤색으로 반짝거리며 머리카락은 진하게 검었다. 알리나는 엄마 아빠 사이에서 걷고 있었다.

그때 다섯 살이나 여섯 살쯤 되었을까. 하얀 구름 같은 드레스를 입고 꽃 같은 분홍빛 머리띠를 했다. 세 사람은 이 멋진 공원을 산책하고 있다. 저기

연못이 있고, 그 옆에는 그네와 미끄럼틀이 있는 아담한 어린이 놀이터가 있다. 알리나는 그네 쪽으로 달려간다. 아빠가 아이스크림을 사준다. 바닐라 향이 은은하게 퍼지는, 세상에서 가장 맛있는 아이스크림이다. 이후로 다시는 그런 아이스크림을 먹지 못했다.

공원과 나무, 꽃들은 다 어디로 사라져 버린 걸까? 아이들이 마음껏 뛰놀던 그 아담한 놀이터는 지금 어디에 있을까? 콧수염을 기르고 조금 통통한 아저씨가 세상에서 가장 맛있는 바닐라 아이스크림을 팔던 그 노점은 또 어디에 있을까? 왜 아빠와 엄마는 그렇게 갑자기 사라져버린 걸까? 왜 나를 혼자 남겨둔 걸까? 그들은 내가 이 크고 시끄러운 도시 한복판, 끝없이 펼쳐진 공원 속에서 길을 잃을까 봐 걱정되지 않았을까?

밤이 되면, 알리나는 종종 아주 조용한 발소리를 듣는다. 자고 있는 침대 곁으로 누군가가 천천히 다가온다. 눈을 뜨고, 가만히 그대로 누워있다. 누군가 침대 옆에 멈춘다. 알리나는 그 사람이 남자인지 여자인지 보지 못한다. 밤의 짙은 어둠 속에서 침대 옆에 누군가 멈춰 서 있는 기척이 느껴진다. 나중에 그것이 알리나 위로 고개를 숙인다. 알리나는 비명을 지르려 하지만, 할 수 없다. 보이지 않는 부드러운 손바닥이 이마를 어루만지기 시작한다. 그래, 바로 엄마의 손이다. 딸이 편히 자고 있는지 확인하러 온 엄마는 알리나를 쓰다듬는다. 알리나는 엄마를 보려고 눈을 크게 뜨지만, 짙은 어둠 속에 아무것도 보이지 않는다.

2. 빗속의 벤치, 잊히지 않는 자리

아침은 어둡고 음울하다. 비가 내린다. 빗방울이 유리창을 타고 조용히 흘러내린다. 마치 소녀의 매끄러운 뺨을 따라 흐르는 눈물처럼 보인다. 춥다. 바람은 매섭게 불어와 나뭇가지를 흔든다. 알리나는 창가에 서 있다. 회색 구름이 털이 북슬북슬한 늑대처럼 하늘 위를 느릿하게 기어 다닌다. 안뜰은 텅 비어 있다. 키 큰 호두나무 아래엔 외로이 벤치 하나가 놓여 있다. 그 벤치는 때때로 아버지가 앉아 있던 자리다. 여름날 오후에 혼자 앉아 호두나무를 바라보며, 아마 무언가 깊은 생각에 잠겨 있었을 것이다. 무슨 생각을 하고 계셨던 걸까? 이제 와서 알리나는, 옆에 앉아 이야기 한 번 제대로 나누지 못한 것을 후회한다. 아버지의 어린 시절, 청년 시절, 그리고 한 사람의 어른이 되어 살아온 지난 날에 대해 한 번도 묻지 않았다. 조부모님에 대해서도, 그분들이 어떤 사람이었는지, 무슨 일을 하셨는지 전혀 알지 못한다. 다만 외딴 마을에 살았고, 훗날 도시로 올라와 집을 지었다는 이야기를 어렴풋이 들었을 뿐이다. 그들은 어떻게 생겼을까? 그들은 알리나가 태어나기 전 세상을 떠났다. 또한 알리나는 아버지 쪽 친척에 대해서도 전혀 아는 바가 없다. 아버지는 형제도 자매도 없었고, 의사였으며 대학 교수였다. 하지만 알리나는 아버지의 대학동료를 알지 못했다. 부모님의 장례식에는 몇 사람만이 찾아왔고, 알리나는 그들의 이름도 몰랐다. 과연 부모님의 친구였을까, 아니면 단순한 지인이었을까?

아버지는 알리나를 무척 사랑했다. 아버지는 알리나를 '마녀'라고 불렀다. 왜 그랬을까? 어쩌면 그 말이 아버지의 맘에 드는 애칭이었으리라.

창밖의 비는 그칠 줄을 모른다. 벌써 5월인데, 방 안은 아직도 냉기 가득하다. 알리나는 옷장을 열고 옷가지를 하나하나 뒤지다, 빨간 스웨터를 꺼낸다. 2년 전, 어머니가 손수 떠주신 것이다. 의사였던 어머니는 뜨개질을 좋아하셨다. "뜨개질을 하면서 나는 쉬는 거야." 어머니가 자주 하시던 말이다. 가을에 시작해 겨울이 오기 전 완성한 그 스웨터를, 알리나는 종종 꺼내

입곤 했다.

어머니는 뜨개질뿐 아니라 요리도 손맛이 뛰어났고, 집안일을 정갈하게 돌보며, 가족을 위한 기념일이면 직접 장식도 꾸미셨다. 하지만 알리나는 어머니의 과거에 대해서도 아는 것이 거의 없다. 어머니는 작은 해변 마을 라주르에서 태어났고, 베라라는 여동생이 있었다. 그 베라 이모는 지금도 라주르에 살고 있다. 매년 여름, 알리나는 이모를 찾아가곤 했다. 부모님 역시 종종 그곳을 찾았는데, 결국 라주르에서 돌아오던 길에 사고가 난 것이다.

알리나는 아침을 먹으려고 부엌으로 발길을 옮긴다. 배가 고프진 않지만, 뭔가라도 입에 넣어야 할 것 같았다. 적어도 빵 한두 조각쯤은. 커피를 내리고, 빵 한 조각에 버터를 발라 천천히 입에 넣는다. 사실 집 밖으로 나가고 싶은 마음은 전혀 없지만, 오전에 어김없이 대학에 가야 한다. 오늘 몇 가지 수업과 실습이 예정되어 있다. 알리나는 방으로 돌아가 옷을 입기 시작한다. 길고 지친 하루가 될 것 같다고 생각한다.

3. 묻지 못한 말, 다하지 못한 사랑

이반 다비도프 교수는 민속사를 강의하고 있다. 쉰 살이며, 백발에 차가운 회색 눈을 가졌고, 커다란 안경을 쓰고 있었다. 언제나 회색 정장에 하얀 셔츠, 짙은 빨간색 넥타이를 즐겨 매는 스타일이었다. 늘 단조로운 어조로 말해서, 강의는 지루하기 이를 데 없었다. 알리나는 교수를 바라보고 있지만, 전혀 듣고 있지는 않았다. 문득 아버지가 미래의 의사가 될 학생들에게 강의하던 모습은 어땠을까 궁금해졌다. 아버지의 강의도 이렇게 지루했을까? 아니면 학생들의 관심을 끌기 위해 고심했을까? 아버지는 회색 정장을 좋아하지 않았고, 안경도 쓰지 않았다. 머리카락은 검었으며, 말수는 적었다. 아마 수업은 길게 하지 않았을 것이다. 알리나가 고등학생이었을 때, 부모님은 딸이 반드시 의학을 공부해야 한다고 고집했다. 어머니는 자주 이렇게 말씀하셨다.

"의대를 가려면 고등학교에서 화학이랑 생물학 성적이 좋아야 해."

"저는 의학을 공부하고 싶지 않아요." 알리나는 단호하게 말했다.

"왜 그러니?"

"저는 피가 흐르는 걸 보는 것도 싫고, 사람들이 고통받는 걸 보는 것도 못 견디겠어요."

"하지만 그건 가장 고귀한 직업이란다. 네가 사람들을 고쳐주면, 그들은 너에게 고마워할 거야." 어머니는 애써 설명하셨다.

"하지만 전 생물학도, 화학도 싫어요." 알리나는 더 단호하게 대답했다.

"열심히 공부하면, 흥미롭다는 걸 알게 될 거야."

"지루해요."

"그럼 무엇을 공부하고 싶니?" 어머니는 걱정스러운 눈빛으로 물으셨다. "넌 반드시 공부를 해서 대학생이 되어야 해. 고등교육을 받지 않으면, 네 삶은 아주 어려워질 거야."

"사람들은 고등교육 없이도 잘 살잖아요." 알리나는 다소 도발적으로 말했다.

"너는 꼭 고등교육을 받아야 해." 어머니는 단호하게 말씀하셨다. "그렇지 않으면, 넌 공장이나 작업장에서 힘들게 일하게 될 거야. 그럼 무엇을 공부하고 싶니?"

"아직 모르겠어요. 고등학교 졸업하고 나서 결정할게요."

"그럼 지금은 어떤 과목을 가장 좋아하니?" 어머니는 끊임없이 물으셨다.

"문학이요. 아마 문학을 공부하게 될 것 같아요."

"그래. 하지만 네가 의학을 공부하면, 아빠랑 내가 도와줄 수 있어. 더 쉽게 졸업할 수 있고, 결국엔 즐겁게 일할 수 있을 거야. 우린 네가 대도시의 큰 병원에서 의사가 되도록 도와줄 거고, 넌 좋은 월급을 받게 될 거야."

부모님은 항상 딸을 돕고 싶어 하셨다. 딸이 무엇을 원하는지, 무엇이 필요한지 늘 물어봐 주었다. 하지만 이제 그들이 떠난 뒤로는, 알리나에게 아무도 아무것도 묻지 않는다.

이제 알리나는 부모님이 무척 그립다. 특히 어머니는 늘 딸에게 이런저런 질문을 던지곤 하셨다. "넌 뭘 좋아하니? 뭘 공부할 거야? 어떤 일을 하고 싶니? 어떤 게 더 좋니?" 알리나는 마지못해 대답하곤 했고, 때로는 일부러 엄마가 싫어할 법한 말을 하며 짓궂게 굴기도 했다.

하지만 이제는 죄책감을 느낀다. 어머니의 뜻에 굳이 반대할 필요는 없었던 것이다. 어머니는 누구보다 딸을 사랑했고, 딸이 잘 지내도록 다 준비해 주신 것을 이제야 깨닫는다. 부모님께 한 번도 "사랑해요"라는 말을 직접 한 적은 없었지만, 알리나는 그들을 정말 사랑했다. 그들은 알리나의 부모님이었고, 알리나가 원하는 모든 것을 가지고 언제나 행복하고 기뻐하기를 바랐다. 알리나가 웃으면, 그들은 만족하여 눈빛이 빛났고, 그 순간 알리나는 자신이 그들에게 가장 소중한 존재라는 걸 느낄 수 있었다. 그들은 언제나 타인의 실수나 불친절한 말도 너그럽게 용서할 준비가 되어 있었다.

경제적으로도 부족함이 없었다. 급여가 많아서, 부모님은 알리나를 위해 아낌없이 지원해 주었다. 매년 여름, 가족은 고급 해변 리조트로 휴가를 떠났고, 해외여행도 즐겼다. 부다페스트, 비엔나, 파리…. 알리나는 찬란하고 아름다운 어린 시절을 보냈고, 그 모든 순간은 아직도 잊히지 않는다. 하지만 갑작스레 모든 것이 끝났다. 마치 한순간에 사라진 듯, 모든 것이 증발해 버렸다. 지금은 혼자이고, 무력하며, 삶의 방향을 잃었다. 현재의 삶은 마치 잿빛 비가 내리는 흐린 날씨처럼 우울하고 답답하다.

민속사 수업은 더 이상 참기 힘들었다. 수업이 끝나자마자 알리나는 대학 건물을 빠져나와, 근처의 카페 '국화'로 향했다.

4. 사랑하는 마녀야, 함께 춤을 추자

카페에는 사람이 거의 없었다. 알리나는 의자에 앉아 커피를 주문했다. 커피잔을 멍하니 바라보며 생각에 잠겨 있느라 누군가 다가오는 것도 알아차리지 못했다. 고개를 들어보니, 앞에 학교 친구 마리아가 서 있었다.

"안녕!" 마리아가 조심스럽게 인사했다.

"안녕!" 알리나는 낮게 중얼거렸다.

"옆에 앉아도 되니?"

"그럼."

마리아는 키가 작고, 작은 갈색 눈과 짙은 금발로 족제비처럼 날렵한 인상이었다.

"조의를 표할게. 부모님이 돌아가셨다는 소식 들었어."

"고마워." 알리나는 거의 속삭이듯 말했다.

"지금은 어떻게 지내니?"

알리나는 대답하지 않았다.

"시험 준비는 괜찮니?" 마리아가 조심스럽게 물었다.

"노력하고 있어. 이번 학년은 꼭 마쳐야 하니까."

"도와줄게. 도움이 필요하면 말해줘. 같이 시험공부 하자."

"고마워."

마리아는 지방 도시 출신으로, 지금은 수도에서 아파트를 빌려 살고 있었다. 알리나는 마리아의 부모님이 딸을 지원하느라 경제적으로 어려움을 겪고 있다는 사실을 알고 있었다. 그들은 마리아에게 정기적으로 돈을 보내려 애썼지만, 생활비를 감당하기엔 턱없이 부족했다. 마리아는 언제나 잘 살고 있다는 인상을 주기 위해 애썼다. 현대적이고 세련된 옷차림으로, 수도의 다른 젊은 여성들과 어깨를 나란히 하고 싶어 했다. 배가 고픈 날에도 마리아는 드레스나 블라우스 같은 화려한 옷을 사곤 했다. 지금 마리아는 갖고 싶어 하는 세련된 노란색 가방 이야기를 꺼냈다.

"그 가방 정말 예쁘고 우아해. 고급 가죽이고, 색도 노란색이며, 고급 매장 '판타지오'의 쇼윈도에 전시돼 있어. 하지만 가격이 만만치 않더라고 살려면 한동안 돈을 모아야만 해."

알리나는 마리아를 바라보지 않고, 조용히 이야기만 들었다. 저 노란색 가방이 마리아의 가장 큰 꿈이구나… 알리나는 마음속으로 생각했다.

마리아는 늘 드레스, 브래지어, 스타킹 이야기만 했다. 그것들이 마리아의 삶에서 가장 중요한 걸까? 알리나는 드레스, 블라우스, 가방을 많이 가지고 있었지만, 한 번도 그것들에 대해 말한 적이 없었다. 부모님은 늘 값비싼 옷과 물건들을 아낌없이 사주셨다. 고등학교를 졸업할 때, 부모님은 금 목걸이를 선물했고, 우아한 드레스와 외국산 신발도 사주셨다. 고등학교 졸업식 날, 아버지는 이렇게 말씀하셨다.

"오늘 밤은 '비엔나' 레스토랑에서 우리 딸의 졸업을 축하하자."

'비엔나'는 수도에서 가장 크고, 아름다운 레스토랑 중 하나였다. 그들을 위한 테이블은 오케스트라 자리에서 약간 떨어진 조용한 곳에 있었다. 아버지, 어머니, 알리나 세 사람이 자리에 앉자마자, 아버지를 잘 아는 듯한 친절한 젊은 종업원이 다가왔다.

"안녕하세요, 칸틸로프 교수님. 오늘 저녁엔 무엇을 드시겠습니까?"

아버지는 이 식당에 자주 왔고, 주인이나 종업원들과도 친분이 있었던 듯했다.

"오늘 저녁은 제 딸 알리나를 위한 자리인 만큼, 가장 맛있는 요리와 최고의 와인을 부탁해요."

"정통 레시피로 조리한 구운 양고기와 헝가리 와인 '바다초니'를 추천드립니다. 교수님께서도 아시다시피, 헝가리는 세계 최고의 와인을 생산합니다."

"맞아요, 헝가리 와인은 훌륭하지요. 고마워요."

종업원은 빠르게 물러났다. 날씬한 체형에 검은 곱슬머리, 그리고 짙은 타타르의 눈을 가지고 있었다. 알리나는 종업원을 힐끗 바라보았다. 이런 고급 레스토랑에 이렇게 잘생기고 젊은 종업원이 있을 줄은 몰랐다.

"여기 음식은 다 맛있어." 아버지가 말했다.

알리나는 아버지를 바라보았다. 아빠와 엄마는 알리나가 마치 대단한 업적을 이룬 듯이 기뻐하고 있었다. 그들은 딸을 행복하게 해주고 싶어 했고,

오늘 밤은 딸에게 잊을 수 없는 추억이 되길 바랐다. 그들은 알리나에 대한 사랑을 고급 선물로 표현하곤 했으며, 오늘 밤도 특별한 선물이었다.

종업원이 정성껏 음식을 내오고, 와인잔에 와인을 따랐다.

"맛있게 드십시오." 종업원은 미소 지으며 말했다.

세 사람은 조용히 식사를 시작했다. 아버지는 잔을 들어올리며 말했다.

"사랑하는 마녀야, 너의 삶이 동화처럼 아름답고 기적 같기를 바란다."

"고맙습니다, 아빠." 알리나는 잔을 들어올렸다.

오늘 저녁, 아버지는 특히 기분이 좋아 보였다. 밝은 파란색 정장에 노란색 셔츠, 체리색 넥타이를 매고 있었는데, 미소가 끊이지 않았다. 어머니도 매우 우아했다. 긴 붉은 드레스를 입고, 금 목걸이와 귀걸이, 다이아몬드 반지를 착용하고 있었다. 하늘빛 눈동자는 두 개의 맑은 호수처럼 반짝거렸다.

아버지는 종업원을 불러 디저트를 주문했다. 그들이 기다리는 동안, 어머니는 알리나에게 물었다.

"무슨 결정을 내렸니? 무엇을 공부하고 싶니?"

그 질문에 알리나의 표정이 굳어졌고, 아버지가 재빠르게 나섰다.

"지금은 그런 질문을 할 때가 아니야."

그 순간, 오케스트라가 왈츠를 연주하기 시작했다. 아버지는 자리에서 일어나 손을 내밀며 말했다.

"사랑하는 마녀야, 우리 춤추러 가자."

두 사람은 댄스 플로어로 나아갔다. 알리나는 아버지와 함께 춤을 추며 마치 구름 위를 걷는 듯한 기분을 느꼈다. 오늘 밤부터 진짜 삶이 시작되고, 아름답고 행복한 순간들이 앞으로 펼쳐지는 것처럼 느껴졌다.

5. 별이 뜨는 저녁, 사랑이 남긴 것들

5월의 날씨는 상쾌했다. 해가 지고, 낮과 밤이 갈라지는 순간이 찾아왔다. 하늘은 고요한 바다처럼 짙푸른 색을 띠고 있었다. 곧, 이 끝없는 푸른 하늘을 배경으로 별들이 작은 불꽃처럼 반짝이며 모습을 드러낼 것이다. 오늘도 어둡고 조용한 밤으로 잠겨 들 것이다. 알리나는 하늘을 올려다보았다.

'존재했던 모든 것은 어딘가에 흔적도 없이 사라지는 걸까?' 낮은 밤으로 스러지고, 그 낮이 사라지면서 오늘 있었던 모든 만남과 대화, 주고받은 말들도 함께 사라진다. 그렇게 매일 삶도, 꿈도, 욕망도, 행동도 사라져 간다. 우리의 부모님, 친척, 사랑하는 사람들도 그렇게 떠나고, 우리는 홀로 남는다. 영원한 것은, 이 깊고 신비로운 하늘뿐일까. 언젠가 우리도 모두 조용히, 아무 흔적 없이 사라지게 될까. 언제, 어떻게, 어디로 떠나게 될지는 아무도 모른다. 다시는 돌아올 수 없는 아주 먼 곳으로 말이다. 그렇게 갑자기 부모님은 떠나셨다고 알리나는 생각했다. '어디로? 그들은 지금 어디에 있을까?'

어렸을 적, 알리나는 사람은 죽지 않고 천국으로 날아간다는 말을 들었다. '부모님도 그곳으로 가신 걸까? 저 높은 하늘 어딘가에서 나를 내려다보고 계실까? 나를 생각하고 계실까? 나에게 무언가 전하고 싶으신 걸까? 살아계실 때 다 하지 못한 말이 있으셨을까? 지금이라도 나에게 조언을 해주실 수 있을까?'

부모님이 살아 계실 땐, 알리나는 그들의 조언을 듣고 싶지 않았다. 그 조언들이 지루하고 따분하게만 느껴졌다. 하지만 이제, 혼자 살아가는 법, 행동하는 법을 알려줄 사람이 필요했다. 이제야 알리나는, 부모님이 절실히 그리웠다.

그날 오후 내내, 알리나는 친구 로젠과 함께 시간을 보냈다. 고등학생 시절에 처음 로젠을 알게 되었다. 당시 로젠은 미술 대학에 다니고 있었다. 어느 날, 알리나는 시내 중심가 '르네상스' 거리에서 젊은 화가의 전시회

포스터를 보게 되었다. 그래서 갤러리를 찾았다. 오후의 갤러리는 한산했고, 넓은 전시장엔 사람이 하나도 없었다. 알리나는 천천히 주위를 둘러보았다. 벽에는 다양한 풍경화와 초상화가 걸려 있었다. 풍경화가 마음에 들었다. 산과 들판, 조용히 황금빛 모래사장 위로 밀려오는 파도가 일렁이는 바다가 있고, 누운 낙타처럼 보이는 노란 모래언덕이 있었다. 숲속에는 폭풍이 불고, 강한 바람에 부러진 나무와 가지들이 널브러져 있었다. 그리고 노란 드레스를 입고 카네이션을 든 어린 소녀의 초상화가 있고, 그 옆에는 어딘가를 응시하는 노인의 초상화가 걸려 있었다. 노인의 어두운 눈빛엔 피로와 깊은 외로움이 담겨 있었다.

어디선가 키가 크고 수염이 난 젊은 남자가 조용히 다가와 알리나 곁에 섰다. 처음에는 단순한 관람객이라 여겼지만, 더 자세히 살펴보았다. 머리카락은 우유를 섞은 커피빛이었고, 눈은 가을 바다처럼 짙은 녹색을 띠고 있었다. 젊은 남자가 말을 걸었다.

"풍경화를 좋아하시나요?"

"네, 좋아해요." 알리나가 대답했다.

"학생이시죠? 요즘 학생들은 잘 안 오던데요." 남자가 물었다.

"저는 그림을 좋아하고, 그리는 것도 좋아해요." 알리나가 대꾸했다.

"자주 그리시나요?"

"기분이 좋을 때 가끔 그려요." 알리나가 수줍게 대답했다.

"무엇을 주로 그리세요?"

"제 감정을 여러 색으로 표현해요." 알리나가 더듬거리며 말했다.

"믿기 어렵네요." 젊은 남자가 놀란 표정을 지었다.

알리나는 살짝 미소 지었다.

"제 이름은 로젠 밀코프입니다."

"이 그림들을 그린 화가시네요. 그렇죠?" 알리나는 놀라며 물었다.

"네. 이번 전시가 제 첫 번째 전시회예요."

그날 이후, 이 첫 만남 뒤 두 사람은 자주 만나며 가까워졌다. 결국 알리나의 어머니는 딸의 만남을 알게 되었고 어느 날 저녁, 단호하게 말했다.

"너는 나이가 훨씬 많은 남자와 데이트하고 있구나. 너는 아직 학생이야. 허락할 수 없어. 더 열심히 공부해야 하니까. 대학에 가려면 더 좋은 성적으로 학교를 졸업해야 하거든."

알리나는 아무 말도 하지 않았다. 로젠과의 만남을 결코 그만둘 수 없었다. 다시는 로젠을 보지 못한다는 건 상상조차 하기 싫었다.

아버지도 말했다.

"그 청년이 미술 대학 학생이라 들었다. 이제 화가가 될 거고, 예술가가 되겠지. 예술가들은 현실이 아닌 환상을 좇는다. 바람을 쫓고 구름 위를 걷는 사람들이다. 그런 사람들은 진지하지 않아."

알리나는 아무 대답도 하지 않았다. 로젠을 사랑했지만, 부모님께는 차마 말하지 못했다. 말한다 해도 비웃음만 돌아올 것 같았다. '부모님은 사랑이 뭔지 알기나 할까? 사랑이란 누군가와 함께 있고 싶어하는 불타는 욕망이며, 그 사람의 이야기를 듣고 싶어하고, 그 사람의 꿈과 열망에 대해 듣고 싶어하고, 그 사람의 꿈이 당신의 꿈과 같다고 느끼고 싶어하고, 당신과 그 사람이 같은 방식으로 생각하고, 같은 것을 좋아한다고 느끼고 싶어하는 욕망이라는 것을 이해할까?'

어느 날 저녁, 알리나는 침실에서 나누는 부모님의 대화를 우연히 듣게 되었다.

"혹시 우리 아이가 임신을 하면 어쩌죠? 그건 정말 끔찍해요!" 어머니가 걱정스레 말했다.

"우린 뭘 해야 하지? 강제로 만남을 막을 순 없잖아. 금단의 열매가 가장 달콤하다는 걸 당신은 잘 알잖아. 신조차도 이브가 사과를 따는 걸 막지 못했지." 아버지가 말했다.

"하지만 정말 걱정돼요. 밤마다 잠도 오질 않아요."

"아무것도 모른 척합시다. 우리 아이는 똑똑하니까, 아직 사랑을 하기에 이르다는 걸 알겠지."

"당신 말이 맞을지도 모르겠네요. 하지만, 우리가 청년을 직접 만나서 우리 아이를 그만 만나라고 말해야 할까요?"

"아니! 그럴 필요 없어."

아버지는 단호하게 말했다.

"그렇게 하면 오히려 상황이 더 악화될 거야. 알리나가 우리를 원망하게 될 거야. 분노에 휩싸여, 어쩌면 집을 나가 청년과 함께 살겠다고 나설 수도 있어. 청년을 사랑한다는 건 확실해. 너무나도 뚜렷하게 보여. 눈빛이 그걸 말하고 있고, 말에서도 사랑이 느껴져."

"그 아이의 첫사랑이지요."

어머니가 조심스럽게 말을 이었다.

"좋아요, 조금만 더 기다려봐요. 어쩌면 이 첫사랑도 잘 지나갈 수 있을 거예요."

6. 지붕 아래 바람, 창문 너머 별빛

알리나는 로젠의 밝고 넓은 다락방을 좋아했다. 두 개의 큰 창문 너머로는 깊고 푸른 하늘이 한눈에 들어왔다. 방 안에는 가구가 거의 없었다. 작은 탁자, 소파, 책이 꽂힌 선반, 이젤, 그리고 벽에 기대어 놓인 수많은 그림뿐이었다.

알리나는 소파에 앉아 로젠을 바라보았다. 로젠은 마치 알리나가 방 안에 있다는 사실을 잊은 듯, 오직 그림에만 몰두하고 있었다. 알리나는 로젠이 그림을 그리는 모습을 보는 것이 좋았다. 그런 순간의 로젠은 마치 색채에 사로잡혀 어딘가 다른 세상에 있는 듯 보였다. '로젠은 그림을 그리면서 어떤 감정을 느낄까 세상을 어떻게 볼까?' 알리나는 궁금했다. 로젠은 말수가 적어서, 알리나는 로젠이 말을 대신해 그림으로 감정과 생각을 표현한다고 느꼈다. 그렇다. 로젠은 색으로 자신을 말하고 있었다. 기쁠 때, 감동받았을 때, 혹은 감정이 격해질 때 붓을 들었다. 그림은 삶이었고, 알리나는 그런 모습이 좋았다. 알리나는 언젠가 자신도 슬픔과 고통을 잊게 해주는 비슷한 직업을 가지리라 꿈꿨다. 마음의 위안을 줄 수 있는 일을 하고 싶었다. 때때로 그림을 그렸지만, 로젠처럼 전적으로 몰입하지는 못했다. 부모님이 돌아가신 후, 알리나는 그림을 멈췄다. 다시는 하얀 캔버스 앞에 설 수 없을 거라 생각했다. 하얀 캔버스는 수의처럼 느껴졌다. 자신의 슬픔을 그림으로 표현할 수 있는 힘이 없었다. 오히려 그리기 시작하면 마음속의 고통이 더 날카롭고 깊어질 것만 같았다.

로젠이 붓을 내려놓고 알리나를 바라보며 말했다.

"이제 점심을 먹어야겠어."

휴대전화를 꺼내 음식을 주문했다. 30분쯤 지나자 젊은 배달원이 점심을 가져왔다. 두 사람은 작은 탁자에 마주 앉아 식사를 시작했다. 로젠은 맥주병을 열고 잔에 조심스레 따랐다.

"힘들다는 걸 알아."

로젠이 조용히 말했다.

"하지만 혼자 있는 건 아니잖아. 내가 늘 곁에 있잖아."

"고마워요."

"당신의 삶을 계속 살아가야 해."

"그래요." 알리나는 속삭이듯 대답했다.

"인생엔 밝은 날도 있고, 어두운 날도 있어. 모든 것이 끝났다고 느껴지는 순간도 있지."

"당신도 그런 순간이 있었어요?" 알리나가 물었다.

"그럼. 누구나 슬픈 날이 있고, 괴로운 시절이 있어. 그런 날들이 없었다면, 우리는 기쁨이 얼마나 소중한지도 모를 거야. 슬픔이 있기에 우리는 더 깊이 행복을 느낄 수 있거든."

"당신 말이 맞으면 좋겠어요."

알리나가 말했다. 로젠은 부드럽게 알리나를 쓰다듬었다.

점심을 마친 뒤, 알리나는 말했다.

"저, 이제 가야겠어요."

"왜 이렇게 서둘러?" 로젠이 물었다.

"당신이 곁에 있을 땐, 그림이 더 잘 그려져."

"내일 수업 준비를 해야 해요. 수업 끝나고 다시 올게요."

알리나는 약속했다.

"기다릴게."

알리나는 자리를 떠났다. 지하철역은 한산했다. 열차가 도착하자 조용히 올라타 자리에 앉았다. 왼편에는 노인이 있었고, 그 옆엔 어린 딸을 데려온 어머니가, 그리고 식료품 가득 든 가방을 든 여인이 앉아 있었다. 사람들은 저마다 조용히 생각에 잠겨 있었다. 고민과 걱정, 삶의 무게를 안고 가는 이들이었다. '이들도 어쩌면 나와 같은 슬픔과 고통을 겪고 있을지도 몰라.' 알리나는 생각했다. '혹시 이들 중에도 외롭게 살아가는 이들이 있을까? 로젠이 없다면, 나는 어떤 기분일까? 소리도, 빛도 없는 세상에 혼자 떨어진 듯한 기분이 들 거야. 엄마가 나를 로젠과 떼어놓지 않아서 다행이야.'

지하철에서 내린 알리나는 길을 따라 부자들이 사는 동네에 있는 집으로 걸어갔다. 마당에는 꽃과 과일나무들이 어우러져 있는 멋진 건물들이 늘어서 있었다. 어떤 곳엔 정자와 분수가 있었고, 또 어떤 곳엔 작은 연못이 자리잡고 있었다.

알리나의 집은 높은 철제 울타리로 둘러싸여 있었다. 가방에서 열쇠를 꺼내 철문을 열고, 마당을 지나 현관 문 앞에 섰다. 또 자물쇠를 열고 복도에 들어선 순간, 알리나는 이상한 기운을 느꼈다. 가슴이 요동치듯 뛰기 시작했다. 방문을 열고 들어서는 순간, 그 자리에 얼어붙고 말았다. 큰 방 안은 아수라장이었다. 장농은 모두 열려 있었고, 서랍들은 바닥에 흩어져 있었다.

"도…도둑!" 알리나는 비명을 질렀다.

도망치려 돌아섰지만, 발이 땅에 붙은 듯 움직이지 않았다. 발이 마비된 듯, 팔이 잘린 듯 말을 듣지 않았다.

모든 것이 엉망이었다. 바닥에는 책, 신문, 옷, 깨진 유리잔과 접시들이 너저분하게 흩어져 있었다. 마치 지진이나 폭풍이 방을 휩쓸고 지나간 것 같았다.

알리나는 한동안 말없이, 그대로 서 있었다. 소리를 내고 싶었지만, 목소리가 나오지 않았다. 얼마나 오래 돌처럼 그 자리에 멈춰 서 있었는지 기억하지 못했다. 정신을 차린 알리나는 가방에서 휴대전화를 꺼내 떨리는 목소리로 로젠에게 전화를 걸었다.

"로젠… 제발 빨리 와요. 끔찍한 일이 일어났어요."

"금방 갈게."

로젠은 그렇게 말하며 옷조차 갈아입을 겨를이 없었다. 페인트 얼룩이 묻은 작업복 차림 그대로 거리로 뛰쳐나왔다. 급히 지나가던 택시를 잡아탄 뒤 행선지를 말하고 사고가 났으니 빨리 가 달라고 기사에게 부탁했다. 로젠의 긴장한 얼굴에 택시기사는 걱정스러운 눈빛을 보냈다.

택시는 알리나의 집 앞에 멈춰 섰다. 로젠은 마당을 가로질러 달려 들어갔다. 방 문을 열고 깜짝 놀라서 알리나를 끌어안고 말했다.

"울지 마. 내가 여기 있어."

알리나는 품 안에서 비둘기처럼 떨고 있었다.

"당신에게 아무 일 없는 게 중요해."

로젠은 조심스레 다독였다.

알리나의 뜨거운 눈물이 볼을 타고 흘러내렸다.

"경찰에 신고하자. 아무것도 손대지 말고 그대로 둬. 경찰이 와서 하나하나 조사할 거야."

도둑들이 알리나의 부모님이 돌아가신 사실을 어떻게 알았는지는 명확했다. 그들은 이 집이 부유하다는 것을 잘 알고 있었고, 며칠 전부터 알리나를 지켜보았을 것이다. 오늘 아침, 알리나가 학교에 간 틈을 타 집에 침입했다. 로젠은 집 안 구석구석을 살펴보았다. 마당에서 테라스로 통하는 유리문이 산산이 부서져 있었다. 그곳으로 도둑들이 들어왔다. 그들은 집 안을 샅샅이 뒤졌다. 옷장, 서랍, 책상, 책장, 심지어 주방 찬장과 냉장고까지도 예외는 아니었다.

로젠은 주방에서 차를 끓여 알리나에게 가져다주었다. 알리나는 안락의자에 앉아 멍하니 허공을 바라보며 꿈쩍도 하지 않았다. 더 이상 울지 않았지만, 마치 혼이 빠져나간 사람처럼 보였다.

"차 좀 마셔. 곧 경찰이 도착할 거야."

알리나는 따뜻한 찻잔을 들고 조심스레 한 모금 마셨다. 그때, 날카로운 경찰 차 사이렌 소리가 들려왔다. 1분쯤 지나 경찰 세 명이 집 안으로 들어왔다. 그 중 한 명은 검은색 큰 가방을 들고 있었고, 다른 한 명은 큼직한 카메라를 든 채 뒤따랐다. 중년의 경찰관이 알리나 앞에 다가와 조심스럽게 물었다.

"아가씨, 무엇이 도난당했는지 아시겠어요?"

알리나는 경찰관을 바라보았다. 검은 머리칼에 두꺼운 눈썹, 짙은 콧수염을 가진 날카로운 인상의 남자였다.

"아직 방을 자세히 볼 수가 없었어요."

알리나가 힘겹게 대답했다.

"저희가 꼼꼼히 조사하겠습니다."

그 경찰관은 다른 동료들을 향해 이렇게 지시했다.

"모든 방을 세심하게 살펴보고 사진도 다 찍어요."

경찰은 약 한 시간 동안 집 안을 조사했다. 떠나기 전, 콧수염이 인상적인 경찰관이 알리나에게 연락처를 물었다.

"범인을 잡게 되면 곧 연락드리겠습니다."

"감사합니다."

경찰이 떠난 후, 밖은 이미 어둠이 내려앉아 있었다. 마치 검은 천이 마당과 집 위를 덮은 듯했다. 알리나는 로젠에게 다가갔다.

"제발, 가지 말아요. 여기 있어 줘요. 너무 무서워요."

"물론이지. 혼자 있게 두지 않을게. 하지만 지금은 뭔가 먹고, 몸을 좀 눕혀야 해. 오늘 하루는 정말 악몽 같았을 테니까. 저녁을 준비할게."

로젠은 부엌으로 향했다.

그 순간, 알리나는 떨리는 목소리로 중얼거렸다.

"세상에, 왜 이런 일이 일어난 거죠? 여기서 어떻게 살아야 하죠? 또 창문을 깨고 들어올 수도 있잖아요. 나를 해칠 수도 있고… 정말 끔찍해…"

로젠은 접시를 들고 들어오며 말했다.

"샌드위치를 만들었어."

"못 먹겠어요. 빵 한 조각도 삼킬 수 없어요."

"조금만이라도 먹어. 버터랑 햄도 넣었거든."

"도와줘서 고마워요."

알리나가 속삭이듯 말했다.

검은 눈동자엔 깊은 고통이 담겨 있었고, 창백한 얼굴엔 두려움과 절망이 가득했다. 마치 세상에 홀로 남겨진 상처 입은 아이 같았다.

"내가 도와주지 않으면 누가 도와주겠어?"

"이 집에선 더 이상 살 수 없을 것 같아요."

알리나가 말했다.

"그 도둑들 생각은 잊어. 오늘 밤은 꼭 자야 해. 혹시 수면제는 있어?"

"부모님 돌아가시고 나서 병원에서 처방받았어요. 지금 나는 그냥 속이 빈 인형 같아요."

"조금만 자고 일어나면, 내일은 오늘보다 괜찮아질 거야."

로젠은 다정하게 말했다.

로젠은 알리나의 이마에 부드럽게 입을 맞췄다. 알리나는 마치 부러진 나뭇가지처럼 힘없이 서 있었고, 두려움에 떠는 작고 무력한 아이처럼 보였다.

7. 이름 아래 숨겨진 봄

아침 햇살이 방 안을 환하게 비췄다. 아름다운 5월의 하루가 시작되었다. 알리나는 천천히 눈을 떴다.

"안녕." 로젠이 인사했다.

"안녕." 알리나가 답했다.

알리나는 침대에서 몸을 일으켜 욕실로 들어갔다. 어젯밤은 푹 잤고, 오늘 아침은 훨씬 차분해졌다. 주방에서 커피를 내렸다. 로젠과 함께 식탁에 마주 앉아 아침을 먹었다.

"방을 정리하면서 도둑들이 무엇을 훔쳐 갔는지 알아봐야겠어요." 알리나가 말했다.

"나는 수리공을 불러서 테라스의 깨진 유리문부터 고치게 할게." 로젠이 덧붙였다.

식사를 마친 두 사람은 방 안 정리에 나섰다. 알리나는 흩어진 옷가지들을 주워 옷장에 넣고, 책꽂이도 정돈했다. 부모님의 침실로 들어가서는 옷장과 침대 옆 탁자, 벽장 구석구석을 살폈다.

"엄마의 보석이 도난당했어요." 알리나가 말했다.

금반지, 목걸이, 귀걸이, 브로치, 다이아몬드 반지 등이 사라졌다.

"목록을 써 봐. 내가 경찰에 제출할게." 로젠이 제안했다.

"하지만 엄마의 보석을 전부 기억할 수 있을지 모르겠어요."

"기억나는 것부터 하나씩 적어 봐."

두 사람은 아버지의 작은 서재로 향했다. 그곳엔 침대와 책상, 옷장, 책장이 있었고, 방 안은 이미 뒤죽박죽이었다. 옷장은 텅 비어 있었고, 바닥엔 서류며 파일, 공책, 책, 잡지 등이 어지럽게 흩어져 있었다. 책상 서랍은 바닥에 나뒹굴었고, 유일하게 항상 잠겨 있던 서랍도 부서져 있었다. 지금까지 알리나는 그 서랍에 무엇이 들어 있었는지, 아버지가 무엇을 감추고 있었는지 관심을 두지 않았다. 그러나 이제 서랍은 열려 있었고, 안에 담긴 문서들이 바닥에 펼쳐져 있었다. 조심스레 몸을 숙여 서류들을 살펴보기 시작했다. 집에 대한 공증서, 아버지의 대학 졸업장, 여러 장의 송장과 계약서들 사이에서, 접힌 종이 한 장을 발견했다. 그것을 펼쳐 보자, 아버지의 손글씨가 눈에 들어왔다. 알리나는 그 문장을 읽기 시작했다. 한 번, 두 번, 세 번을 반복해 읽는 동안, 얼굴은 서서히 눈처럼 창백해졌다. 몸이 굳은 듯 움직이지 못했고, 손에 든 종이는 부들부들 떨렸다. 종이에는 다음과 같이 쓰여 있었다.

"알리나의 본명은 카멜리아 이바노바 흐리스토조바이고, 생모의 이름은 다리나 페트로바 흐리스토조바이다."

알리나는 움직이지 않고 그 문장을 응시했다. 마침내, 종이가 손에서 떨어졌다. 알리나는 그 자리에 주저앉아 울음을 터뜨렸다. 로젠은 놀라며 바라보았다.

"무슨 일이야? 왜 울어?" 로젠이 물었다.

알리나는 말을 잇지 못했다. 온몸이 경련하듯 떨렸다. 천천히 바닥에 떨어진 종이를 가리켰다. 로젠이 그것을 집어 들고 읽었다. 알리나는 눈물에 젖은 목소리로 속삭였다.

"이제야 알게 됐어요. 저는 입양된 아이였어요."

로젠은 충격에 빠진 듯 알리나를 바라보았다.

"아버지가 직접 쓰신 글이에요. 저는 다리나 페트로바 흐리스토조바라는 여성의 딸로 태어났대요. 그 여자는 저를 '카멜리아'라고 불렀고 나중에 가족들은 절 '알리나'라고 불렀어요. 믿을 수가 없어요. 끔찍해요."

두 사람은 서로를 바라보며 말없이 서 있었다. 알리나는 흐느꼈고, 눈물이 점점 커져만 갔다. 자리에서 일어나 서재를 나와 마당을 가로질러 키 큰 호두나무 아래 놓인 벤치에 앉았다. 울음을 멈추지 못한 채였다. 로젠이 그 뒤를 따라갔다.

"난 평생 속고 살았어요!"

"진정해." 로젠이 부드럽게 말했다.

"나의 양부모는 위선자들이었어요. 나에게 평생 거짓말을 했다고요!"

"생각해 봐. 그들은 당신을 입양했고, 그 사실을 말하기 어려웠을 거야."

"그래도 말했어야죠! 진실을 말했어야 해요! 그래야 정직한 거죠."

로젠은 알리나의 등을 다정하게 쓰다듬었다.

"나의 어머니가 누구인지 말했어야 해요." 알리나가 거듭 말했다.

"그보다 더 중요한 건, 그분들이 당신을 사랑했다는 사실이야."

"이제야 알겠어요. 왜 그렇게 절 아끼셨는지… 그들은 정말 위선자였어요."

"그들은 진심으로 당신을 사랑했어. 당신이 그들의 삶에 찾아와 줘서 정말 기뻐했을 거야."

알리나는 아무 말도 하지 않았다. 대신 호두나무를 바라보며 천천히 입을 열었다.

"내 진짜 어머니가 누구인지… 반드시 찾아야겠어요."

"정말 그게 필요해?" 로젠이 물었다.

"네, 제게는 꼭 필요하고, 또 중요한 일이에요!"

"그렇게 하면… 스스로에게 상처와 고통만 남길 수 있어."

"내 진짜 어머니가 누구인지, 꼭 알아내고 말 거예요!" 알리나는 단호하게 말했다.

"당신의 삶이 더 복잡해질 수도 있어."

그러자 알리나는 화가 난 눈빛으로 바라보며 말했다.

"그건 당신이 상관할 일이 아니에요. 당신은 입양되지 않았잖아요! 내가 카멜리아든 알리나든, 당신에게 중요하지 않잖아요!"

로젠은 조용히 말했다.

"중요하지. 왜냐하면 내가 당신을 사랑하니까."

"그럼 누구를 사랑하는 거예요? 카멜리아인가요, 알리나인가요?"

"당신이지. 당신은 알리나잖아."

알리나는 조용히 말했다.

"나 혼자 있고 싶어요. 제발 저를 혼자 내버려 두세요."

"그래. 나갈게." 로젠은 천천히 일어나 마당 문 쪽으로 걸어갔다.

8. 카멜리아를 부르는 목소리

"나는 누구인가?" 알리나는 스스로에게 물었다. 뿌리 없는 나무일까? 나는 던져졌고, 버려졌다. 나는 내 부모가 아닌, 전혀 다른 사람들의 손에서 자라났다. 내가 입양되었다는 사실조차 모른 채 수년을 살아왔다. 내 삶은 진실이 아니었다. 나는 오래도록, 우리 부모님이 친부모라고 믿어왔다. 내 어머니는 누구일까? 아버지는? 그들은 아직 살아 있는 걸까? 왜 나를 원하지 않았을까? 왜 나를 세상에 두고 떠났을까? 아마도 나는 그들에게 짐이었고, 걸림돌이었고, 그들은 날 버리는 것이 최선이라 여겼을지도 모른다. 입양하겠다는 사람들이 나타났을 때, 그들은 안도하며 기뻐했겠지…

이런 생각들이 알리나의 마음속을 파고들었다. 혼란, 당혹, 분노가 뒤섞인 감정에 휩싸여, 그 속에서 증오심은 점점 더 짙어져 갔다. 이제 알리나는 모든 사람과 모든 것에 등을 돌리고 있었다. 자신을 입양하여 키운 그 남자와 여자를 증오했다. 그들은 이십 년 동안 자신을 속이고, 친부모인 척하며 살았다. 그들은 위선자였다. 이기적이었다. 그들은 단지 아이가 갖고 싶었을 뿐이었다. 그들은 알리나가 입양아라는 사실을 세상 누구에게도 말하지 않았고, 자신에게조차 숨겼다.

문득, 알리나는 기억났다. 그들이 알리나를 입양하기 전에는 도시의 다른 외진 동네에 살았다는 이야기. 그리고 입양 직후, 지금처럼 부유한 동네로 이사해 왔다는 사실. 그래서 아무도 알리나가 입양아라는 걸 알지 못했다. 정말 알리나의 삶은 그렇게 거짓말로 시작되었고, 숨겨진 메모를 발견한 그날까지 거짓 속에 놓여 있었다. 이제 알리나의 세상은 산산이 부서졌다. 믿었던 모든 것, 사랑했던 모든 것이 하룻밤 사이 사라졌다. 마치 벌거벗은 채, 사방에서 바람이 몰아치는 교차로 한가운데에 혼자 내던져진 것 같은 기분이었다. 지금 이 순간, 알리나는 아무도 아니었다. 자신이 알리나인가, 카멜리아인가? 그것조차 알 수 없었다. 자신이 어디에서 왔는지도 알 수 없었다.

알리나는 마치 오래된 두꺼운 책을 넘기듯 자신의 인생을 한 장 한 장 되짚기 시작했다. 자신이 입양되었다는 것을 암시하는 과거의 어떤 징조를 찾고 있었다. 알리나는 자신이 한때 만나고 알았던 수많은 여성의 얼굴을 떠올렸다. 혹시… 그중 누군가가 어머니였던 건 아닐까? 알리나는, 친어머니가 딸을 버린 뒤 한 번도 딸을 보지 않았다고 믿고 싶지 않았다.

알리나는 친어머니가 한 번도 자신이 어떻게 지내는지, 어떤 집에서 살아가는지, 어떤 사람들 손에서 자라나는지를 물어오지 않았다는 사실을 도무지 믿을 수 없었다. 초등학교 시절 선생님들이 생각났다. 그 중에서 한 사람이 친어머니였을까? 1학년 첫 담임인 넬리 페트로바 선생님이 친어머니가 아니었을까? 선생님은 젊고 아름다웠으며, 알리나를 사랑해 주었다. 또한 알리나의 머리카락처럼 검고 물결치는 머릿결을 가지고 있었고, 눈동자는 검은색이었다. "내 눈은… 올리브처럼 검은색이지." 알리나는 중얼거렸다. 입양한 어머니는 금발에 푸른 눈을 가졌다. 스무 해가 넘는 시간 동안, 알리나는 왜 양어머니의 머리가 금발이고 자신의 머리가 검은색인지 궁금해한 적이 없었다.

만약 그때 단 한 번이라도 의심했다면, 나는… 내가 입양된 아이라는 사실을 눈치챘을지도 모른다. 만약 내 양부모가 살아 계시다면, 언젠가 내가 입양되었다는 사실을 알려주실까?

또 고등학교 문학 선생님도 떠올렸다. 그 선생님 역시 알리나를 아꼈고, 수필을 아주 잘 썼다고 말하며 글쓰기에 재능이 있으니, 꼭 문학을 전공하라고 격려해주곤 했다.

양어머니는 내가 문학을 공부하는 걸 좋아하지 않았어. 알리나는 회상했다. 대신 알리나에게 의대를 가라고 했다. 문학을 하면 교사가 될 거라며, 교사는 돈도 벌지 못하고, 인생이 힘들어진다고 말했다. 그들에게는 '부유한 삶'이 가장 중요했다. 세련된 집에서 유행에 맞는 가구를 갖추고 살며, 해외여행도 자주 갔다. 그들은 모든 것, 사랑조차 돈으로 살 수 있다고 믿었다. 양어머니는 많은 보석을 샀는데, 도둑들이 그것을 훔쳐갔다.

이제 알리나는 어릴 적 만났던 또 다른 여성들을 떠올려보려 애썼다. 내가 예전에 본 적이 있는 여자가 누가 있었나? 아주 어렸을 때, 어쩌면 한 여자가 다가와 말을 건 적이 있었던 것 같았다. 하지만 그 여자는 결코 자신이 나의 어머니라고 감히 말하지 못했다.

알리나의 기억 속에는 사람, 얼굴, 장소가 있었고, 아마도 9월 말쯤, 화창한 가을날을 기억했다. 당시 알리나는 초등학교 3학년이었고, 운동장에서 친구들과 뛰어놀고 있었다. 그때, 한 젊은 여성이 다가왔다. 얼굴이 어떻게 생겼는지, 어떤 옷을 입었는지 기억나지 않지만, 그 여자는 말을 걸었다.

"이름이 뭐니?"

"알리나입니다."

"정말 예쁘구나. 너는 뭐가 제일 좋아?"

"초콜릿이요."

"내일 초콜릿 사다 줄게." 그 여자가 말했다.

다음 날 알리나는 그 여자를 기다렸지만 오지 않았다. 그리고 그 이후로 다시는 나타나지 않았다. 그때 알리나는 그 일에 대해 양부모에게 말하지 않았다. 그들은 알리나가 낯선 사람과 대화하는 것을 엄격히 금했기 때문이다. 그 여자가… 어머니였을까? 어쩌면 그 여자는 학교에 여러 번 와서 알리나를 몰래 지켜보았을지도 모른다. 하지만 알리나에게 말을 걸 수 있었던 것은 단 한 번뿐이었다. 아마도 알리나가 아이들과 아무렇게나 놀고 있는 모습을 몰래 지켜보는 것만으로도 충분했을 것이다.

이제 수많은 질문과 기억들이 알리나를 짓눌렀다. 그날, 숨겨진 메모를 읽은 이후로 단 한 번도 편히 잠든 적이 없었다. 밤이면 침대는 마치 불에 타오르는 듯했고, 자신을 피곤하게 만드는 악몽에 시달렸다. 그리고 어느 날 밤, 알리나는 양어머니 '마르타'를 꿈속에서 만났다. 마르타는 어둠을 가르며, 천천히 곁으로 다가와 침대 머리맡에 서서 부드럽게 속삭였다.

"나는 너를 정말 사랑했단다. 너는 내 인생의 빛이었어."

그 말을 남긴 뒤, 말없이 사라졌다. 밤의 정적이 마르타를 감싸고 깊은 어둠이 다시 내려앉았다.

며칠 뒤, 알리나는 오래전 학교 운동장에서 자신에게 말을 걸었던 그 여자의 꿈을 꾸었다. 꿈속의 그 여인은 놀랍게도, 첫 번째 담임선생님 넬리 페트로바를 쏙 빼닮아 있었다. 검은 머리칼에, 짙은 눈동자. 그 여인이 방 안에 나타나 알리나에게 속삭였다.

"카멜리아… 정말 아름답구나."

그렇다. 그 여자는 '알리나'가 아닌, '카멜리아'라고 불렀다. 그 순간 알리나는 심장이 멎는 듯한 충격에 눈을 떴다. 그리고 그날 아침까지 다시 잠들지 못했다. 잠든 방 안 어딘가에서 속삭이는 듯한 신비한 목소리가 들려왔다. "카멜리아… 카멜리아…"

알리나는 조용히 중얼거렸다.

"나는 반드시… 어머니를 찾아야 해. 꼭 만나야만 해. 필요하다면 세상의 끝까지도 갈 거야. 그래서 '왜 나를 입양시키셨나요? 왜 나를 버리셨나요?' 라고 물어볼 거야."

알리나가 어머니를 찾겠다는 결심은 점점 더 강해졌다.

9. 하얀 캔버스 위의 그리움

　로젠은 며칠째 그림을 그릴 마음이 들지 않았다. 아침 일찍 일어나 커피를 끓여 마신 뒤, 창문을 활짝 열고 멀리 펼쳐진 산맥을 바라보며 신선한 공기를 들이마셨다. 이젤 앞에 서서 하얀 캔버스를 쳐다보지만 그리는 걸 시작조차 할 수 없었다. 붓을 손에 쥐고 있지만, 마치 알리나가 하얀 캔버스 위에서 조용히 로젠을 바라보고 있는 듯한 기분이 들었다.
　로젠은 알리나가 입양되었다는 사실을 알았을 때 얼마나 큰 충격을 받았는지 잘 알고 있었다. 알리나에게 이것은 끔찍한 충격이었다. 오랫동안 부모가 친부모라고 믿고 살아왔는데, 갑자기 그들이 양부모라는 사실을 알게 되었다. 며칠 동안 로젠에게 전화도 하지 않았고, 찾아오지도 않았다. 로젠은 여러 번 전화를 걸었지만, 알리나는 전화를 받지 않았다.
　로젠은 반드시 알리나를 도와야 한다. 정말로 친구이니까. 알리나를 진정시키려면 어떻게 해야 할까? 슬퍼해서는 안 되고, 아무런 비극도 일어나지 않았다고 어떻게 설명해야 할까? 로젠은 알리나가 문을 열어주지 않을 것이라 생각해서 집에도 감히 갈 수 없었다.
　하얀 캔버스를 한참 바라본 뒤, 로젠은 다시 창가로 다가가 멀리 펼쳐진 산맥을 응시했다. 산맥은 장엄했다. 눈으로는 그것을 보면서도 속으로는 알리나를 떠올렸다. 실제로 알리나는 명문가에서 자랐다. 모든 것을 가지고 있었다. 부모님의 사랑을 독차지했고, 좋은 교육을 받았고, 고등학교를 우수하게 마친 뒤 대학에서 공부하고 있다. 하지만 인생이 아름다운 경험만으로 이루어지는 것은 아니라는 걸 알아야 한다. 부모님은 돌아가셨고 이제 홀로 남겨졌다. 불행히도 재앙이 잇따라 닥쳤고, 그 많은 충격을 견뎌낼 힘이 없었다.
　처음 만난 날의 기억은 지금도 생생하다. 고등학생이던 알리나는 긴 검은 머리칼에 올리브같이 빛나는 눈동자를 가진 날씬한 소녀였다. 미소를 지을 때면 얼굴 위로 햇살이 드리우는 듯했다. 시간이 흐르며 더 멋진 아가씨가 되어 아름다운 장미처럼 꽃을 피웠다.

알리나는 로젠의 예술 세계에 깊은 영향을 주는 존재였다. 그림은 점점 더 좋아졌고 하나하나에는 알리나에 대한 사랑이 녹아 있었다. 알리나의 깊은 눈 속에서 로젠은 햇살 가득한 봄을 보았다.

또다시 전화를 걸었지만, 아무런 응답이 없었다. '지금 알리나는 무엇을 하고 있을까?' 로젠의 머릿속에 수많은 생각이 스쳐 지나갔다. '이 시간, 마음속 상처는 조금이나마 아물었을까?'

알리나를 만나 이야기를 나누고 싶었다. 중요한 사람은 낳아주신 이가 아니라, 돌보고, 키우고, 사랑한 사람이라고 말하고 싶었다. 그리고 마음속 깊은 곳에 간직된 어린 시절의 따뜻한 기억들을 떠올리게 해주고 싶었다. 알리나의 환한 미소가 다시 보고 싶었다. 함께 걷던 그 길들을, 나눴던 대화들을 다시 되찾고 싶었다. 두 사람은 종종 주말이면 산을 올랐다. 사계절 내내 그 풍경은 신비롭고도 아름다웠다. 울창한 너도밤나무 숲 속, '성모 마리아' 수도원은 자주 찾던 특별한 장소였다. 수도원 마당에 지어진 작은 기도처 옆에, 벤치 하나가 조용히 자리 잡고 있었다. 그 위에 나란히 앉아 맑은 샘물 소리를 들으며 단풍이 물든 나뭇잎을 바라보던 시간이 있었다. 수도원과 숲 속에는 늘 침묵이 감돌았고, 그 고요 속에서 연필을 꺼내 스케치를 하던 순간이 아직도 선명하다. 떠나기 전이면 늘 기도처 안으로 들어가 촛불을 켰다. 오래된 성상 앞에 가만히 서서, 마음속으로 건강을 위해 기도를 올렸다. 그리고 알리나의 사랑에 대해 신께 감사드렸다. 그때 알리나도 옆에 함께 서 있었는데, 그 순간 무슨 생각을 했을까? 그 순간, 마음속엔 묵직한 궁금증이 일었다.

'내가 알리나를 정말 잘 알고 있는 걸까?' 마음속 질문은 끝없이 이어졌다. '무슨 생각을 하고 있을까? 지금의 감정은 어떤가? 두 사람이 서로 가까워지려면 얼마나 걸릴까?'

로젠은 다시 이젤 앞에서 하얀 캔버스를 바라보았다.

10. 잃어버린 뿌리를 찾아서

문을 두드리는 소리가 들렸다. 잠시 아무런 움직임도 없었다. 그 소리가 다시 울렸다. 로젠은 빠르게 문 쪽으로 걸어가 문을 열었다. 문 앞에는 알리나가 서 있었다. 검은 눈동자에는 무언의 간절함이 담겨 있었다. 봄빛을 닮은 갈색 코트를 걸치고, 부드럽게 흐르는 머리카락은 어깨 위로 가볍게 흔들리고 있었다.

"들어와."

로젠의 짧은 말에, 알리나는 조용히 방 안으로 발을 들였다. 눈빛을 맞추며 입을 열었다.

"미안해요. 제가 너무 예민했어요."

"이해해." 로젠은 부드럽게 말했다.

"이해하는 사람은 오직 당신뿐이에요."

"외투를 벗고 앉아. 커피를 타올게."

알리나는 방 구석 작은 소파에 조심스레 몸을 맡기고, 이젤 앞의 하얀 캔버스를 바라보았다.

"그림을 그리고 있었나요?"

"안타깝지만, 아니야."

"왜요?"

입꼬리에 조용한 웃음이 머문 로젠은 말했다.

"영감이 나를 떠났거든."

"다시 불러야 해요. 멀리 가지 않았을 거예요."

"이제 여기에 당신이 있으니, 함께 떠올릴 수 있겠지."

커피를 준비하느라, 방 안에는 따스한 커피 향이 천천히 퍼져 나갔다. 두 사람은 나란히 앉아 뜨거운 커피를 천천히 마셨다. 알리나는 여전히 하얀 캔버스를 바라보았다. 자신의 기억은 하얀 캔버스와 같지 않다는 걸 곰곰이 생각했다. '아무것도 기억하고 싶지 않다. 그 기억이 나를 괴롭힌다. 기억은 기쁨을 깨우지 않고, 오히려 아픔을 더 선명하게 만든다. 무게를 가늠할 수 없는 돌덩이처럼, 사람을 지치게 한다. 안타깝게도 우리는 기억을 없앨 수 없다. 그것들은 밤낮으로 우리를 괴롭힌다. 밤에는 우리의 꿈속으로 들어와 악몽으로 우리를 괴롭힌다. 사람은 왜 기억하는 걸까? 기억은 대체 어떤 의미를 지니는 걸까? 정말로 모든 것은 지나가는데, 왜 우리는 일어난 모든 일을 잊지 않는 걸까?'

"왜 아무 말도 하지 않는 거야?" 로젠의 조용한 질문이 흘러나왔다.

"기억을 지울 수 없어요."

"지금은 과거가 아닌 미래를 생각해."

"하지만요, 과거가 없는 사람에게 미래란 존재하지 않잖아요. 저는 뿌리 없는 나무 같아요. 제 부모가 누구였는지, 제 친척이 누군지, 어디서 왔는지도 몰라요."

로젠은 천천히 말을 이었다.

"당신처럼 입양된 아이들이 있어. 그들은 분명히 살면서 삶을 즐기고, 과거에 매달리지 않아."

"저는 자주 생각했어요. 어느 철학자는 인간을 '생각하는 갈대'라고 했잖아요. 혼자 있는 시간 동안 생각이 끝없이 이어졌어요. 입양한 부모님을 원망할 수는 없어요. 단지 아이를 원했고, 나를 선택했을 뿐이에요. 그분들은 나를 사랑했어요."

"당신 역시 그분들을 사랑했어. 그 사랑이 두 분을 기쁘게 했을 거야. 당신을 입양해서 집으로 데려왔을 때, 기쁨도 함께 따라왔을 테니까."

"맞아요. 저는 확실히 그들의 삶에 의미를 부여했죠. 그들은 나를 위해 살았고, 나는 행복하고, 걱정이 없었어요."

말이 끊겼다. '기억이 다시 깨어났어.' 알리나는 속으로 조용히 속삭였다. '기억이 날 내버려두지 않아.'

"아마 그때 여섯 살쯤이었을 거예요." 알리나는 나지막이 말했다. "어느 저녁, 아빠가 나무 인형을 들고 집에 오셨어요. 아시는 누군가가 직접 깎아 만든 작은 조각이었죠. 그 인형은 정말 잘 만들어졌어요. 아버지가 건넬 때 정말 기뻤어요. 엄마와 아빠도 내가 인형을 좋아해서 기뻐했어요. 그 인형은 내게 가장 소중한 장난감이 되었어요. 컴퓨터나 휴대전화, 다른 장난감들도 있었지만, 마음속 깊이 좋아했던 건 그 작은 나무 인형이었죠."

"가장 평범한 것들이 우리를 행복하게 하기도 해." 로젠이 조용히 말했다. "작은 미소 하나도 기쁨이 되잖아. 당신이 그 인형을 사랑했던 것처럼, 부모님도 당신을 사랑했어."

말이 끝나자, 알리나는 조용히 로젠을 껴안았다. 다락방 안의 물감 냄새가 마음을 차분하게 감싸주었다. 알리나는 방의 벽에 걸린 그림들을 바라보았다. 그곳에는 바다, 산, 시골 풍경이 있었다. 그 가운데에는 자주 찾던 성모마리아 수도원의 모습도 있었다. 이 그림은 수도원의 고요함을 잘 표현하고 있는 듯했다. 수도원에는 작은 기도처가 그려져 있었는데, 붉은 기와지붕 위에 철십자가가 서 있었다. 그 그림은 일몰을 묘사했고, 철십자가는 황금빛으로 반짝이고 있었다.

그 순간, 마음속 깊은 곳에서 하나의 바람이 피어올랐다. 다시 한 번 그 수도원을 찾고 싶었다. 어두운 기도처로 들어가, 돌아가신 부모를 떠올리며 조용히 촛불 하나를 켜고 싶었다. 그곳엔 젊은 수녀들이 있었고, 가끔 짧은 대화를 나누었던 기억도 남아 있다. 수녀가 되기로 결심한 사연을 물을 용기는 없었지만, 어쩌면 그들 중 누군가도 인생의 어떤 실망과 상처를 안고 있었을지도 모르겠다.

"진짜 어머니를 꼭 찾고 말 거예요."

알리나의 목소리에는 결심이 서려 있었다.

"지금 어디에 계신지 알고 싶어요. 살아 계신지, 어떤 삶을 살고 계신지, 어떤 일을 하고 계신지… 모두 알고 싶어요."

"그게… 꼭 필요할까?"

로젠이 조심스럽게 물었다.

"정말로 필요해요."

알리나는 망설임 없이 대답했다.

"스스로에게 고통을 주게 될지도 몰라."

"그래도 나를 낳아준 사람이 어떤 사람이었는지 알고 싶어요."

로젠은 천천히 고개를 끄덕였다.

"당신이 찾아낸다면, 그분은 어떤 반응을 보일까?"

"비난하지 않을 거예요. 혹시… 무언가 사정이 있었을 수도 있으니까요."

"하지만 잘 생각해봐. 서로의 삶이 더 복잡해질 수도 있어."

"필요하다면, 전 세계를 돌아다녀서라도 꼭 찾아낼 거예요."

지금까지 알리나가 이렇게 단호하고 굳센 의지를 보일 줄은 상상하지 못했다.

"좋아."

낮게 흘러나온 목소리에는 무게가 실려 있었다.

"그건 오롯이 당신이 결정할 일이야."

"맞아요. 하지만 당신께 도와달라고 부탁하고 싶어요."

"어떻게 도와줄까?"

로젠은 진지한 눈빛으로 물었다.

"함께 있어 주세요. 옆에 있으면 마음이 조금 더 가라앉아요."

"좋아. 함께하지."

"만약 찾지 못하면… 평생 나 자신을 원망하게 될 거예요. 진정되지 않을 거예요."

로젠은 알리나를 잘 이해했다. 알리나는 이 위기를 극복해야 했다. 하지만 생모를 찾지 못하면 어떻게 될까? 어쩌면 알리나의 생모는 자신만의 삶을 살고 있을지도 모르고, 알리나가 갑자기 예상치 못하게 그 삶에 뛰어들게 될지도 모른다. 생모는 어떤 반응을 보일까? 알리나와 어떤 관계를 맺을까? 사실, 알리나는 생모에게 알려지지 않은 낯선 존재일 것이다.

"우리 점심 먹으러 가자."

로젠이 조용히 제안했다.

"가까운 곳에 '환영'이라는 식당이 있거든."

알리나는 자리에서 천천히 일어나 외투를 걸쳤다.

11. 식당 '환영'의 빛과 그림자

'환영' 이라는 이름의 식당은 로젠의 다락방 근처에 있었다. 로젠과 알리나는 거리를 따라 500미터쯤 걸은 뒤, 조용한 골목에 자리 잡은 작은 식당 앞에 도착했다. 탁자가 열 개밖에 없는 셀프서비스 식당이었다.

'환영' 은 주로 근처 공장에서 일하는 노동자들이 점심을 먹으러 오는 곳이었다. 주변엔 신발 공장, 초콜릿 공장, 그리고 가구 공장이 있었다. 두 사람이 식당 안으로 들어섰을 때는 이미 몇몇 사람들이 자리를 잡고 식사를 하고 있었고, 또 몇몇은 음식을 주문하기 위해 줄을 서 있었다. 로젠과 알리나도 줄에 섰다. 알리나는 야채 수프와 튀긴 감자를 곁들인 돼지고기를 주문했고, 로젠은 토마토 수프에 구운 생선을 선택했다. 로젠은 와인 한 병도 함께 샀다. 두 사람은 식당 구석, 창가에 자리한 탁자에 앉았다.

"맛있게 먹어." 로젠이 와인잔을 들며 말했다.

"고마워요."

알리나는 조용히 식사를 시작했다.

"경찰한테서 연락은 왔어?" 로젠이 물었다. "도둑들은 잡혔을까?"

"아쉽게도 아직이요. 제가 도난당한 보석 목록을 정리해서 경찰서에 가져갔어요. 그런데 거기 경찰관 말이, 도둑을 잡을 수 있는 유일한 방법은 그들이 훔친 보석을 전당포에 맡기는 것뿐이래요. 그래야만 경찰이 누군지 알아낼 수 있대요."

"그래도 희망은 있네." 로젠이 말했다.

"하지만 도둑이 잡힐 거라는 확신은 없어요. 실제로 이런 도난 사건이 자주 일어나고, 경찰은 항상 바쁘거든요. 그래도 그날 제가 집에 없었던 건 다행이었어요. 집에 있었더라면, 끔찍한 일이 벌어졌을지도 모르죠."

"정말 다행이야. 그때 집에 없어서."

로젠이 진심 어린 목소리로 말했다.

두 사람은 잠시 말없이 식사를 이어갔다. 그러다 알리나가 입을 열었다.

"그런데, 당신 부모님에 대해 여쭤본 적 없네요. 어디에 계세요?"

"내가 드라고보라는 근처 마을에서 태어났다고 말했잖아."

"네, 기억나요."

"그 마을은 정말 작아. 아버지는 거기 가구 공장에서 일하시고, 어머니는 마을 식료품점에서 판매 일을 하셔."

알리나는 로젠을 바라보았다. 문득, 어머니 마르타가 로젠에 대해, 태어난 고향과 부모에 대해 이미 철저히 알아봤을 거라는 생각이 스쳤다. 사실 로젠의 부모는 평범한 마을 사람들이었다. 어머니 마르타는 그런 점을 못마땅하게 여겼고, 딸 알리나가 로젠과 가까이 지내는 것을 원치 않았다.

"그 작은 마을에서 나고 자랐다면서요. 어떻게 화가가 된 거예요?" 알리나가 물었다.

"초등학교 다닐 때 그림을 참 많이 그렸어. 선생님께서 자주 내 그림을 다른 아이들에게 보여주시며, 이렇게 그려보라고 하셨지. 선생님은 우리 부모님도 잘 아셨거든. 그래서 내가 수도에 있는 미술고등학교로 진학하면 좋겠다고 부모님을 설득해 주셨어. 나도 정말 가고 싶었고."

"그렇죠. 재능은 도시든 시골이든 가리지 않으니까요."

"부모님은 아직도 예술이 왜 필요한지를 잘 모르셔. 내가 화가가 되는 걸 원하지 않으셨어. 아버지는 내가 고등학교 졸업하면 자기가 일하던 가구 공장에서 같이 일하길 바라셨지."

"부모란 자식이 무엇을 원하는지, 어디에 마음이 끌리는지, 꿈이 무엇인지를 항상 이해하진 못하잖아요. 우리 부모님도 제가 문학을 전공하는 걸 원치 않으셨어요. 오직 의대를 가야 한다고만 하셨죠."

로젠이 말했다. "부모님이 당신을 잘 이해해주고 지지하신 줄 알았어."

"안타깝게도 그렇지 않았어요. 아빠랑 문학, 특히 시 이야기를 나눈 건 단 한 번뿐이었어요. 어느 날 제가 책을 읽고 있었는데, 아빠가 무슨 책이냐고 물으시더라고요. 시집이라고 하니까, 자기가 대학에서 강의 중에 어떤 여학생이 수업에 집중하지 않고 뭔가를 읽고 있어서 처음에는 책을 읽는 것을 못 본 척했지만, 몇 분 후에 다가가서 무엇을 읽고 있는지 물었대요. 그 학생은 당황하여 얼굴이 붉어지며 책을 보여주었는데, 그게 바로 시집이었대요. 아빠는 그 자리에서 두 편의 시를 읽고, 정말 좋았다고 했어요."

"아버지께서 시를 좋아하셨다니 놀랍네." 로젠이 말했다.

"그래서 제가 그 시집을 쓴 시인이 누구냐고 물었죠. 아빠가 작가 이름과 책 제목을 알려주셨어요. 다음 날 학교 도서관에서 그 시집을 빌려 읽었고, 저도 정말 좋았어요."

"아마 그 학생도 교수님, 그러니까 당신 아버지가 시를 좋아하신다는 사실에 놀랐을 거야." 로젠이 웃으며 말했다.

"그랬겠죠."

로젠은 조용히 말을 이었다.

"나는 나의 그림 선생님께 정말 감사해. 그분이 아니었더라면 미술고등학교에 진학하지도 못했을 거고, 미술 대학 강의를 듣는 건 상상도 못 했을 거야."

"당신은 좋은 기회를 얻었군요. 선생님께서 당신의 재능을 알아보고 도와주셨으니까요."

"그분 성함은 크룸 키로프야. 화가지. 지금도 드라고보에 살고 계셔. 내가 부모님을 뵈러 고향에 갈 때면 늘 인사드려. 함께 마을을 거닐며 이런저런 이야기를 나누지. 그분은 자신의 그림도 보여주셔. 그분은 내게 단순한 스승이 아니라, 정말 좋은 친구야. 내 마음을 가장 잘 이해해주는 사람이기도 하고, 늘 내가 계속 그림을 그릴 수 있도록 격려해주셔. 언젠가 우리가 함께 우리 마을에 가서, 우리 부모님과 키로프 선생님을 만나게 될 거야."

"당신의 마을, 꼭 한번 가보고 싶어요." 알리나가 부드럽게 말했다.

"내가 말했듯이, 수도에서 그리 멀지 않아."

"형제나 자매는 있나요?" 알리나가 물었다.

"나보다 나이 많은 형이 하나 있어. 지금은 수도에 살고 있어. 두 아이를 둔 아버지야."

"형의 직업은요?"

"기술자인데, 자동차를 고쳐. 내 차도 늘 형이 고쳐줘. 언제나 기꺼이 도와주는 분이지."

잠시, 알리나는 생각에 잠겼다. 로젠에게 형이 있다는 사실이 왠지 따뜻하게 느껴졌다. 형제자매가 있는 가정은 늘 행복한 가정이다. 형제는 가장 가까운 존재이자, 진정한 삶의 동반자다. 누군가 어려움에 처하면, 다른 한 사람이 곁에서 도와준다. 말하지 않아도 서로를 이해하고, 힘들 때는 누구보다도 먼저 마음을 내어주는 그런 사이. 불행히도 알리나는 완전히 혼자였다.

오빠도 없고, 자매도 없고, 기댈 친척도 없다. 끝없는 들판 한가운데 홀로 서 있는 나무처럼 외롭기만 하다. 거센 바람이 몰아치면, 쉽게 뿌리째 뽑힐 수도 있다. 어쩌면 그래서 생모를 찾아야겠다고 마음먹었는지도 모른다.

로젠은 알리나의 마음을 읽은 듯 조심스럽게 물었다.

"무슨 생각을 해? 어머니를 어떻게 찾을 수 있을 것 같아?"

"쉽진 않을 거예요." 알리나가 낮은 목소리로 대답했다.

"정말 찾을 결심을 한 거야?"

"네."

"다시 한번 말하지만, 꼭 그래야만 하는 건 아니야."

그 순간, 알리나의 검은 눈동자 속에 불꽃이 번쩍였다. 로젠은 그 어떤 말로도 알리나를 설득할 수 없다는 걸 느꼈다.

12. 어머니를 찾아 병원으로

작은 구름 하나가 하늘 높이 떠 있었다. 대학 앞 공원의 나무들은 마치 두꺼운 녹색 머리칼을 지닌 날씬한 젊은 여인들처럼 서 있었다. 학생들은 보도 위에서 시끌벅적하게 이야기꽃을 피우고 있었다. 남학생과 여학생은 서로를 껴안고 반짝이는 눈빛을 주고받았다. 5월의 공기 속에서 그들의 어린 가슴에는 사랑이 타오르고 있었다. 학창 시절은 걱정 없는 시간, 잊을 수 없는 경험과 진심 어린 사랑으로 가득하다고 알리나는 생각하며 학생들 사이를 지나갔다.

곧장 로젠이 있는 다락방을 향하여, 엘리베이터를 타고 10층에서 내렸다. 문을 두드렸지만, 아마 로젠은 소리를 듣지 못한 듯했다. 평소처럼 문이 잠겨 있지 않은 걸 확인한 뒤, 조심스레 안으로 들어섰다. 로젠은 여느 때처럼 이젤 앞에 서서 그림을 그리고 있었다.

"늘 그림을 그리고 있군요." 알리나가 말했다.

"요즘은 왠지 아침부터 저녁까지 계속 그리고 싶어."

그 말에 알리나는 미소를 지었다.

"며칠 전까지만 해도 전혀 그릴 기분이 아니었어."

"그땐 아무것도 당신에게 영감을 주지 못했나요?" 알리나가 짐작한 듯 물었다.

"당신이 유일한 영감이야. 얼굴만 봐도 그림을 그리고 싶은 욕망이 생기거든."

"내게 그런 힘이 있었다니 몰랐네요." 알리나는 수줍은 듯 웃었다.

"당신은 기적이야. 아버지가 당신을 마녀라고 부른 것도 우연이 아니야."

"안타깝게도, 그 기적은 나 자신에게는 별 도움이 안 돼요. 오직 당신께만 도움이 되니까요." 알리나는 살짝 슬픈 어조로 덧붙였다.

"왜 그렇게 도움이 안 된다는 거지?" 로젠이 물었다.

"날 낳아준 여인이 누구인지 기적적으로 알고 싶은데… 하지만 그건 알 수 없으니까요."

"당신은 생모 생각을 멈출 수가 없군." 로젠은 조용히 중얼거렸다. "그렇게 스스로 괴롭히지 마." 로젠이 안쓰러운 표정으로 말했다.

"나를 괴롭히는 게 맞아요. 당신이 날 도와줄 수 있을까요?" 알리나가 다시 물었다.

"불법적인 일만 아니라면 뭐든지." 로젠이 농담처럼 말했다.

"수도에서 가장 오래된 산부인과 병원에 함께 가줘요. 미혼 여성들이 거기서 아이를 낳는 일이 흔했다고 들었어요. 20년 전, 다리나 페트로바 흐리스토조바란 여인이 거기서 카멜리아라는 딸을 낳았는지 알아보려 해요."

"그런 정보는 받을 수 없다는 거, 잘 알잖아. 법적으로도 알려줄 권리가 없어." 로젠이 일러주듯 말했다.

"알아요. 하지만 시도라도 해보고 싶어요. 당신이 함께해 준다면 좀 더 담담해질 수 있을 것 같아요. 어쩌면 누군가가 불쌍하게 여겨 말해줄지도 모르니까요."

"좋아. 같이 갑시다."

그날 밤, 알리나는 잠자리에 들기 전 오랜 시간 명상에 잠겼다. '어머니는 어떤 사람이었을까?' 머릿속으로 어머니의 모습을 그려보려 애썼다. '어쩌면 고등학생이었을지도 몰라. 사랑에 빠졌고, 아이가 생겼을 때. 그들은 서로 사랑했지만 고등학생이었기에 큰 사건이 되었겠지. 부모님은 분노했을 테고, 퇴학당했을 수도 있어. 그런데도 끝내 나를 낳기로 결심하신 거야. 이름을 카멜리아라고 지으셨는데… 왜 하필 그 이름이었을까? 그 꽃을 좋아하셨던 걸까? 아니면 그 이름을 가진 친구가 있었던 걸까? 카멜리아는 가장 좋은 친구였을까? 출산 직후 나를 한 번이라도 품에 안아보셨을까? 아니면 곧장 조산사에게 넘겨져 나를 보지 못했을까? 나중에 무슨 일이 생겼을까? 병원을 나선 후엔 어디로 가셨을까? 무엇을 하며 살아오셨을까? 그때 사랑했던 소년은 자기가 아빠가 된 줄이나 알았을까? 나중에 두 사람은 서로 만났을까? 다른 도시로 이사했을까? 공장에서 일했을까? 결혼은 했을까? 또 다른 아이들이 태어났을까?'

수많은 질문들이 떠올랐지만, 어디서도 답을 찾을 수 없었다.

다음 날 아침, 로젠은 알리나의 집으로 갔다.

"안녕. 오늘은 더 차분해졌네!" 알리나가 문을 열어주자 로젠이 말했다.

"이제 갈 준비가 됐어요. 커피만 한 잔 마시면 돼요. 함께 마실래요?"

"난 이미 마셨어." 로젠이 대꾸했다.

"호, 멋진데요." 알리나가 칭찬했다.

로젠은 밝은 연두색 정장에 노란 셔츠, 푸른 넥타이를 매고 있었다. 지금 껏 본 적 없는 차림새였다. 늘 청바지와 티셔츠, 재킷 차림을 선호했다.

"병원에서 좀 더 진지하게 보이려면 이게 낫겠더라고. 중요한 정보를 얻어야 하니까."

"그럼 나도 나이 들어 보이게 꾸며야겠네요." 알리나가 말했다.

두 사람은 함께 버스 정류장을 향해 걸어갔다.

옛 병원은 수도의 동쪽 지역에 자리하고 있었다. 다섯 층 높이의 건물은 넓은 안뜰과 돌담을 품고 있었고, 이곳에는 가장 노련하고 경험 많은 의사들과 조산사들이 근무하고 있었기에, 많은 젊은 어머니들이 출산을 위해 이 병원을 선택하곤 했다.

알리나와 로젠은 병원 건물 안으로 들어섰다. 문지기는 친절하게 원무과 사무실의 위치를 알려주었는데, 사무실에는 마흔 즈음 되어 보이는 예쁜 얼굴의 여직원이 친절하게 맞아주었다. 부드러운 갈색 눈을 지녔고, 눈썹은 마치 작은 물음표처럼 생겼다. 직원은 알리나의 말을 주의 깊게 들은 뒤, 조심스레 입을 열었다.

"미혼 여성이 이곳에서 아이를 낳는 일은 특별한 비밀이 아닙니다. 때로는 너무 어린 나이에 실수로 아이를 가지기도 하지요. 어떤 경우에는 남자의 약속을 믿었다가 버림을 받은 여성들도 있어요. 출산 후, 어떤 이는 아이를 직접 키우고자 했고, 또 어떤 이는 입양을 선택했지요. 알리나 씨가 자신을 낳은 사람이 누구였는지 알고 싶어 하는 마음은 이해해요."

이야기를 이어가던 직원은 알리나를 바라보며 조용히 말했다.

"하지만 묻고 싶네요. 그것이 꼭 필요한 일인가요? 지금 알리나 씨는 다 자란 어른입니다. 만약 그 여성을 찾아낸다 해도, 그분이 알리나 씨 인생에 처음 등장하는 전혀 낯선 사람일 뿐이에요. 기대와 달리 실망하게 될지도 모르고요."

"하지만 사람은 누구나 자기 어머니가 누구인지 알아야 해요." 알리나는 단호하게 말했다.

"예, 그 말이 맞지요. 다만, 저 같은 나이 든 사람이 보기에는요, 진짜 어머니는 아이를 낳고 버린 사람이 아니라, 그 아이를 품고 키워온 사람이라고 생각해요."

"혹시 다리나 페트로바 흐리스토조바라는 여성이 이 병원에서 출산한 기록이 있다면, 그 당시 주소나 나이 같은 정보를 알 수 있을까요?"

"그런 정보는 제가 말할 자격도 없고, 법적으로도 금지되어 있어요. 다만 한 가지 전하고 싶은 건, 과거에 눈을 돌리기보다는 앞날을 향해 걸어가라는 조언입니다. 아직 젊은 나이고, 언젠가는 어머니가 되어 아이를 품게 되겠지요. 그러면 더 이상 생모에 대해 생각하지 않게 될 거예요."

더는 말이 이어지지 않을 것이란 걸 느낀 알리나는 고개를 숙이며 감사 인사를 전했고, 로젠과 함께 병원을 나섰다. 병원 밖, 거리로 나선 두 사람의 발걸음은 묵직했다. 알리나의 얼굴에는 깊은 실망이 어려 있었다. 그때 로젠이 조심스럽게 물었다.

"수도에는 산부인과 병원이 다섯 곳이나 돼. 다른 병원으로 가볼까?"

알리나는 고개를 저으며 단호하게 말했다.

"괜찮아요. 다른 병원에서도 아마 방금 들은 이야기와 다르지 않을 거예요. 이제는 다른 방법으로 어머니가 누구인지 알아낼 거예요."

13. 별빛 속의 기억

집 안을 가득 채운 침묵이 알리나의 마음을 짓눌렀다. 예전엔 그렇게 따뜻하고 포근하게 느껴지던 이 아름다운 집이, 이제는 낯설고 차갑게만 다가왔다.

"내가 정말 여기서 스무 해를 살았단 말인가?" 알리나는 스스로에게 조용히 물었다.

전엔 집에 부모님이 기다리고 계셨기에 늘 서둘러 돌아오곤 했다. 그러나 지금 이 집은 차가운 공기만이 감돌 뿐, 어느 한 구석에도 위로가 없었다.

알리나는 어린 시절을 떠올렸다. 크리스마스와 새해, 생일마다 부모님과 함께했던 따스한 기억들. 그땐 집안 가득 빛이 넘쳐났고, 웃음소리가 끊이질 않았다. 부모님은 참 행복해 보였고, 어린 알리나의 두 눈은 반짝반짝 빛이 났다. 해외여행도 함께 다녔다. 특히 어머니의 동생, 베라 이모와 함께한 라주르에서의 여름이 떠올랐다. 학생이던 시절, 여름방학마다 떠나던 그 여행은 늘 설렘으로 가득했다. 베라 이모는 알리나를 진심으로 아꼈고, 늘 따뜻하게 맞아주었기에 절대 잊을 수 없다.

알리나가 입양된 사실을 분명 알고 계셨을 텐데도, 이모는 한 번도 그런 내색을 하지 않았다. 딸처럼 사랑해 주셨다고 알리나는 생각했다.

알리나가 라주르에 갈 때마다 이모는 따뜻하게 맞아주었고 알리나가 기분 좋아지도록 모든 것을 다 할 준비가 되어 있었다. 이모는 재봉사였다. 정성스럽게 고른 원단으로 드레스를 만들어주셨다. 알리나는 아직도 그 중 하나를 간직하고 있다. 소매 없는 하늘색 여름 드레스, 실크 소재가 몸을 부드럽게 감싸며 파란 꽃처럼 보이게 만들던 그 옷. 입을 때마다 기분이 좋아졌다.

같은 또래인 이모의 딸 사촌 니나도 노란 드레스를 입곤 했다. 어느 저녁, 알리나와 니나는 아름다운 드레스를 입고 해변에서 열리는 청소년 모임에 갔다. 해변가에 자리한 큰 테라스 건물 위에서는 오케스트라가 연주를 하고 있었고, 젊은이들은 음악에 맞춰 춤을 추었다. 깊고 푸른 하늘엔 별이 다이

아몬드처럼 반짝였고, 단조로운 파도 소리는 부드럽게 귀를 간질였다. 따스한 저녁 바람이 볼을 스치고, 음악은 마음을 어루만졌다.

그 테라스에서 알리나는 사랑의 첫 떨림을 느꼈다. 고등학교 1학년을 막 마친 여름이었다. 니나는 친구가 많았고, 그날도 몇몇 친구들을 소개해 주었다. 그중에 매혹적인 푸른 눈을 가진 키 크고 날씬한 소년, 밀렌이 있었다. 밀렌은 종종 알리나에게 춤을 청했고, 함께 춤을 출 때면 알리나는 마치 하늘을 나는 듯한 기분이 들었다. 인생에서 처음으로 이런 기적적인 느낌을 느꼈다. 밀렌의 따뜻한 손바닥이 어깨에 닿을 때마다 심장이 떨렸고, 둘은 말없이 춤을 췄다. 눈빛만으로도 충분히 마음을 전할 수 있었다.

춤이 끝난 뒤, 함께 바닷가로 걸어 나갔다. 밀렌과 나란히 걷는 동안, 파도가 마치 오래된 이야기들을 들려주는 듯했다. 어깨가 맞닿고, 세상은 고요했다. 오직 파도의 속삭임만이 들릴 뿐이었다. 저녁 바람은 부드러운 벨벳처럼 두 사람을 감싸고, 그 순간이 영원으로 이어질 것 같았다.

그 밤의 산책은 평생 잊지 못할 기억으로 남았다.

그 여름 내내 라주르에서 매일 저녁을 함께 보냈다. 수도로 떠나기 전날, 평소처럼 함께하던 바다 위의 바위에서 다시 만났다. 낮에 햇볕으로 따뜻하게 데워진 바위 위에 나란히 앉아 있었다.

"나, 내일 떠나." 알리나가 조용히 말했다.

"다시는 못 보는 거야?" 밀렌이 물었다.

"다음 여름에 다시 올게."

"다음 여름이라… 올 한 해가 참 길게 느껴질 것 같아." 밀렌이 조용히 속삭였다.

"나도 그럴 것 같아."

그 순간 밀렌이 처음으로 키스했고, 알리나는 아직도 그 첫 키스의 감촉을 기억한다. 잊지 못할 여름밤, 따스한 7월, 별빛이 쏟아지던 하늘, 이야기하듯 속삭이던 파도…

그 다음 여름, 알리나가 다시 라주르에 왔지만 밀렌은 없었다. 니나는 그 가족이 모두 다른 도시로 이사했다고 알려줬다. 아버지가 기술자라 그곳에서 더 나은 직장을 제안받았다고 했지만, 정확히 어느 도시인지조차 알지 못했다. 가끔 그때 함께 앉아 있던 바위에 다시 가보기도 했지만, 이제 그 자리는 그리움과 슬픔만을 안겨줄 뿐이었다.

14. 고요한 밤, 그리움의 속삭임

알리나는 무척 피곤했다. 오후 늦게 대학 수업을 마치고 집으로 돌아와 현관을 지나 방으로 들어갔다. 집 안은 숨소리조차 들리지 않을 만큼 조용했고, 그 정적이 괜스레 무서움을 불러일으켰다. 배도 고팠다. 살아계셨던 동안, 어머니는 늘 정성껏 식사를 준비해주셨다. 그 덕분에 직접 요리해본 적이 없었다. 부모님이 세상을 떠난 후부터는 주로 샌드위치로 끼니를 때우는 일이 익숙해졌다. 가끔은 동네 식당에서 음식을 주문하곤 했다.

냉장고를 열어보니, 안은 거의 텅 비어 있었다. 버터, 조금 남은 치즈, 살라미뿐. 또다시 샌드위치를 만들 수밖에 없었다. 차를 끓여 테이블에 앉았지만, 혼자 먹는 식사는 여전히 익숙하지 않았다. 입안에 남은 마른 빵가루조차 넘기기 어려웠다. 함께 저녁을 먹던 날들이 떠올랐다. 어머니가 만든 음식은 늘 맛있었고, 저녁 식탁 위엔 따뜻한 이야기가 넘쳐났다. 아버지는 하루 동안 있었던 일들을 풀어놓으며 웃음을 주셨다. 동료 이야기, 학생들과의 에피소드, 유쾌한 농담까지. 그 시절엔 집 안 가득 따뜻한 빛이 있었는데.

갑자기 날카로운 소리가 들렸다. 온몸이 움찔했다. 조심스레 문틈으로 내다보니, 로젠이 서 있었다. 문을 열자 로젠이 인사했다.

"안녕, 연락도 없이 찾아와서 미안해. 이틀 동안 못 봐서 걱정이 됐어."

"어서 들어오세요. 어제랑 오늘, 거의 하루 종일 대학에 있었어요. 너무 피곤해서 바로 집에 오느라 전화도 못 했네요."

"이해해. 아직 저녁 안 먹은 것 같아서 오는 길에 중국집에서 음식을 사왔어."

"지금 막 샌드위치를 먹고 있었어요."

"중국식 밥이 훨씬 맛있어." 로젠이 말했다.

둘은 탁자에 앉았다.

로젠은 가방에서 맥주 두 병을 꺼내며 물었다.

"맥주 한 잔 할래?"

"아니요, 괜찮아요. 고마워요."

로젠은 맥주를 한 병 따서 자기 잔에 따라 마시며 말했다.

"좋은 소식이 있어."

"드디어 좋은 소식이네요. 그동안은 나쁜 소식뿐이었는데." 알리나가 반색하며 말했다.

"가끔은 좋은 소식도 생기잖아."

"그래요, 무슨 이야기예요?" 알리나는 눈을 반짝이며 물었다.

"전시회 제안을 받았어. 개인전은 꽤 오랜만이야. 화가 협회에서 연락이 왔는데, 수도에 있는 미술관에서 전시회를 열 의향이 있냐고 묻더군."

"와, 정말 잘됐네요!"

"정말 기쁜 일이야. 전시회를 하면 그림 몇 점은 팔릴 수도 있고… 요즘 돈도 필요하니까."

"그럼 새로운 작품들을 그려야겠네요."

"다행히, 전시회를 크게 열 만큼 이미 준비된 게 있어." 로젠의 얼굴에 미소가 번졌다.

"나는… 좋은 소식이든, 나쁜 소식이든 아무 소식도 없는 것 같아요."

알리나는 여전히 어머니에 대한 단서를 찾고 싶다는 생각으로 마음이 복잡했다.

"결정했어요. 라주르에 가보려고요. 어머니에 대해, 베라 이모에게 물어볼 생각이에요."

"라주르 시에?"

로젠이 놀란 눈빛으로 바라보았다. 알리나는 피곤하고 지쳐 있었고, 얼굴에는 생기가 빠져 있었다. 눈 밑엔 깊은 그림자가 드리워졌고, 마음속 불안은 지난 일주일 내내 이어졌다. 공부에도 집중하지 못했고, 대학 실습 준비도 전혀 하지 못했다. 부모님이 돌아가신 후, 알리나는 더 이상 로젠이 알던 사람이 아니었다. 한 달 전까지만 해도 알리나는 밝고 생기 넘쳤고, 공부를 했고, 대학을 성공적으로 졸업하고 교사가 되고 싶어했다. 계획, 아이디어, 꿈이 있었다. 웃기도 자주 하여 로젠을 기분 좋게 만들곤 했다. 그런데 지금은 조용하고 쓸쓸해 보였다.

"좋아." 로젠은 이모가 아무런 이야기도 해주지 않을 거라는 예감이 들었지만, 알리나의 결정을 존중하고 싶었다.

"토요일에 출발하려고요." 알리나가 덧붙였다.

"같이 갈게. 내 차 타고 가면 편할 거야." 로젠이 선뜻 제안했다.

"고마워요."

언제나처럼 로젠은 도와주려고 준비된 사람이었다.

"라주르에 가본 적 있어요?" 알리나가 물었다.

"아니, 한 번도."

"정말 아름다운 바닷가 마을이에요. 학생 시절, 여름이면 자주 베라 이모를 찾아갔어요. 정말 많이 사랑해주셨어요. 라주르에 있을 때는 마치 새처럼 자유로웠고, 사촌 니나와 함께 해변을 산책하며 웃고 떠들었어요. 잠자기 전엔 이불 속에서 이야기도 많이 나눴고요. 라주르에서는 참 아름다운 날들이 있었죠."

하지만 알리나는 로젠에게 밀렌에 대한 이야기는 꺼내지 않았다. '밀렌은 지금 어디에서 살고 있을까?' 알리나는 궁금했다. 어쩌면 이미 결혼해 가정을 이루었을지도 모른다. 세월은 정말 빠르게 흘러간다.

로젠은 가만히 이야기를 들었다. 알리나는 "이모 베라, 사촌 니나"라고 말했지만, 사실 베라는 혈연으로 따지면 이모가 아니었고, 니나 역시 사촌이 아니었다. 그럼에도 알리나는 여전히 그들을 친척이라고 여겼다. 로젠은 라주르에 가서 베라에게 '어머니가 누구였냐'고 알리나가 묻는다면 어떤 반응이 나올지 궁금했다. 그 질문은 예고 없는 번개처럼 긴장을 가져올 테고, 아마도 베라는 전혀 예상하지 못했을 것이다. 말문이 막히는 순간이 닥쳐올지 모른다. 지금까지 알리나를 사랑으로 감싸온 베라가, 앞으로도 같은 마음을 간직해 줄 수 있을까. 니나는 과연 알리나가 입양되었다는 사실을 알고 있을까. 어쩌면 전혀 모를 수도 있다. 부모는 아마 그 사실을 숨겼을지도 모르지만, 베라는 확실히 알고 있었다. 마르타, 알리나의 양어머니는 베라의 친언니였기 때문이다.

"오늘 밤은 같이 있어 주세요." 알리나가 조용히 말했다. "혼자 있으면 무서워요. 누군가 문을 열고 들어오는 것 같은 기분이 들어요. 또 방 안으로 발소리가 들리는 듯하고… 잠도 잘 수 없어요. 침대에 누워 있으면 가슴이 쿵쾅거려요. 마치 모루 위에서 망치질하는 것처럼."

"무서워하지 마. 도둑들은 다시 오지 않을 거야." 로젠은 조용히 알리나를 안심시켰다. "필요한 건 이미 다 가져갔을 테니까."

아무런 대답도 들려오지 않았다.

"이 동네에는 더 부유한 사람들이 많아. 도둑들은 그 집들에서 더 값나가는 걸 훔칠 수 있을 거야. 도둑들은 집을 털기 전에, 철저하게 관찰을 하거든. 주인이 그 집에 있는지, 외국에 나가 있는지, 어떤 직업을 가졌는지… 부자인지, 비싼 차를 갖고 있는지… 모든 걸 알아보거든."

"네, 맞아요."

"당신의 아버지는 유명한 교수이자 의사였고, 어머니도 의사잖아. 두 분 다 넉넉한 형편에, 최신 차를 탔고, 어머니는 자주 금 장신구를 하셨다는 걸 그들은 알았어. 어머니가 다이아몬드 반지를 소유했다고 내게 말하기도 했어."

"네. 그 반지는 소중한 추억이 깃들어 아주 좋아하셨어요. 아버지가 결혼 전에 어머니에게 주신 선물이었거든요."

"도둑들은 두 분이 세상을 떠났다는 사실도 알고 있었어. 당신이 대학에 다니는 동안 집이 비어 있을 거라고 확신했지."

"도둑들의 심리를 꽤 잘 아시네요." 알리나가 가볍게 말했다.

"그건 다들 아는 일이야. 하지만 불행히도 경찰은 이런 도둑을 잡는 데 늘 어려움을 겪지." 로젠은 눈을 찌푸리며 물었다. "경찰한테서 연락 받은 적 있어?"

"아뇨, 전혀요. 한 번 전화를 해봤지만, 여전히 수사 중이라는 말만 되풀이했어요."

"늘 그렇지. 도난도, 심지어 살인도 발생하지만, 범인을 잡는 경우는 드물어."

알리나의 눈빛에 다시 두려움이 스며들었다.

"문단속 다시 해야겠어요."

입술을 꼭 다문 채 말한 알리나는 자리에서 일어섰다.

"괜찮아. 내가 여기 있으니까."

로젠이 다정하게 말하며 따라나섰다.

"같이 가줘요. 마당 문도 잠가야 하니까요."

두 사람은 함께 마당으로 나섰다. 고요한 5월의 저녁이 그들을 감싸 안았다. 넓은 앞마당에는 고요만이 내려앉아 있었다. 집집마다 불이 켜진 창이 드문드문 보였고, 가로등은 희미한 레몬빛을 비추었다. 거리는 적막했고, 자동차 소리조차 들리지 않았다. 하늘엔 별들이 호기심 가득한 아이의 눈처럼 반짝이고 있었다. "정말 조용한 저녁이구나." 로젠이 속삭이듯 중얼거렸다. 두 사람은 천천히 철문으로 다가갔고, 알리나가 문을 잠갔다.

"도둑들이 어떻게 들어왔을까?" 로젠은 궁금했다. "옆마당을 통해 들어왔을지도 몰라요." 왼쪽 집은 지금 아무도 살지 않는 상태였다. 2년 전, 그 집에 살던 노인이 세상을 떠났고, 지금은 가끔 아들이 들를 뿐이었다. 그 노인은 조각가였다. 마당에는 아직도 조각들이 몇 개 남아 있었다. 그중 하나는 날개를 활짝 펼친 천사의 형상이었다.

그 조각을 본 로젠은 순간, 천사가 금방이라도 하늘로 날아오를 것 같은 기분이 들었다. "네가 이 집을 지켜주는 존재였구나."

조용히 천사 조각을 바라보며 말을 건넸다. 정말 잘 만들어진 조각이었다. 그 조각가의 이름은 모르지만, 언젠가는 꼭 알아봐야겠다고 마음속으로 다짐했다.

두 사람은 다시 집 안으로 들어와 문을 잠갔다. 침실에서 알리나는 로젠을 꼭 끌어안고 조심스레 입을 맞췄다.

"오늘 밤은 푹 자고 싶어요"

금방 눈을 감고 잠에 든 알리나는 자고 있는 모습이 마치 어린아이처럼 평화로웠다. 로젠은 쉽게 잠들지 못하고, 알리나가 깰까 봐 숨소리조차 조심하며 옆에 누워 있었다. 어느 순간, 알리나가 잠든 채로 중얼거렸다.

"어디 계시나요? 빨리 와요… 어디 계시죠…?"

혹시 악몽을 꾸고 있는 걸까. 알리나는 잠들어 있는 동안에도 자신을 괴롭히는 모든 것에서 자유롭지 못하다고 로젠은 생각했다.

15. 바다 너머의 진실

라주르로 가는 길은 넓은 들판을 지나고 있었다. 로젠은 차분하게 운전대를 잡았고, 조수석에는 알리나가 조용히 앉아 있었다. '무슨 생각을 하고 있을까?' 로젠은 마음속으로 물었다. 어쩌면 예전에 라주르에서 보냈던 여름날을 떠올리고 있을지도 모르고, 아니면 베라 이모가 생모에 대한 이야기를 해주길 바라고 있을지도 몰랐다. 하지만 베라 이모가 그 비밀을 쉽게 꺼낼 거라곤 믿지 않았다.

"만약 생모가 누구신지, 어디에 계신지 알게 된다면 어떻게 할 거야?" 로젠이 조심스레 입을 열었다.

알리나는 예상치 못한 질문에 살짝 놀랐다.

"혹시 찾아가 볼 생각이야?" 로젠이 덧붙였다.

"어떻게 해야 할지 잘 모르겠어요." 알리나의 목소리는 조용했지만 단단했다. "그냥… 어떤 분이신지 보고 싶을 뿐이에요."

"만났을 때 뭐라고 할 건데?"

"그것도 잘 모르겠어요. 엄마라고 부르기도 쉽지 않을 것 같아요."

"분명, 쉽지 않은 일이야."

"그래도 꼭 만나야 해요." 알리나가 말했다. "우린 부모를 선택할 수는 없지만, 어떤 분들인지 아는 건 꼭 필요하잖아요."

차는 바닷가 작은 마을, 라주르에 다다랐다. 하얀 집들이 바다 물결 위에 뜬 흰 갈매기처럼 반짝였고, 푸른 바다는 넓은 비단처럼 고요히 잔잔하게 펼쳐져 있었다. 해안에는 몇 척의 어선이 보였다. 이른 아침의 어부들은 낚시를 끝내고 물고기를 팔고 있었고, 신선한 생선을 사려는 여자들이 배 옆에 줄지어 서 있었다.

"베라 이모 댁은 시내에 있어요." 알리나는 도착지의 위치를 자세히 설명했다.

로젠은 2층짜리 집 앞에 차를 멈췄다. 작은 마당에는 무화과나무 두 그루와 사과나무 한 그루가 자라고 있었고, 집 앞 포도넝쿨 정자 아래엔 나무 테이블과 의자 몇 개가 놓여 있었다.

알리나가 초인종을 눌렀다. 잠시 후, 머리카락이 약간 흰 50대쯤의 여인이 문을 열었다. 갈색 눈동자가 알리나를 보고 순간 놀라더니 곧 따뜻한 미소로 번졌다.

"알리나, 어서 오렴. 내 아이야." 환한 얼굴로 여인이 말했다. "왜 미리 연락하지 않았니?"

"갑자기 오게 되었어요, 이모." 알리나는 부드럽게 웃었다.

"잘 왔다. 어서 들어오렴."

로젠과 알리나는 소박하게 꾸며진 그리 크지 않은 방으로 들어섰다. 방 안에는 둥근 테이블과 의자, 찬장, 소파가 있었다.

"앉으렴." 베라 이모가 손짓하며 말했다.

"이모, 여기는 제 친구 로젠이라고 해요." 알리나는 조심스럽게 로젠을 소개했다.

"그래, 잘 왔어. 둘이 오니 정말 반갑네요. 오는 길은 괜찮았나요?"

"조용하고 편안한 길이었어요. 생각보다 금방 도착했습니다." 로젠이 대답했다.

"금방 커피를 끓일게." 이모가 부엌으로 향하며 말했다. "오늘 아침에 케이크도 구웠는데, 혹시 아직 아침 못 먹었니?"

"차로 오다가 주유소에서 잠깐 멈추고 거기 카페에서 간단히 먹고 왔어요." 알리나가 말했다.

"그래도 내 케이크는 꼭 맛보아야 해. 정말 맛있단다."

"이모가 케이크를 얼마나 잘 만드시는지 알죠." 알리나는 웃으며 말했다. "지난 여름 자주 찾아왔을 때, 아침마다 케이크 먹었던 기억이 나요. 정말 맛있었어요."

"오랫동안 못 봤구나." 이모는 다정한 눈빛을 보냈다.

"학교 다니느라 시간이 없었어요."

"공부하는 건 좋은 일이야. 학업을 마치면 곧 일도 시작하겠지. 니나도 학생이잖니. 지금 타르노 시에서 공부하고 있는데, 6월 시험 준비 중이야. 여름방학 땐 여기 있을 거니, 너도 여기에 오렴. 니나와 함께 있으면서 바다에서 수영도 하고, 산책도 하고, 근처 아나스타샤 섬도 꼭 가보렴."

"여름에 올 수 있을지는 모르겠어요." 알리나는 살짝 망설였다. "그런데, 페타르 삼촌은 어떠세요?"

로젠에게 조용히 설명하듯 덧붙였다. 페타르 삼촌은 베라 이모의 남편이라고.

"삼촌은 주말마다 낚시를 가서. 기억하겠지만, 라주르에는 배가 없고 가까이에 있는 리오라는 어촌 마을에 배가 있어. 오늘 아침에도 일찍 낚시를 가셨고, 정오쯤 돌아올 거야. 싱싱한 물고기를 가지고 오시겠지."

"우린 어쩌면 빨리 돌아가야 해서, 삼촌을 못 뵐 수도 있겠네요." 알리나가 말했다.

"왜 벌써 가야 하니? 오늘은 토요일이고, 내일은 일요일이잖니. 하룻밤 여기서 쉬고 가. 집에는 나랑 삼촌뿐이고 방도 충분해. 2층에 방 두 개가 있는데, 그중 하나는 니나 방이야."

"고맙습니다, 이모. 그런데 오늘은 수도로 돌아가야 해서요."

"금방 왔는데 왜 그리 서둘러 가려고 하니? 하루 머물면서 도시도 구경하고, 바다도 거닐어 봐. 아직 5월이라 수영은 힘들지만, 바다는 언제나 아름답잖니. 이 도시에는 바닷가에 큰 공원도 있어. 산책하기 딱 좋은 곳이지."

"그 공원 정말 예뻐요." 알리나가 눈을 반짝이며 말했다. "거기 큰 레스토랑 있었던 거 기억나요. 이름이… '황금의 닻'이었나? 맞죠?"

"그래, '황금의 닻'이지."

"공원과 해변에는 테라스가 있었어요. 여름이면 오케스트라가 연주를 하곤 했죠. 니나와 나는 자주 그곳에 갔어요. 음악이 울려 퍼지는 가운데 춤을 추었고, 다른 젊은이들은 누가 먼저 우리와 춤을 출 수 있을지 경쟁했어요. 정말 멋진 추억이었어요."

로젠은 알리나가 생모 이야기를 꺼낼 용기가 없어, 이모와 나눌 수 있는 다른 화제를 찾으려 한다고 짐작했다.

알리나의 마음은 점점 무거워졌다. 이마에 땀이 맺히고, 가슴은 빠르게 뛰기 시작했다. 머릿속에는 어떻게 말문을 열어야 할지 계속해서 생각이 맴돌았다. 입양에 관한 이야기를 꺼낸다는 것은 너무나도 어려운 일이었다.

아마도 베라 이모는 알리나가 뭔가 중요한 이야기를 하고 싶어하는 것을 눈치채고 있었을 것이다.

"어쩌면 집에 서둘러 돌아가고 싶어서 그런 거겠지." 이모가 조심스럽게 입을 열었다. "이젠 혼자 지내며 할 일도 많을 테니까. 정말 착한 분들이셨지… 아무도 그렇게 비극적인 일이 일어날 줄은 상상조차 못 했어. 마지막으로 이곳에 다녀가던 날, 나는 두 분께 '좋은 여행 되세요, 조심히 가세요' 하고 인사했지. 네 아버지가 신중하게 운전하는 건 알았지만… 도대체 사고를 낸 그 큰 트럭은 어디서 튀어나온 걸까? 나중에 기사에서 보니, 트럭 운전사가 젊고 경험이 부족했다고 하더구나."

이모가 사고 이야기를 꺼냈을 땐, 입양에 대해 묻기엔 적절한 때가 아니라고 느꼈지만, 알리나는 바로 그 이야기를 듣기 위해 이곳에 온 것이었다.

"두 분은 정말 따뜻하고 훌륭한 분들이셨어." 이모가 눈시울을 적셨다.

"네, 정말요… 좋은 분들이셨어요. 절대 잊지 않을 거예요." 알리나는 조심스레 말을 이었다.

"그런데… 묻고 싶은 게 있어요."

이모의 눈빛에 순간 긴장이 스쳤다.

"이모님… 진실을 말씀해 주세요."

알리나는 입술을 떼려다 계속 말하기가 두려워 잠시 멈추었다.

"내가 무엇을 말할까?"

알리나는 심호흡을 한 후 재빨리 말했다.

"이모님, 제가 입양된 사실을 알게 됐어요."

그 말이 입에서 흘러나오자, 마음속 깊이 걸려 있던 돌덩이가 조금은 내려앉은 듯했다. 이모는 마치 벼락을 맞은 사람처럼 멈춰 섰고, 당황한 표정으로 알리나를 바라보았다. 방 안은 고요 속에 잠겼고, 규칙적으로 똑딱거리는 시계 소리만이 공간을 채우고 있었다. 로젠은 유리장 선반 위에 놓인 흰 바탕에 검은 숫자가 선명한 큼직한 알람시계를 바라보고 있었다.

"그럴 리 없어!" 이모가 단호하게 말했다. "누군가가 거짓말을 한 거야! 세상에는 나쁜 사람들도 있어. 네 부모님을 질투한 이들이었겠지. 정말 두 분은 열심히 일해서 돈을 잘 벌었거든. 그런 사람들은 네 삶을 망치고 싶었을 거야. 그런 말은 믿지 마. 너는 입양되지 않았단다!"

"하지만요, 이모님. 부모님이 돌아가신 뒤 아빠의 유품 속에서 한 장의 메모를 발견했어요. 거기에는 제가 입양된 아이라 쓰여 있었고, 제 생모의 이름은 다리나 페트로바 흐리스토조바라고 적혀 있었어요. 제가 태어났을 때 이름은 카멜리아였대요."

이모는 슬픈 표정으로 말 없이 알리나를 바라보았다. 얼굴빛이 창백해지더니, 마침내 조용히, 그러나 또렷한 목소리로 입을 열었다.

"…그래. 너는 입양된 아이야. 이제는 어른이 되었으니, 이 사실을 알 권리가 있겠지. 부모님이 결혼하셨을 때, 아이를 가질 수 없다는 사실을 알게 되었단다. 하지만 네 엄마 마르타는 아이를 정말 간절히 원했어. 모든 방법을 시도했지만 아무 소용이 없었지. 그래서 너를 입양하게 되었단다. 하지만 엄마는 네가 입양된 사실을 아무에게도 알리고 싶지 않았어."

"혹시… 제 생모가 누구인지 아시나요?" 알리나가 조심스럽게 물었다.

"안타깝게도, 누군지 알지 못한단다."

"엄마가 생모에 대해 아무 말씀도 안 하셨나요? 어떤 사람인지, 어디서 왔는지…"

"생모에 대해서는 말한 적 없었어. 하지만 왜 그렇게 알고 싶니? 무엇보다도 너를 키우고 사랑으로 감싸준 부모님이 더 소중하잖니. 네 부모는 너를 세상 무엇보다 소중하게 여겼어. 네 엄마는 네가 총명하고 성실하게 자란 걸 늘 자랑스러워했지."

"그 사랑은 알고 있어요…"

"그러니 생모에 너무 얽매이지 말고, 앞을 바라보렴." 이모는 조용히 말했다.

잠시 후, 두 사람은 마주 본 채 묵묵히 시간을 함께 보냈다. 그러다 이모가 천천히 입을 열었다.

"이제 입양된 사실을 알게 되었는데… 그래도 내가 네 이모가 맞니?"

"이모는 언제나 제 이모예요. 사랑해요. 불행히도 제겐 다른 친척은 없어요. 오직 이모뿐이에요. 아빠의 친척은 아무도 몰라요. 형제자매도 없으셨고, 부모님은 제가 입양되기 전에 돌아가셨거든요. 아빠는 사촌이나 다른 친지에 대해선 한 번도 이야기하신 적이 없으셨어요."

"그래… 나도 네 아버지의 친척에 대해선 알지 못한단다. 사촌들에 대한 이야기도 거의 하지 않으셨어."

잠시 침묵이 흘렀고, 알리나는 조용히 입을 열었다.

"고맙습니다, 이모. 하지만 이젠 가봐야 할 것 같아요."

"언제든 이 집은 네게 열려 있다는 걸 기억하렴. 너를 사랑하고, 앞으로도 늘 그럴 거야." 이모는 진심을 담아 말했다.

"고마워요, 이모."

"그래도 조금 더 머물러 보렴. 삼촌도 곧 도착하니, 점심도 같이 먹자."

"삼촌과 니나에게 안부 전해 주세요. 언젠가 꼭 다시 올게요. 몸 조심 하시구요."

"그래, 잘 가라. 서두르지 말고 천천히 운전해. 수도에 도착하면 꼭 연락하고."

"알겠습니다."

알리나는 이모를 껴안고 볼에 입을 맞추었다.

"좋은 여행 되길 바란다." 베라는 눈을 반짝이며 말했다.

로젠과 알리나는 차에 올라 도로를 따라 달리기 시작했다.

잠시 뒤 로젠이 말했다.

"잠깐 바닷가에 차를 세워볼게. 바다를 조금 바라보기 위해. 바다는 언제나 내 마음을 사로잡아. 그래서 자주 바다 풍경을 그리거든."

"저도 바다를 참 좋아해요." 알리나가 미소 지으며 답했다.

로젠은 차를 멈추었다. 두 사람은 차에서 내려 바닷가로 걸어갔다. 눈앞에는 꿈처럼 푸른 바다가 펼쳐져 있었다. 바닷바람은 짭조름한 소금 냄새와 해초 향기를 실어 나르며 두 사람의 머리칼을 흔들었다. 잔잔한 파도는 조용히 해변으로 밀려왔다. 알리나는 황금빛 모래와 반짝이는 수평선을 바라보며, 이 자리에 몇 시간이고 서 있을 수 있을 것 같았다.

"학생 때는 매년 여름 친구들과 함께 바다에서 지냈어. 텐트를 치고 2주 동안 정말 잊을 수 없는 시간을 보냈지. 수영도 하고, 낚시도 하고, 조개도 주웠어. 저녁이면 그 조개를 구워 먹었지. 그래서인지 조개가 세상에서 가장 맛있는 해산물 같아. 무엇보다도 바닷가에서 보는 일몰은 정말이지 잊히지 않아. 해가 서쪽 능선 너머로 지면서 바다는 구리빛으로 물들고, 세상은 고요해져. 오직 찰랑이는 파도 소리만 들리지. 그 속삭임은 마치 오래된 이야기를 들려주는 듯했어. 그 순간엔 내가 땅에 있는 건지, 하늘에 떠 있는 건지조차 분간할 수 없었어."

두 사람은 다시 차에 올라 조용히 도로를 달렸다. 한동안 말이 없었다.

그러다 로젠이 조심스레 입을 열었다.

"안타깝지만, 이모님은 생모에 대해 아무 말씀도 해주시지 않았네."

"그래도 저는 꼭 어머니를 찾을 거예요."

알리나는 고집이 있었고, 로젠은 '입양된 사람이라면 누구나 생모를 알고 싶어할까?'라는 궁금증이 일었다. 그렇지만 알리나를 돕고 싶었다. 그 마음은 단순한 호의가 아니라, 사랑이었다.

"내일은 뭐 할 예정이야?" 로젠이 물었다.

"내일은 일요일이니까, 다음 달에 있는 시험을 대비해 하루 종일 공부할 거예요."

"필요한 건 없어? 돈은 충분하고?" 로젠은 걱정스레 물었다.

"다행히 부모님이 남겨주신 통장이 있어요. 그래도 부족해지면 아르바이트를 시작할 거예요. 공부와 일을 병행해야죠."

"쉽진 않을 거야."

"언제나 쉬운 길은 없죠. 저는 스스로 문제를 해결해야 하거든요."

로젠은 알리나가 독립적이고 고집이 센 사람이라는 걸 잘 알고 있었다. 부모를 잃었지만, 알리나는 삶을 포기하지 않았다. 앞으로 나아가려는 힘이 그 안에 있었다.

"내가 언제든 도와줄 준비가 되어 있다는 걸 알고 있지." 로젠이 진심을 담아 말했다.

"고마워요. 하지만 재정적으로 나를 지원할 의무는 없잖아요."

"당신의 용기가 참 대단하다고 생각해."

"내 곁에 있어 줘서 고마워요."

베라의 남편 페타르가 집에 돌아왔다. 손에는 막 잡은 생선이 가득 담긴 자루가 들려 있었다.

"오늘 낚시는 좋았어요?" 베라가 물었다.

"운이 따랐어. 우리 같은 어부들은 알지. 때론 빈손으로 돌아오고, 때론 손이 모자라게 잡히고. 오늘은 아주 좋았지."

쉰 살의 페타르는 체격이 단단하고 활달한 인상이었다. 키는 중간 정도였고, 머리카락은 희끗희끗했으며, 깊이 있는 갈색 눈을 가졌다. 무엇보다 자랑스러워하는 건 두꺼운 콧수염이었다. "콧수염 없는 남자는 남자가 아니지!" 하고 농담삼아 자주 말하곤 했다. 원래는 기관사였지만, 진짜 열정은 낚시에 있었다. 스스로 낚싯배도 가지고 있었고, 쉬는날에는 늘 낚시를 해서, 아주 실력 있는 어부라고 친구들은 다 칭찬했다.

"손님이 왔었어요." 베라가 말했다.

"누구?"

"알리나가 친구와 함께 들렀어요. 그래, 연인 같더군요. 이름은 로젠이고, 화가라고 했어요. 언니는, 그러니까 알리나의 어머니가 예전에 로젠에 대해 내게 이야기한 적이 있었어요. 그때 언니는 알리나가 고등학생일 때 로젠을 만나는 걸 그리 반기지 않았지요."

"근데 왜 그렇게 빨리 돌아간 거야?" 페타르가 물었다. "알리나는 한동안 우리 집에 오지 않았잖아."

"나쁜 소식을 전하러 왔거든요." 베라가 조용히 말했다.

"무슨 소식인데?" 페타르의 얼굴에 근심이 스쳤다.

"알리나가 형부가 남긴 메모를 발견했대요. 거기서 자신이 입양된 사실을 알게 됐어요. 생모가 누구인지 물으려고 찾아온 거예요."

"참 나쁜 소식이네." 페타르가 중얼거렸다.

"나쁜 일은 한꺼번에 오는 법인가 봐요. 부모도 잃었고, 이제는 입양된 사실까지 알게 되었으니…"

"그럼 이제 우리가 친척이 아니라는 걸 그 아이도 알겠군."

"하지만 난 여전히 알리나를 내 딸처럼 여겨요. 언니의 아이잖아요. 아기 때부터 내가 돌봐왔고, 눈앞에서 자라나는 걸 지켜봤어요. 여기도 자주 놀러 왔고, 니나와도 자매처럼 지냈고."

"맞아. 알리나는 우리 아이야. 도와야 해. 다른 친척도 없잖아." 페타르는 단호하게 말했다.

"그래요. 우리가 돌봐야지요." 베라는 고개를 끄덕이며 자루에서 생선을 꺼냈다.

"이제 생선을 튀길게요. 점심을 먹고 오후에 시립 공원에 갑시다. 이번 주는 '꽃 주간'이라, 아름다운 꽃 전시회가 열리고 있을 거예요."

16. 조용한 서재, 흔들리는 마음

알리나는 시험공부를 하고 있었다. 지금 아버지의 옛 서재에 앉아 있었다. 그곳은 작고 조용한 방으로, 마당 쪽으로 창이 있어 빛이 들어왔다. 알리나는 책상에 앉아 교과서와 책, 공책을 가지런히 정리했다.

방 안에는 책장과 커피 테이블, 침대가 놓여 있었다. 아버지는 예전부터 늦게까지 일할 때면 이 방에서 주무시곤 했다. 아주 철저한 생활계획을 세워 두고 있었다. 아침 일찍 일어나 마당에서 체조를 하고, 샤워를 한 뒤 아침을 먹고 잠시 일하려고 서재로 향하곤 했다. 오전 7시 반이면 자동차를 몰아 대학으로 가서 학생들에게 강의하거나 평가를 했다. 오후 시간은 온전히 가족과 함께 보냈고, 저녁 6시가 넘으면 다시 서재로 돌아가 저녁먹을 때까지 일했다. 가족들은 대개 밤 8시에 함께 저녁을 먹었다.

주말이면 부모님과 알리나, 세 사람은 멋진 볼거리가 있는 근교의 도시로 여행을 다녔다. 알리나는 그런 아버지의 생활방식을 좋아했고, 자신도 그렇게 살아보려고 노력했지만, 항상 계획대로 되는 것은 아니었다. 아버지와 달리 아침 체조는 하지 않았지만 마당을 산책하며 신선한 공기를 마시는 걸 좋아했다. 하지만 안타깝게도 알리나는 집중력이 약했다. 지금조차 시험 공부를 해야할 때인데 자꾸만 생모 생각이 났다. 어떻게든 어머니에 대해 모든 것을 알고 싶었다. '지금 어머니는 어디에서 살고 계실까? 지방 도시일까, 아니면 수도에 계실까? 어머니의 부모님은 누구셨을까? 내가 태어난 걸 알고 계셨을까?' 그 시절, 결혼하지 않은 여성이 아이를 낳는다는 건 큰 죄로 여겨졌고, 출산은 반드시 비밀리에 진행되어야만 했다. 사회는 그런 여성이 결혼할 수 없다고 여겼기 때문이다. 아마 어머니는 다른 선택의 여지가 없었을 것이다. 여성을 사랑했던 남자친구는 결혼을 원하지 않았을지도 모른다. 알리나의 어머니는 남자를 진심으로 사랑했고, 함께 가정을 이루는 삶을 그리며 자신이 낳을 아이에 대해 꿈을 꾸었을 것이다. 하지만 결국 남자는 떠나고 말았다.

시계를 보니 밤 9시였다. 친구 마리아가 곧 도착할 시간이었다. 마리아는 함께 시험 공부하자고 약속했었다. 알리나는 마리아를 기다리며 과자를 준비했다. 벨소리가 났다. 알리나는 마리아일 거라 생각하고 문으로 향했지만, 그곳에 서 있던 건 마리아가 아닌 우편배달부였다.

"안녕하세요." 배달부가 인사했다.

배달부는 마흔 살쯤 되어 보였고, 키가 크고 운동선수처럼 건장했다. 우편 유니폼만 아니었다면 배달부라고 생각하지 못했을 것이다.

"알리나 칸틸로바 씨 되시죠?" 우편배달부가 물었다.

"네."

"경찰서에서 보낸 등기우편이 도착했습니다. 신분증을 보여주셔야 합니다."

알리나는 신분증을 가져왔고, 배달부는 그 내용을 적은 뒤 다시 돌려주었다.

"여기 편지입니다." 우편배달부가 등기우편을 건네주었다.

"감사합니다."

배달부가 돌아간 뒤, 알리나는 봉투를 열었다. 편지에는 경찰서장의 서명이 있었고, 곧 도둑들이 검거될 예정이라는 내용이 적혀 있었다. 하지만 이 '곧'이라는 말이 알리나에게 안심을 주지는 못했다. '도둑들이 곧 잡힌다고? 그 말은… 아직도 안 잡혔다는 건가?' 안타깝게도 도난 사건은 끊이지 않는다. 매일 TV 뉴스에서는 또 다른 사건들이 보도된다. 사람들은 두려움에 떤다. 어제 신문에서는 전차나 버스 안에서 일어나는 소매치기 기사도 보았다. 젊은 여성들이 승객의 가방이나 주머니에서 휴대전화나 지갑을 능숙하게 훔쳐 간다고 했다. 알리나는 대중교통을 이용할 때 매우 주의를 기울였지만, 도둑들은 너무도 능숙했다. 어쩌면 어딘가에 도둑질을 가르쳐 주는 곳이 있을지도 모르겠다고 생각했다.

그때 또다시 벨이 울렸다. '이번엔 마리아겠지.' 알리나는 중얼거리며 나가서 문을 열었다.

"안녕, 알리나!" 마리아가 인사했다.

"어서 와."

"조금 늦었을지도 몰라. 버스를 한참 기다려야 했거든." 마리아가 미안한 듯 말했다.

"아니야, 딱 맞춰 왔어."

두 사람은 방으로 들어갔다.

마리아는 아름다운 붉은색 드레스를 입고 있었고, 눈은 반짝였으며 미소 속에서 진주 같은 하얀 이가 드러났다. 기분이 좋아 보였다.

"드레스가 정말 예쁘다." 알리나가 감탄했다.

"부모님께 용돈을 받아서 산 거야." 자랑하듯 말을 꺼낸 마리아는 늘 멋지게 입으려고 애썼다.

"부모님이 지방에 계셔도 늘 곁에서 도와주시니 넌 참 행복할 거야." 알리나가 부러워했다.

"알리나, 네 부모님이 돌아가신 뒤로 얼마나 힘들어했는지 나도 알아. 혼자 사는 건 정말 쉽지 않지." 마리아가 따뜻한 목소리로 말했다. "근데… 지금까지 내가 한 번도 물어본 적이 없는데, 혹시 사귀는 사람 있어?"

"응, 있어." 알리나가 대답했다.

"오! 아주 좋은데. 공부하는 사람이야, 아니면 일하는 사람이야?"

"화가야."

"그럼 잘 벌 수도 있겠네. 요즘 그림이 아주 비싸잖아. 아마도 그림을 팔고 있을 거야." 마리아가 짐작하듯 말했다.

"돈이 가장 중요하지는 않아." 알리나는 조용히 말했다.

"그래도 돈 없인 살 수 없잖아." 마리아는 웃으며 말했다. "나도 요즘 새로운 사람이 생겼어. 우리, 2주 전에 알게 되었는데 벌써 고급 레스토랑에서 몇 번 저녁도 먹었지. 외교관인데, 올여름엔 같이 프랑스로 여행 갈 예정이야."

"그런데… 파벨이라는 친구가 있었잖아. 무슨 일이 있었던 거야?" 알리나가 조심스럽게 물었다.

"헤어졌어." 마리아가 담담하게 대답했다. "알다시피 파벨은 아직 학생이잖아. 돈이 거의 없어. 한 번이라도 함께 식당에서 먹은 적이 없어. 작은 선물 하나 해준 적이 없었어. 아주 가끔 꽃을 들고 오긴 했지만… 그뿐이었지. 항상 하는 말이, 공부를 마치면 모든 걸 갖게 될 거라고 했어. 공부를 마치면… 상상해 봐. 그 얘기를 들을 때마다 웃음이 나왔어." 마리아는 어이없다는 듯이 웃으며 말했다. "공부를 마치면 세상이 자기 원하는 대로 흘러갈 거라고 믿는 사람이라니. 난 그런 몽상가 같은 사람은 필요 없어."

"그래도 파벨은 착한 사람이었잖아." 알리나가 말했다.

"사람은 그저 착하기만 해서는 충분하지 않아. 네가 그저 착하기만 해서는 삶에서 아무것도 이룰 수 없을 거야."

"불행하게도, 요즘 세상에서 친절함은 가치가 없어. 이제 우리 공부나 시작하자." 알리나가 말하며 화제를 돌렸다.

"좋아. 이반 다비도프 교수님의 민속사 교과서를 가져왔어." 마리아는 가방에서 책을 꺼내 책상 위에 올려놓았다.

"아주 잘했어. 다비도프 교수님은 학생들이 오직 그 책만으로 공부하길 바라셨잖아. 다른 책을 보면 성적을 나쁘게 주셨다는 소문도 있더라."

"나도 들었어." 마리아가 고개를 끄덕였다.

두 사람은 말없이 책상에 마주 앉아 본격적으로 공부를 시작했다.

17. 카페 봄에서 피어난 약속

로젠과 알리나는 오페라 하우스 근처 '공화국' 광장에 있는 카페 '봄'에 자주 들렀다. 크지 않은 이 카페에서 둘은 늘 큰 창가에 있는 구석 테이블에 앉곤 했다. 그곳은 두 사람의 단골 자리였다. 카페의 여종업원은 이미 둘을 잘 알고 있었고, 들어오는 모습을 보면 바로 무엇을 주문할지 질문을 던졌다. 종업원은 알리나가 학생이라는 것, 로젠이 화가라는 것도 알고 있었다. 때로는 로젠이 어떤 그림을 그리고 있는지, 알리나가 어떤 과목 시험을 준비하고 있는지 묻기도 했다. 농담을 좋아해 이따금 재미있는 이야기를 들려주기도 했다. 서른 살의 약간 통통한 체형의 종업원은 금발 머리, 맑고 푸른 눈에 성격이 좋았다.

"나의 사랑하는 작은 비둘기들," 이라고 늘 말하곤 했다. "어쩌면 너희는 다시 커피를 마시겠지."

로젠은 설탕을 넣지 않은 커피를 즐겼고, 알리나는 조금 달게 마시는 것을 좋아했다.

오후에 카페에 앉아서 대화를 이어갔다. 로젠은 그림 이야기, 전시회 이야기, 좋아하는 화가들에 대해 이야기했고, 알리나는 말없이 이야기를 들으며 로젠이 그릴 그림이 어떨지 상상했다.

"며칠 동안 시험 공부는 잘 했어?" 로젠이 물었다.

"그래요. 마리아랑 함께 꽤 많은 걸 공부했어요." 알리나가 고개를 끄덕이며 대답했다.

"그럼, 시험에서도 분명 좋은 결과가 나올 거야."

"아마도. 과목에 따라 어려운 것도 있어서 자신은 없지만." 알리나가 힘없이 대꾸했다.

"아직 시간이 좀 남아 있잖아. 필요한 건 모두 익힐 수 있을 거라고 믿어."

"당신은 정말 낙관주의자예요." 알리나가 웃었다.

"낙관하는 것도 나쁘지 않아. 원하는 것을 믿는 사람이 결국 이루게 되니까."

"어머니를 찾고 싶다는 마음은 여전하지만, 그게 정말 가능하다고는 더 이상 믿지 않아요."

"왜 그 생각에서 벗어나지 못하고 있지?" 로젠의 묻는 목소리는 부드러웠다.

"계속 생각이 나요. 멈추고 싶어도 멈춰지지 않아요. 친구가 시 법원에서 어머니에 대한 정보를 얻을 수 있을지도 모른다고 알려줬어요. 내일 직접 신청서를 내러 갈 생각이예요."

"법원에서 뭔가 구체적인 걸 알려줄 수 있을 거라고 믿어?" 로젠이 물었다.

"당신이 내게 회의적이라는 걸 알고 있어요. 그래도 나는 할 수 있는 건 다 해볼 거예요. 법원뿐 아니라, 필요하다면 세상의 끝까지라도 갈 거예요!"

"그래, 좋아. 괜히 말싸움하고 싶진 않아."

로젠은 조용히 창밖으로 시선을 돌렸다. 거리에는 젊은이들과 나이 든 사람들, 수많은 사람이 오고 갔다. 1분쯤 흐른 뒤, 로젠이 다시 입을 열었다.

"세상의 끝까지 가지 말고, 내 고향으로 갑시다."

"또 농담하며. 절 놀리는 거지요?" 알리나가 살짝 마음이 상한 얼굴로 말했다.

"아니야. 진심이야. 이번 일요일, 나의 고향에 함께 가자. 내가 태어나고 자란 마을을 보러, 아직 가본 적 없잖아."

알리나는 미소를 지으며 눈을 가늘게 떴다.

"좋아요. 같이 가요." 알리나가 흔쾌히 동의했다.

"지난 토요일엔 라주르에 있는 이모 집에 다녀왔고, 이번 일요일엔 우리 부모님을 뵈러 가는 거야."

"오래전부터 뵙고 싶었는데." 알리나가 말했다.

"그래. 그 순간이 왔어. 이미 부모님께 당신에 대해 말씀드렸어. 당신을 보고 싶으시대."

"나에 대해 뭐라고 말했어요?" 알리나는 궁금해했다.

"예쁘고, 착하다고."

"그게 다예요?"

"그것만으로도 충분하지 않아?" 로젠이 웃으며 되물었다.

"제가 얼마나 도전적이고 고집스럽고, 한번 마음먹은 건 꼭 이뤄야만 직성이 풀리는 사람인지도 말해줬어야죠."

"좋아, 부모님께 도착하면 그 말을 꼭 하라고 알려 줘." 로젠이 덧붙였다.

둘은 그렇게 웃으며 커피를 마셨다. 카페를 나설 땐 늘 그랬듯, 상냥한 종업원에게 따뜻한 인사를 건넸고, 이후 로젠의 다락방으로 발걸음을 옮겼다.

18. 바위에 얽힌 이야기

드라고보는 수도에서 불과 40킬로미터 떨어진, 닐라 산맥 깊은 곳에 자리한 작고 아름다운 마을이었다. 마을로 향하는 길은 깊은 산자락을 따라 흐르는 라다 강을 지나갔고, 도로는 은빛 뱀처럼 산속을 구불구불 가로질렀다. 커브가 많은 길을 로젠은 신중하게 운전했고, 알리나는 약간 창백한 얼굴로 창밖을 바라보았다.

"겁내지 마." 로젠이 알리나를 안심시켰다. "이 길은 수없이 다녀봤어. 눈 감고도 운전할 수 있을 정도야."

"하지만 지금은 제가 옆에 있으니까, 눈은 꼭 뜨고 운전해 주세요." 알리나가 웃으며 말했다.

한 시간이 지나 그들은 마을에 도착했다. 차는 작은 광장을 지나 좁은 마을길을 따라 달렸고, 로젠은 어느 소박한 집 앞에서 차를 세웠다.

"여기가 우리 집이야." 로젠이 말했다.

두 사람은 차에서 내렸다. 로젠의 부모님이 집 마당에서 따뜻하게 맞아주셨다. 아버지는 오십대 중반쯤 되어 보였고, 키는 작지만 다부진 체격에 갈색 눈을 가진 분이었다. 알리나의 손을 잡았을 때, 그 손은 따뜻하고 단단했으며, 평생을 농부로 성실하게 살아온 이의 손길이 느껴졌다. 그 시선에는 깊은 친절함이 배어 있었다.

"나는 벨린이오." 아버지가 말했다.

"알리나라고 합니다."

로젠의 어머니는 통통한 체형에 붉은 얼굴, 파란 눈동자, 그리고 길게 땋은 머리를 두 갈래로 늘어뜨린 분이었다.

"어서 와요." 어머니가 환하게 웃으며 말했다. "내 이름은 펜카예요. 펜카 아줌마라고 불러도 좋아요. 아침부터 아가씨를 기다리고 있었지요."

어머니의 목소리에는 반가움이 가득 담겨 있었다. 그들은 시골답게 소박하게 꾸며진 방으로 들어갔다. 방 안에는 긴 식탁과 침대 두 개, 의자 몇 개와 고풍스러운 옷장이 놓여 있었다. 침대 중 하나 위쪽 벽에는 노부부의 사진이 나란히 걸려 있었다.

"저분들이 나의 시부모님이에요." 펜카가 사진을 가리키며 말했다. "로젠의 조부모님이죠. 예전에 이 집에 함께 살았어요."

"예전에 할아버지는 마을의 촌장이셨어." 로젠이 설명을 덧붙였다. "성함은 카멘 다스칼로프이고, 마을 사람들 모두 좋은 분으로 기억하고 있어."

알리나는 사진을 바라보았다. 사진 속 로젠의 할아버지는 날카로운 눈매에 진지한 표정을 짓고 있었다. 검은 머리카락과 굵은 콧수염이 인상적이었다.

"할머니는 가정주부셨어. 그 당시 여성들은 주로 가족과 아이들을 돌보았지." 로젠이 말을 이었다.

"지금도 우리 여성들은 가족을 돌봐야 해요." 펜카가 웃으며 말했다. "우리 마을은 집안일이 참 많답니다. 마당은 넓고, 토마토며 오이, 호박 같은 채소를 키워요. 배, 사과, 복숭아 같은 과일나무도 있고요. 소나무도 자라고 있죠. 돼지랑 닭도 키우고 있어요. 이리 와요, 알리나. 마당을 구경시켜 줄게요."

두 사람은 함께 마당으로 나갔다.

"여기가 우리 채소밭이야." 펜카가 말했다.

그들은 과일나무 쪽으로 걸어갔다.

"여기는 배나무, 이쪽은 사과나무야. 이제 돼지도 보여줄게."

그들은 돼지우리로 향했다. 안에는 큰 돼지 한 마리가 있었다. 이어서 닭장으로 갔더니, 하얀 깃털과 붉은 깃털을 지닌 암탉 열 마리가 안에서 꼬꼬댁거리고 있었다.

"이게 바로 우리 작은 농장이에요." 펜카가 자랑스럽게 말했다. "도시에는 이런 돼지나 닭이 없잖아요? 우리는 거의 모든 식재료를 직접 길러요. 채소도, 과일도, 고기도 우리가 직접 먹을 만큼만 키우죠."

그들은 다시 집 안으로 들어왔다. 펜카는 점심 식사를 준비하며 식탁을 차리기 시작했다.

"오늘은 된장국을 끓였어요. 이제 진짜 시골 국을 맛보게 될 거예요. 그리고 구운 닭고기도 먹어요."

펜카는 아주 맛있는 시골 빵도 구워 두었다.

"대도시에서는 어떻게 지내니?" 식사 중 벨린이 물었다. "그곳에서 사는 게 쉽진 않다는 거 알고 있단다."

"우린 잘 지내고 있어요." 로젠이 대답했다.

"무슨 일을 하니?" 펜카가 물었다.

"아시다시피 화가입니다." 로젠이 말했다.

"그래, 그림을 그리지만… 무슨 일을 하니?" 펜카가 다시 물었다.

"그림을 그려요."

"좋아, 그림을 그리지." 벨린이 말했다. "하지만 그림 그려서는 돈을 못 벌텐데."

로젠은 기분이 상한 듯 아버지를 바라보았다. 부모님은 육체노동만이 진정한 일이며, 그래야만 생계를 꾸릴 수 있다고 굳게 믿고 있었다.

"전 그림을 그리고, 제 그림을 사는 사람들이 있습니다." 로젠이 단호하게 말했다.

"그림을 사는 사람들이 있다고?" 어머니는 놀란 듯 물었다. 목소리에는 약간의 의심과 놀라움이 섞여 있었다.

"사람들이 산다고 하면, 사는 거죠." 로젠이 다소 거칠게 대답했다.

"그럴 수도 있겠네." 벨린이 고개를 끄덕였다. "하지만 그 돈으로 충분히 살아갈 수는 있니?"

"그렇게 많진 않지만, 필요한 만큼은 벌고 있어요." 로젠이 대답했다.

"그래. 그래도 우리는 네가 부족함 없이 살기를 바라는 마음뿐이야." 펜카가 따뜻하게 덧붙였다.

"저는 필요한 것, 다 갖고 있어요." 로젠이 힘주어 말했다.

이제 알리나는 로젠과 부모 사이에 얼마나 깊은 차이가 있는지를 분명히 이해하게 되었다. 부모는 평범한 시골 사람들이었고, 그들에게 인생에서 가장 중요한 것은 '돈'이었다. 반면, 로젠에게 가장 중요한 것은 예술이었다. 알리나는 다시 한번 스스로에게 되뇌었다. '재능은 시골이든 도시든 장소를 가리지 않는다.' 로젠은 이 조용한 시골의 한 가정에서 태어났지만, 타고난 재능을 지닌 사람이었다. 어린 시절부터 그림을 사랑했고, 붓과 연필을 손에서 놓지 않았다. 부모는 아들이 미술 대학에서 공부하는 것을 달가워하지 않았을지 모른다. 그러나 로젠은 화가가 되어 화가처럼 살고 싶어했다. 그림은 로젠의 삶 자체였다. 로젠은 고집스럽게 자신의 길을 걸어갔고, 알리나는 그런 로젠의 그림과 예술에 대한 헌신적인 태도가 마음에 들었다.

로젠도 부모의 사고방식을 이해하지 못하는 것은 아니었다. 그들은 이 마을에서 태어나 이곳의 방식대로 살아온 사람들이었다. 벨린과 펜카는 초등학교 교육만 받은 채, 곧장 삶의 현장으로 뛰어들어야 했다. 월급쟁이로, 가축을 기르고, 채소와 과일을 돌보며 만족하게 살아왔다. 그들은 책도 잘 읽지 않고, 뉴스를 알려고 가끔씩 펼쳐보는 신문 한 장으로 충분했다. 아마도 그들은 한 번도 연극이나 오페라를 본 적이 없을지도 모른다. 가끔 마을 영화관에서 영화를 보는 것이 문화생활의 전부였다. 그게 바로 그들의 삶, 이곳 마을 사람들의 평범한 삶이었다.

식사가 끝난 뒤, 로젠은 알리나에게 마을을 보여준다며 밖으로 나가자고 했다. 두 사람은 광장을 지나 작은 길로 접어들었다. 마을을 벗어나자 넓게 트인 풀밭이 나타났고, 그곳에는 야생화들이 바람에 흔들리고 있었다.

"내가 어렸을 땐 여기서 친구들이랑 축구를 했어." 로젠이 말했다. "저기." 다시 웃으며 손짓했다. "강이 있잖아. 여름이면 거기서 수영을 했어. 참 좋았어. 옆에는 연못도 있었는데 거긴 물이 더 따뜻했어. 참 좋은 어린 시절이었어. 숲을 헤매다니며 그림을 그렸지. 나무와 언덕을 자주 그렸어. 그땐 마을에 들소도 많아서 풀밭에서 풀 뜯는 들소를 자주 그리곤 했어."

"그런데 '드라고보'라는 이름은 어디서 온 거예요? 참 아름다운 이름이에요." 알리나가 물었다.

"옛날에 산간 지방에서 한 가족이 이곳에 이사 왔대. 그들은 이 강가 풍경을 사랑했지. 가족 중 최고 나이 많은 어른이 드라고였는데, 마을 이름도 그분 이름을 따온 거야. 곧 다른 가족들도 하나둘 정착하면서 마을이 생겨났고, 지금의 드라고보가 된 거지. 이 마을에는 매우 흥미로운 전설이 전해져 내려와. 저 언덕을 더 올라가면 사람처럼 생긴 바위가 보일 거야." 로젠이 말했다.

"정말요? 이상한 바위요?"

"응. 전설에 따르면, 아주 오래 전 이 마을에 엘레나라는 아름다운 처녀가 살았어. 이웃 마을 청년 흐리스토가 엘라나를 사랑했지. 하지만 엘레나의 어머니는 그들의 사랑을 반대했고, 결국 두 사람은 비밀 결혼을 했어. 흐리스토는 엘레나를 데리고 부모님과 함께 마을을 떠나려 했지. 하지만 그때, 엘레나의 어머니가 저주를 내렸어. '너희 모두 돌로 변해라!' 그리고 그 저주는 실제로 이루어졌대. 엘레나와 흐리스토, 그리고 흐리스토의 부모님 모두 돌이 되었지. 지금도 그 바위가 언덕 위에 서 있어. '엘레나 바위'라고 불려."

그들은 언덕을 향해 좁은 산길을 걸어올랐다. 숲길 양옆으로는 덤불이 뻗어 있었고, 키 큰 나무들의 그늘이 길을 덮었다. 얼마를 더 가니 풀밭이 나타나고 전설 속 바위가 모습을 드러냈다.

"이게 바로 '엘레나 바위'야." 로젠이 손으로 가리켰다.

바위는 초록빛 이끼에 덮여 있었고, 정말로 사람처럼 보였다. 긴 드레스를 입은 여자들, 모자를 쓴 남자들, 아이들, 개, 수탉… 상상력을 더하면 그들의 얼굴, 코, 입, 머리카락까지 그려지는 듯했다. 당나귀나 말처럼 보이는 바위도 있었다.

"학생 시절, 이 바위들을 그렸어." 로젠이 부드럽게 말했다. "이곳은 나에게 특별한 장소였지. 그 그림 아직도 가지고 있어. 나중에 보여줄게."

알리나는 주위를 둘러보았다. 바위 너머로 참나무 숲이 펼쳐졌고, 약초 내음이 은은하게 풍겼다. 시원한 바람이 뺨을 스쳤고, 언덕 위에서는 드넓은 계곡이 지평선 끝까지 이어졌다. 멀리 솟은 산들은 거대한 푸른 물결처럼 겹겹이 쌓여 있었다.

"이제 마을로 돌아갑시다." 로젠이 조용히 말했다.

두 사람은 느린 걸음으로 다시 길을 따라 내려갔다. 마을에 도착하자, 작은 1층짜리 집 앞에 멈춰 섰다. 지붕엔 오래된 기와가 얹혀 있었고, 외벽 석고에는 금이 가 있었다. 마당엔 과일나무가 몇 그루 자라고 있었다.

"여기가 크룸 키로프 선생님 댁이야." 로젠이 말했다. "내 초등학교 때 미술 선생님이셨어. 인사하러 들어가자. 요즘은 건강이 좋지 않아서 집에 머무시는 시간이 많거든."

그들은 조심스레 마당을 지나 문 앞에 섰다. 로젠이 문을 두드리자 안에서 낮은 목소리가 들려왔다.

"들어오게. 문은 잠기지 않았네."

두 사람이 문을 열고 안으로 들어섰다. 방은 작고 소박했다. 한쪽 침대에 누워 있던 노인이 그들을 보며 힘겹게 몸을 일으켰다. 일흔다섯 살쯤 되어 보였고, 키가 작고 마른 체형에 흰 머리카락이 희미하게 남아 있었으며, 면도도 하지 않은 얼굴이었지만 갈색 눈빛만큼은 여전히 생기가 넘쳤다.

"로젠! 내 사랑하는 제자구나!" 선생님은 눈을 반짝이며 말했다. "정말 오랜만이로구나.”

“안녕하세요, 선생님.” 로젠이 다정하게 인사했다. “잘 지내시죠? 건강은 좀 어떠세요?”

“나이가 들면 다 그렇지 뭐. 몸도 예전 같진 않고, 날마다 조금씩 달라. 그래도… 아직 괜찮아. 여기에 앉아.” 하며 테이블 옆에 있는 의자를 가리켰다.

“키로프 선생님, 이 사람은 제 연인 알리나입니다.” 로젠이 말했다.

“잘 됐군.” 선생님이 미소 지으며 고개를 끄덕였다. “기쁘구나. 두 사람이 함께라면 인생이 훨씬 따뜻해질 거야. 내 아내는 2년 전에 세상을 떠났고, 아들은 지금 수도에서 가족과 살고 있지. 나는 이 마을에 홀로 있지만, 외롭다고 불평하지는 않아. 여전히 혼자 잘 지내고 있으니까.”

방 안은 소박해서, 침대 하나, 테이블, 오래된 옷장이 있었고, 구석엔 작은 난로 위로 찻주전자가 올려져 있었다. 벽에는 넓은 초원과 멀리 푸른 산이 펼쳐진 풍경화가 걸려 있었다.

“이 그림의 제목은 ‘영원한 침묵’ 이야.” 로젠이 설명했다. “선생님은 몇 해 전, 프랑스, 스페인, 벨기에, 폴란드, 룩셈부르크 등 여러 나라에서 전시회를 여셨고, 작품이 루브르 박물관에도 소장되어 있어.”

“그래, 이제는 기억만 남았지.” 키로프 선생님이 조용히 웃으며 대답했다. “지금은 수도에서 어떻게 지내고 있니? 여전히 그림을 그리고 있겠지? 혹시 새로운 전시를 준비 중인가?”

“네, 선생님. 계속 그림을 그리고 있어요. 9월엔 수도 미술관에서 개인전을 열 예정이에요. 전 그림 없이는 살 수 없어요. 그림이 제 삶이니까요.”

“그림을 그린다는 건 우리에게 존재의 의미를 주는 일이지.” 선생님이 천천히 고개를 끄덕이며 말했다. “예술은 중요해. 예술 덕분에 세상의 비밀을 들여다보고, 인간의 삶을 알게 되지. 예술이 없다면 우리가 왜 살아가는지조차 모를 수도 있어.”

“혹시 요즘도 붓을 드시나요?” 로젠이 조심스레 물었다.

“가끔 그려. 그림이 내게 살아갈 힘을 주니까.” 선생님은 그러고는 시선을 돌려 옆에 앉아 있는 알리나를 바라보며 물었다. “이 매력적인 아가씨는 무슨 일을 하고 있나?”

“문학을 전공하는 학생이에요.” 로젠이 대신 대답했다.

"좋아요. 문학도 중요한 예술이죠. 인간에게 언어만큼 귀중한 자산도 없어요. 말과 글을 통해 우리는 생각과 느낌을 표현하고 서로 소통하지요."

"그림도 언어처럼 감정과 생각을 표현하는 방식이잖아요." 로젠이 덧붙였다.

"내가 젊어서 학생일 때, 언어의 힘을 뼈저리게 느낀 적이 있었어요. 미술 대학 시절, 헝가리의 부다페스트를 방문했을 때였지요. 우리는 다뉴브 강변의 어느 호텔에 머물렀는데, 다음 날 아침 일찍 혼자 산책을 나갔어요. 이곳저곳 한 시간 정도 거닐다 보니, 어느새 길을 잃어버린 거예요. 어떻게 돌아갈지 호텔의 방향도 모르겠고, 문제는 호텔 이름이 헝가리어라 발음조차 못 하겠더군요. 지나가는 사람들에게 말을 걸어봤지만, 언어가 통하지 않았어요. 그야말로 절망이었지요. 벤치에 앉아 호텔로 돌아갈 방법을 생각하고 있었는데, 훌륭한 아이디어가 떠올랐어요. 호텔 근처에 사자가 조각된 다리가 있던 게 기억났어요. 그래서 가방에서 언제나 가까이에 둔 종이와 연필을 꺼냈지요. 그 다리를 기억나는 대로 그렸어요. 그림이 완성되자, 지나가던 한 젊은 여성에게 그걸 보여주며 길을 물었지요. 다행히 그 사람은 다리를 알아보고 손가락으로 방향을 가리켜 줬어요. 그렇게 다시 호텔로 돌아올 수 있었지요. 그날, 부다페스트에서 나는 깨달았어요. 그림도, 언어도 기적이라는 사실을."

로젠과 알리나는 선생님의 이야기에 깊이 빠져들었다. 선생님은 이야기를 매력적으로 말씀했다. 하루 종일 혼자 지내다가, 이제는 그들과 대화할 수 있어서 기쁜 게 분명했다. 그림을 그리는 재능뿐만 아니라, 아름답고 흥미롭게 말하는 재능도 가지고 계셨다.

"선생님, 저희는 이제 가보아야 할 것 같습니다." 로젠이 자리에서 일어나며 말했다. "건강하시고, 곧 다시 뵙겠습니다."

"그래, 몸조심하게. 잘 가고, 또 들르게." 선생님이 손을 들어 작별 인사를 건넸다.

로젠의 부모님이 두 사람을 기다리고 있었다.

"산책은 즐거웠나요?" 펜카가 물었다. "우리 마을, 참 아름답죠?"

"정말 그래요." 알리나가 대답했다.

"여긴 아주 고요하고 평화로워요. 소음도, 매연도 없는 곳이죠. 여기선 정말 잘 쉴 수 있어요." 벨린이 덧붙였다.

펜카는 직접 바느질해 만든 화사한 식탁보를 알리나에게 선물했다.

"자, 이걸 받아줘요. 마을을 기억할 수 있는 작은 기념품이에요."

"정말 감사합니다. 너무 아름다워요." 알리나가 고개를 숙이며 감사를 전했다.

이윽고 두 사람은 인사를 마치고 차에 올랐다. 길가에 서 있는 벨린과 펜카는 차가 빠르게 사라질 때까지 그 자리에 그대로 서 있었다.

"로젠이 저 아가씨와 결혼할 거라고 생각하세요?" 펜카가 남편에게 물었다.

"모르겠어. 한 번도 결혼 이야기를 꺼낸 적이 없었으니까. 그래도 오래 사귄 사이잖아."

"로젠은 나이가 훨씬 더 많잖아요. 너무 어린 사람과 결혼하면 안 돼요. 둘이 결혼해도 결국 그 아가씨는 나중에 더 어린 남자를 찾게 될 거예요." 펜카가 불만스럽게 말했다.

"그럴지도 모르지. 우리는 가난하고, 저 아이의 집안은 부자고 의사잖아. 아버지는 교수라더군. 로젠은 더 단정하고 정직한 처녀랑 결혼해야 해." 벨린이 말했다.

"맞아요. 더 좋은 여자가 많이 있어요. 언젠가 로젠에게 이웃집 네베나 이야기를 꺼내본 적 있어요. 나이도 동갑이고 아직 미혼이잖아요. 성실하고 부지런하고 재봉일도 잘해서 돈도 잘 벌잖아요. 그래서 물어봤죠. '왜 맘에 안 드니? 네베나 부모님은 널 사위로 무척 삼고 싶어 하신단다. 그 어머니는 자주 네 이야기를 물어보거든.' 했더니, 얘가 얼마나 화를 내던지… 무례하게 대꾸하더라니까요. '누구와 결혼할지는 제가 정해요! 전 이제 서른이에요!' 이러면서 말이에요."

"그래. 로젠은 우리와 결혼 이야기를 나누고 싶어하지 않아." 벨린이 깊은 한숨을 쉬며 말했다. "내가 뭔가 말만 해도 곧바로 화부터 내거든."

"그냥 원하는 대로 하게 두세요." 펜카가 조용히 말을 이었다. "언젠가는 후회하겠지요. 하지만 그땐 이미 늦을 거예요."

"우리는 젊을 때 부모님을 존경하며 살았어. 하지만 요즘 아이들은 나이 들고 지혜로운 사람들을 우습게 여기는 것 같아." 벨린이 씁쓸한 표정으로 덧붙였다.

두 사람은 말없이 돌아서서 조용히 집 마당으로 들어갔다.

19. 돌계단 위의 약속

　시 법원은 5층 높이의 웅장한 건물이었다. 거대한 철문으로 이어진 돌 계단의 양쪽에는 화강암으로 정교하게 조각된 독수리 두 마리가 서 있었다. 이는 사법 제도의 독립을 상징하는 조형물이었다. 로젠은 법원 앞, 독수리 조각 옆에서 알리나가 나오기를 기다리고 있었다. 얼마 지나지 않아 모습을 드러낸 알리나의 얼굴에는 슬픔이 짙게 드리워져 있었다. 멀리 시선을 둔 채, 천천히 다가오는 걸음에서도 낙심한 마음이 고스란히 전해졌다.
　"잘 됐어?" 로젠이 조심스럽게 물었다.
　"안 됐어요. 불친절한 여직원이 정보를 알려주지 않겠다고 했어요. 이유를 물었지만, 대답도 하지 않았어요."
　알리나의 목소리는 지쳐 있었고, 검은 눈동자는 깊고 고요한 호수처럼 슬픔을 담고 있었다. 로젠은 위로와 희망의 말을 건네주고 싶은 마음이 간절했다.
　두 사람은 함께 차를 타고 알리나의 집으로 향했다. 로젠이 입을 열었다.
　"괜찮아. 다른 방법을 찾아볼 수 있어."
　"어떤 방법이요?" 알리나가 로젠을 바라보며 물었다.
　"사립 탐정이 도움이 될지도 몰라." 로젠이 새롭게 제안했다.
　"사립 탐정도 이런 일을 하나요?" 알리나는 머뭇거리며 물었다.
　"그들은 실종되어 행방이 묘연한 사람들을 찾는 데 경험이 풍부하다고 들었어." 로젠이 설명했다.
　"그래요?"
　"연락을 해봅시다. 비용은 내가 부담할게." 로젠이 힘있게 말했다.
　"아니요. 이건 내 문제예요." 알리나의 대답은 단호했다. "돈은 있어요. 어머니를 찾는 일이 더 중요해요. 비용은 중요하지 않아요."
　"좋아. 그럼 돈 이야기는 더 이상 하지 말자."
　"아는 탐정이 있어요?" 알리나가 물었다.

"직접 아는 사람은 없어. 하지만 인터넷에서 사립 탐정의 연락처를 쉽게 찾을 수 있어."

"집에 도착하면 바로 찾아볼게요." 알리나가 기대에 차서 말했다.

집으로 돌아온 알리나는 컴퓨터를 켰다.

로젠과 함께 사립 탐정들의 이름과 주소를 살펴보다가, 마침내 한 명의 이름이 눈에 들어왔다.

"여기 있어요. 니콜라이 란겔로프, 탐정. 튤립 거리 7번지, 2층, 사무실 11호. 전화번호도 나와 있어요. 바로 전화해볼게요."

"그래 전화 걸어봐."

휴대전화기를 든 알리나는 조심스럽게 번호를 눌렀다.

"여보세요."

"안녕하세요. 혹시 니콜라이 란겔로프 씨 맞으신가요?" 알리나가 물었다.

"예, 맞습니다."

"한 번 뵙고 싶습니다. 언제 시간이 괜찮으세요?"

"어떤 일인가요?"

"개인적인 문제입니다." 알리나가 대답했다.

"그렇다면 내일 오후 4시에 오세요. 사무실은 중앙역 근처에 있습니다."

"감사합니다. 꼭 찾아뵙겠습니다." 전화를 끊은 알리나는 로젠에게 물었다. "같이 가줄래요?"

"물론이지. 혼자 갈 필요 없어."

"고마워요."

조용히 생각에 잠긴 알리나는 어쩌면 이번에야말로 어머니의 행방을 찾을 수 있을지도 모른다는 희망을 품었다. 지금까지 사립 탐정은 단지 부정한 부부 문제만 다룬 줄로 알았다.

"오늘 밤 연극 어때? '세기의 발명'이라는 코미디가 '웃고 울기' 극장에서 공연된대. 같이 볼래?" 로젠이 물었다.

"지금은 좀 피곤해요." 알리나가 힘없이 말했다.

"그래. 푹 쉬어. 내일 탐정을 만나러 가니까. 잘 자." 로벤이 인사했다.

"잘 가요."

로젠을 따뜻하게 껴안고 입맞춤을 했다. 로젠은 돌아갔다. 알리나는 조용히 주방으로 들어갔다. 허기가 져서 달걀을 부쳐 간단히 저녁을 해결했다.

매일 저녁, 잠자리에 들기 전에 알리나는 그날 있었던 일을 일기에 정리하는 것이 습관이었다. 검은색 표지의 두툼한 공책을 꺼내 펼치고, 지난 기록들을 하나하나 훑어보며 눈길을 머물렀다. 한 페이지에는 또렷한 글씨로 이런 질문이 적혀 있었다. "입양된다는 것은 무슨 뜻인가?" 그 아래에는 다음과 같은 짧은 정의가 적혀 있었다. "공식적인 법적 절차를 통해 누군가를 아들이나 딸로 받아들이다."

하지만 입양된 아이에게 진짜 부모란 누구일까? 궁금했다. 아이를 몸으로 낳은 사람일까, 아니면 시간과 정성으로 길러낸 사람일까? 지금껏 삶의 전부는 양부모와 함께한 시간과 맞닿아 있었다. 어린 시절, 양부모의 집에서 있었던 일들은 지금도 생생하게 기억났다. 그분들은 아낌없이 알리나를 사랑했고, 작은 소원 하나까지도 다 들어주셨다. 따뜻한 손길과 관심 속에서 평온하고 행복하게 자라날 수 있었고, 입양되었다는 사실을 처음 알게 되던 날까지는 마음속에 그 어떤 의심도, 걱정도 없었다.

지금은 어째서 이토록 간절히 생모를 만나고 싶어하는지, 스스로에게조차 설명이 되지 않았다. 어쩌면 닮은 얼굴을 보고 싶은 것일까? 아니면 헤어져야 했던 이유를 알고 싶은 마음일까? 딸과 어머니 사이에 흐르는 보이지 않는 끈, 영혼의 연결 같은 것이 있는 걸까? 세상에 태어날 때부터 아이는 어머니를 본능적으로 알 수 있는 걸까? 어머니에게서 무엇을 물려받는 것일까? 이런 질문들은 마음속 깊은 곳을 울리며 설렘을 일으켰지만, 아직 명확한 답을 찾을 수는 없었다.

지금 이 순간에도, 생모가 딸을 생각하고 있는지 확신할 수 없었다. 카멜리아 즉 알리나가 어디서 어떻게 살고 있을지 궁금해하고 있을까? 공부를 하고 있는지, 일을 하고 있는지, 혹시 결혼은 했는지, 아이는 있는지—그 모든 것을 알고 싶어하지 않을까? 긴 생각 끝에 마음속에 떠오른 한 가지 확신이 있었다. 세상의 모든 어머니는 자식이 잘 자라고, 행복하게 살아가는 모습을 보고 싶어한다는 것.

피곤함이 몰려왔다. 눈이 감겼다. 간신히 공책에 단 한 문장만을 남겼다. "오늘, 사립탐정에게 전화를 걸었다."

일기를 조용히 탁자 위에 올려놓고, 전등을 끄자 방 안이 고요한 어둠에 잠겼다. 잠은 빠르게 찾아왔고, 꿈속에서 다시 아버지의 모습이 나타났다. 흰 셔츠에 갈색 바지를 입고 마당 벤치에 앉아서 날개를 활짝 편 천사 조각상이 있는 이웃집 마당을 바라보셨다. 알리나가 곁으로 다가갔지만, 아버지의 눈길은 멈추지 않고 천사만을 바라보고 있었다. 어떤 아주 중요한 문제를 깊이 생각하는 듯했다. 말없이 곁에 선 알리나는 왜 아버지가 자주 꿈에 나타나는지 이유가 궁금했다. 혹시 전하고 싶은 말이 남아 있는 걸까?

창문 커튼 사이로 아침 햇살이 스며들며 방 안을 은은하게 밝혀왔다. 눈을 뜨자 새로운 하루가 시작되었다. 오늘은 어떤 일이 기다리고 있을까. 오늘 로젠과 함께 탐정을 만나러 간다. 탐정이 생모의 행방을 밝혀낼 수 있을까?

혹여 아무런 단서도 찾지 못한다 해도, 마음을 다잡아야 한다. 할 수 있는 모든 것을 다 해봤다는 사실이 중요하다. 작은 목소리로 다짐하듯 중얼거렸다. "내 삶을 계속 살아가야 해. 꿈을 이룰 거야. 공부를 마치고, 선생님이 되고, 가정을 꾸리고, 아이를 낳을 거야." 미래를 떠올릴 때면, 늘 로젠이 함께였다. 하지만 학업을 마무리하고 그 뒤 결혼하기를 원했다.

침실에서 나와 욕실로 향했고, 샤워를 마친 뒤 옷을 갈아입었다. 부엌에서는 간단한 아침을 준비해 먹었다. 오늘은 대학에서 1교시에 중요한 수업이 예정되어 있었기에, 서둘러 출발할 준비를 했다.

20. 마음이 머무는 곳

알리나와 로젠은 전차를 타고 탐정 사무실로 향했다. 오층 건물에 들어선 두 사람은 엘리베이터를 타고 이층에 도착했다. 11호 사무실 앞에 멈춰 선 로젠이 초인종을 눌렀다. 잠시 뒤, 문이 열리자 키가 크고 갈색 머리에 녹색 눈동자를 지닌 남자가 나타났다. 나이는 서른다섯 즈음 되어 보였고, 안경을 쓰고 있었다. 청바지에 밝은 하늘색 셔츠를 입었다.

"란겔로프 씨이신가요?" 로젠이 물었다.

"맞습니다. 들어오세요." 남자가 대답했다.

안으로 들어서니 사무실은 넓고 정돈된 공간이었다. 책상 위에는 컴퓨터와 전화기가 놓여 있었고, 책상 뒤 책장에는 법률서와 백과사전, 각종 참고서가 가지런히 꽂혀 있었다.

남자는 알리나의 상상 속 탐정과는 사뭇 달랐다. 머리가 희끗하고 콧수염을 기른 채 파이프를 피우는, 추리소설 속 등장인물을 떠올렸지만, 눈앞에 있는 사람은 그 이미지와는 거리가 멀었다.

"자리에 앉으시죠." 란겔로프가 책상 앞 의자들을 가리켰다. "어떤 일인지 말씀해 주세요."

로젠은 입을 열어 상황을 설명했다. 알리나의 부모 테오도르 칸틸로프 교수와 마르타 칸틸로바 박사의 이름, 그리고 알리나의 출생일도 전했다. 랑겔로프는 모든 정보를 세심히 컴퓨터에 기록했다. 이후 알리나의 현재 주소와 전화번호도 물어보았다.

"입양 전, 양부모가 어디에 살았는지 알고 있나요?" 탐정이 물었다.

"안타깝게도 알지 못합니다." 알리나는 고개를 저으며 답했다.

"이전 거주지 정보를 알 수 있다면 큰 도움이 될 텐데요." 탐정은 메모를 하며 조용히 중얼거렸다.

이어 알리나의 친어머니 이름을 확인했다.

"당시 이름이 다리나 페트로바 흐리스토조바였다고 하셨죠?"

"맞습니다." 알리나가 대꾸했다.

"찾는 일이 쉽지만은 않을 겁니다." 탐정은 조심스럽게 말을 꺼냈다. "하지만 가능한 모든 경로를 조사해 보겠습니다. 혹시라도 알거나 알고 지냈던 사람이 있다면 반드시 찾아보겠습니다. 운이 좋기를 바랍니다."

"감사합니다." 로젠이 고개를 숙였다. "수고에 대한 비용은 어느 정도 드리면 될까요?"

란겔로프는 금액을 설명하며 말했다.

"일단 절반만 먼저 지불하시면 됩니다. 나중에 결과가 나오면 나머지를 정산하시고요. 만약 지방으로 나가야 할 경우에는 교통비와 숙박비가 따로 들 수 있습니다."

"모든 비용은 저희가 부담하겠습니다." 로젠이 말을 마치며 탐정에게 돈을 건넸다.

"조사는 바로 시작하겠습니다." 탐정의 목소리는 확신에 차 있었다.

"고맙습니다." 알리나는 작게 인사했다.

"모든 게 순조롭게 풀리면, 분명 감사할 날이 올 겁니다." 탐정은 잔잔한 미소를 지으며 말했다.

작별 인사를 나눈 뒤, 두 사람은 사무실을 나섰다. 란겔로프는 문 앞까지 배웅해 주었다.

밖으로 나와 거리 위를 걷던 알리나는 조용히 물었다.

"과연 어머니를 찾을 수 있을까요?"

곧장 대답하지 않고 잠시 생각에 잠겼던 로젠은 입을 열었다.

"탐정이 성실해 보였어. 그런 사람들은 단지 돈을 위해서가 아니라, 스스로에게 도전하듯 일하는 경우가 많거든. 세상에서 가장 풀기 어려운 문제를 풀 수 있다는 걸, 자신에게 증명하려는 거지."

"탐정이 그런 사람이라는 걸 어떻게 알 수 있었어요?" 알리나가 물었다.

"몇 가지 세세한 특징이 눈에 띄었어. 말이 많지 않고, 일처리가 정확해. 사실을 중요하게 생각하는 사람이라는 인상이 들었어. 정확해서, 모든 것을 자세히 기록했어. 나는 화가니까, 사람의 얼굴을 유심히 관찰하는 버릇이 있거든. 얼굴은 마음의 거울이야. 이마 위로 깊게 팬 주름, 특히 코 위에 있는 그 선은 논리적 사고를 즐겨 한다는 걸 말해줘."

"이마 주름은 전혀 몰랐어요." 알리나가 말했다.

"많은 사람이 보긴 해도 제대로 보지 못하지. 당신은 아직 마음이 혼란스러워서 주위에서 벌어지는 일에 주의를 기울이기 어려웠던 거야."

탐정을 찾아간 날로부터 이틀이 지났지만, 시간은 마치 두 주가 흐른 듯 길고 더디게 흘러갔다. 마음속엔 조바심이 가득했고, 탐정에게서 걸려올 전화를 애타게 기다렸다. 손에는 늘 휴대전화가 들려 있었고, 밤이 되어 잠자리에 들 때면 침대 옆 탁자 위에 조심스럽게 놓아두곤 했다.

수없이 스스로에게 물었다. "혹시 생모의 행방을 이미 알아냈을까? 어쩌면 지금쯤 어느 마을에 살고 있다는 것도 파악했을지 몰라. 하지만 혹시 외국에 계신다면, 다시 만날 수 없는 걸까? 그래도 만약, 멀지 않은 지방 도시에 계시다면… 나는 곧장 그곳으로 떠날 거야."

좋아, 직접 뵈러 가게 된다면, 뭐라고 말씀드려야 할까? 정말, "안녕하세요. 엄마, 제가 딸이에요"라고 말할 수 있을까? 혹시 그분이 웃으면서 나를 놀릴지도 모른다. "무슨 소리예요? 나는 딸 같은 거 없어요"라며 차갑게 말하며 쫓아낸다면 난 무엇을 할까? 나는 세상에서 가장 불행한 사람이 될 거야. 아무에게도 필요 없는 존재가 되어버리겠지. 아니야. 그분이 나를 그렇게 냉정하게 외면하진 않으실 거야. 어머니란 존재는 세상에서 가장 사랑하시니까. 아무리 아이가 입양되었더라도, 어머니는 늘 어머니이니까. 그 사랑은 사라지지 않잖아. 만나게 된다면 분명 기뻐하실 거야. 늘 나를 생각하고 있었다고 말하실 거야."

처음 마주하는 그날의 모습을 도저히 상상할 수 없었다. 거리에서 보는 여성들과 비슷한, 낯선 여성을 만나게 될 것이다. 그분이 내 안에 어떤 감정을 깨울까? 사실, 그분과 이전에 이야기를 나눈 적이 없었다. 그분이 어떻게 생각하는지, 어떻게 말하는지, 무슨 색을 좋아하는지, 어떤 옷을 선호하는지 모른다. 아직 아무것도 알지 못한다.

사랑하기 위해선 먼저 알아야 한다. 처음 본 순간, 마음이 움직일 수도 있겠지만, 그 감정만으로는 오랜 사랑을 이끌 수 없다.

로젠을 처음 만났을 때도 비슷했다. 짙은 녹색 눈동자와 부드러운 목소리, 손끝에서 피어나는 그림이 너무나도 인상 깊었다. 하지만 진짜 사랑은 시간이 흐르고, 자주 만나고, 많은 이야기를 나누고, 서로를 더 잘 알게 된 뒤에야 찾아왔다.

사랑이란 무엇인가? 사랑이 무엇이라고 쉽게 정의할 수 없다. 사랑은 단지 소중한 사람에게 끌리는 감정일까? 아니면 언제나 곁에 머물고 싶은 간절함에서 비롯되는 걸까? 나는 입양하신 우리 부모를 사랑했나? 정말 그분들을 사랑했다. 그들과 함께하지 않는 삶은 상상할 수도 없었다. 그분들은 삶에서 가장 사랑하는 유일한 분들이었다. 이미 세상을 떠난 지금도, 마음속에서는 여전히 살아 숨 쉬는 존재로 함께하고 있다. 문제를 풀 수 없을 때, 무언가 결정을 내려야 할 때, 늘 조용히 마음속으로 물어보고 도와달라고 부탁한다. 이제사 내가 그분들을 정말 사랑했다고 인식한다.

21. 봄날의 초상

지금도 로젠은 탐정의 전화를 초조하게 기다리고 있었다. 비록 탐정이 어머니를 찾을 수 있을지 확신할 수는 없었지만, 누구보다 먼저 안정을 찾아야 할 이는 바로 알리나라는 걸 알고 있었다. 알리나에겐 어머니를 찾아 나서는 것보다 더 중요한 일이 남아 있었다. 곧 다가올 시험을 위해 공부에 집중해야 했다. 학업을 성공적으로 잘 마쳐야만 한다. 정말 짧은 시간에 알리나에게 몰려든 삶의 고통은 결코 가볍지 않았다. 사랑하던 부모님은 돌아가셨다. 자신이 입양된 사실을 알게 되었고 집은 도둑을 맞았다. 가까운 친척 하나 없는 세상에서 로젠만이 의지할 사람이고 도와줄 유일한 친구였다.

로젠의 마음속에는 '르네상스' 거리의 갤러리에서 처음 마주했던 봄날의 장면이 아직도 선명했다. 오후 햇살이 잔잔히 내려앉은 그 시각, 갤러리 안은 텅 비어 있었다. 구석에 앉아 있던 젊은 화가는 첫 전시회를 찾는 사람이 없다는 현실에 지루함을 느끼고 있었다. 정말로 로젠은 젊은 무명의 화가였다. 그러던 순간, 검은 치마와 흰 블라우스를 입은 학생 하나가 문을 열고 들어섰다. 어깨에 가방을 멘 모습을 보아하니 아마 학교에서 돌아오는 길에 우연히 발걸음을 들인 듯했다. 학생들은 흔히 갤러리를 찾지 않는데 이 여학생은 그림을 찬찬히 살펴보고 있어서 아주 놀라웠다. 로젠은 조심스레 다가가 그림이 마음에 드는지 물었고, 그 학생은 부드럽게 "네" 라고 대답했다. 얼마 뒤, 그 학생은 자신도 때때로 그림을 그린다고 하면서 감정을 다양한 색으로 표현한다고 말했다. 그 말 한마디가 오랫동안 기억에 남았다.

그때 로젠은 여학생의 현명한 시선을 알아차렸다. 아몬드 같은 눈동자와, 부드러운 쉼표처럼 이어진 눈썹. 단번에 이 아름답고 매력적인 여학생의 초상화를 그리고 싶다는 충동을 느꼈다. 이름은 알리나라고 했는데. 낯익지 않으면서도 어딘지 모르게 마음을 끄는 이름이었다. 그날 이후로 알리나는 두 번 더 갤러리에 왔다.

알리나를 만나기 전, 로젠에게는 여자 친구인 밀라가 있었다. 미술 대학의 동창인 밀라는 재능 있는 화가였지만 약간 오만한 면이 있었다. 자신이 대도시 여자임을 자주 강조했고 유명 기자 아버지와 화가 어머니를 자랑했다. 밀라의 이런 태도는 로젠을 기쁘게 하지 않았다. 로젠은 시골 출신이라는 사실을 감추지 않았다.

하지만 알리나는 출신도, 고향도, 부모가 누군지도 중요하지 않았다. 오히려 로젠의 고향 마을을 보고 싶어 했고, 드라고보 마을까지 함께 다녀왔다. 부모님과의 만남도 있었지만, 로젠은 이 우정을 곱게 보지 않는 시선을 느꼈다. 정말로 알리나는 훨씬 나이가 어렸다. 하지만 로젠은 부모님께 단호히 전했다. "제 삶에 간섭하지 마세요. 누구를 사랑할지는 제가 정합니다."

알리나와 함께 보낸 시간은 인생의 가장 멋있고 찬란한 시절이었다. 두 사람은 함께 산행을 즐겼고, 너도밤나무 숲 한가운데 자리한 '성모 마리아' 수도원을 자주 찾았다. 알리나가 로젠의 집에 머무를 때면, 붓을 들고 싶다는 욕망이 가득 차올랐다. 알리나는 늘 영감을 주는 존재였다.

"당신은 태어나기를 화가로 태어났어요." 이 말은 알리나가 자주 건넨 말이었다. "당신은 미와 조화를 창조해내요. 당신의 그림을 보면, 세상이 얼마나 아름다운지 느껴져요. 사람들 마음속에 선함을 불러일으키는 그림이에요."

그렇다. 알리나의 말이 맞다. 로젠의 삶에서 그림은 운명 그 자체였다. 어린 시절부터 붓을 들었고, 종종 마을 강가로 가서 버드나무 그늘 아래 앉아 강을 그리고 여름 뜨거운 날씨에 강으로 들어가는 물소, 수영하는 아이들, 그리고 산과 들을 그렸다. 하지만 부모님은 로젠이 왜 그림을 그리는지 이해하지 못했다. 그림 그리는 게 불필요한 일이라고 생각했고, 그림을 그리는 대신 일을 하고 그들을 도와야 한다고 생각했다.

"단지 그림만 그리고 있잖아." 어머니가 로젠을 꾸짖었다. "마당을 청소하고, 정원을 가꾸고, 야채와 과일을 따야 해. 왜 그림을 그리니? 도화지, 크레용, 물감 등을 사는 데 많은 돈을 쓰는구나."

하지만 로젠은 손에서 붓을 놓지 않았다. 사람마다 자기만의 기쁨이 있는 법. 그림은 로젠에게 삶의 기쁨이자 위안이었다. 알리나도 마찬가지였다. 시 읽는 것을 무척 좋아했다. 종종 시집을 펼쳐 큰 소리로 로젠에게 들려주곤 했다. 비가 내리는 저녁이나, 밤이면, 다락방에 함께 앉아 알리나가 시를 읽었다. 낭랑하고 따뜻한 음성에 귀를 기울이다 보면, 어느새 기적 같은 세계로 이끌려 가는 기분이 들었다. 로젠은 아직 묻지 못한 말이 있다. '내 청혼을 받아줄 수 있어?' 지금은 인생의 시련 속에 놓여 있지만, 알리나의 눈동자 속에는 여전히 포기하지 않는 빛이 살아 있었다. 바로 그런 점이 로젠의 마음에 들었다.

22. 사립탐정과 변호사

오후 3시, 니콜라이 란겔로프의 사무실 전화가 울렸다. 수화기를 든 란겔로프의 귀에 낮고 단정한 목소리가 들려왔다.

"란겔로프 씨이신가요?"

"예."

"변호사 파벨 킨데프입니다."

수화기를 든 채, 잠시 머뭇거리며 생각에 잠겼다. 처음 듣는 이름이었다.

"이름이… 킨데프라고 하셨습니까?"

"맞습니다."

"어떤 일로 연락하셨죠, 킨데프 씨?"

"전화로는 드릴 수 없는 말씀입니다. 직접 찾아뵙고 싶습니다. 언제쯤 찾아가면 좋습니까?"

"그렇다면 내일 오전에 오시지요. 사무실 위치는 혹시 아십니까? '튤립' 거리 7번지, 2층, 11호입니다."

"예, 잘 알고 있습니다. 내일 오전 10시에 뵙겠습니다."

"좋습니다. 내일 뵙지요."

전화를 끊고 나서도 란겔로프의 생각은 멈추지 않았다. 파벨 킨데프란 인물은 누구이며, 무슨 이야기를 하려는 것일까. "그래, 내일이면 모든 게 분명해지겠지." 혼잣말로 생각을 정리했다.

책상 위에 놓인 서류를 열고 차례로 넘기기 시작했다. 알리나의 어머니에 대한 조사 결과가 담겨 있었다. 자료를 모으는 과정은 결코 쉽지 않았다. 다양한 사람을 만나 이야기를 나누어야 했고, 지방 도시 브레즈까지 직접 찾아가야만 했다.

조사 끝에 알리나의 어머니를 알게 되어 만족스러웠지만 결과는 전혀 뜻밖으로 놀랄만했다. 이름은 다리나 페트로바 흐리스토조바. 결혼 후에는 남편의 성을 따라 다리나 페트로바 블라도바로 불리게 되었다.

블라도프라는 성 때문에 수색이 쉽지는 않았다. 당사자와 직접 만남은 없었지만, 다리나에 대해 잘 아는 이들과 이야기를 나누었지만 아쉽게도 다나일 블라도프와 결혼한 때부터 알고 있어서, 더 젊었을 때의 기억을 간직한 사람은 두 명뿐이었다. 한 명은 다리나의 고향 브레즈 마을에 거주하던 이웃 남자였고, 다른 한 명은 고등학교 시절의 동창 여성이었다.

다리나는 브레즈에서 태어나 자랐지만, 청소년 시절을 라드나크 시의 고등학교에서 보냈고, 그 뒤로는 수도에서 학업을 이어갔다. 현재는 다나일 블라도프와 결혼해 수도에 거주 중이다.

란겔로프는 다리나에 관한 모든 정보를 천천히 훑어본 뒤 알리나에게 전화해 어머니를 찾았다는 소식을 전할 수 있을 정도로 준비가 되어 있었다.

다음으로 꺼낸 파일에는 50세 남성이 아내의 행적을 미행해 달라는 의뢰가 들어있었다. 그런 사건은 훨씬 쉬운 일이었다. 많은 사람이 비슷한 일을 의뢰했다. 이 의뢰인은 독일에서 물품을 수입하는 무역회사를 운영하며 부유했다. 젊고 예쁜 아내가 다른 사람과 불륜을 맺고 있다고 의뢰한 것이다. 그 부인을 미행하는 것은 쉽지 않았다. 부인이 매우 신중하고 조심스러웠는지, 아니면 란겔로프에게 운이 따르지 않았는지 정황을 잡지도 못한 채 시간이 많이 흘러갔다. 손목 시계를 흘끗 본 란겔로프는 곧 자리를 털고 일어섰다. 수도 외곽의 고급 주택가에 사는 의뢰인의 부인을 다시 미행하러 갈 시간이었다. 의뢰인은 독일로 출장을 갔고, 부인은 집에 홀로 남아 있었다.

란겔로프는 사무실을 나와 차를 타고 고급 주택가 '틸리'로 출발했다..

23. 묻혀 있던 진실의 문턱에서

　변호사 파벨 킨데프는 둥근 얼굴과 작은 회색 눈을 지닌 뚱뚱한 남성이었다. 고슴도치 가시처럼 뻣뻣한 머리카락을 가진 파벨은 화가 난 듯 보여, 대화가 유쾌하지는 않을 것이라고 란겔로프는 즉시 짐작했다.

　"무슨 일로 오셨습니까, 킨데프 씨?" 란겔로프가 물었다.

　"다리나 블라도바 부인에 관한 일입니다." 변호사가 대답했다.

　"아, 알겠습니다." 란겔로프가 말했다.

　"블라도바 부인은 왜 자신에게 관심을 갖는지 알고 싶어합니다."

　"부인께선 분명 그 이유를 알고 있을 것입니다." 란겔로프가 다소 비꼬듯 말했다.

　"당신은 블라도바 부인에게 관심을 가질 권리가 전혀 없습니다." 킨데프가 경고했다.

　"킨데프 씨, 우리는 민주 사회에 살고 있으며, 모든 사람은 모든 것을 알 권리가 있습니다."

　"블라도바 부인은 보건부 차관이며 존경받는 고위 인사입니다. 남편 다나일 블라도프는 국회의원입니다. 그들의 가족은 유명합니다. 왜 그들에게 관심을 갖는 것이 필요한가요?" 킨데프가 다시 물었다.

　"그렇기 때문에 블라도바 부인이 어떤 사람이며, 과거가 어땠는지 아는 것이 중요합니다." 란겔로프가 강조했다.

　"부인은 과거에 흥미로운 일이 하나도 없었습니다!" 킨데프가 단호하게 말했다.

　"블라도바 부인이 대학생 시절에 아이를 낳고 입양시킨 사실을 당신은 분명 모를 것입니다." 란겔로프가 말했다.

　킨데프는 깜짝 놀랐다. 당황하여 눈을 크게 뜨고 란겔로프를 바라보았다.

　"그게 사실입니까?"

　"예. 블라도바 부인이 낳은 딸은 이미 스무 살의 학생이 되었고, 나를 찾아와서 어머니를 찾아달라고 부탁했습니다. 그래서 블라도바 부인을 찾은 것입니다."

긴 침묵이 흘렀다. 킨데프는 란겔로프를 움직이지 않고 바라보았다. 변호사는 아주 많이 놀랐고, 마치 탈출할 수 없도록 갇힌 동물처럼 보였다.

"그럼, 이제 당신이 왜 블라도바 부인에게 관심을 갖는지 알겠군요." 킨데프는 결론을 지었다.

한동안 아무 말도 하지 않더니, 아마도 무엇인가를 생각해 내고, 천천히 말을 시작했다.

"젊을 때는 좋든 싫든 실수를 하게 마련이죠…"

"하지만 결국에는 모두가 자신의 실수에 대한 대가를 치르게 됩니다." 란겔로프가 알려주듯 말했다.

"하지만 사회가 이 사실을 알게 된다면 어떻게 될까요?" 킨데프가 걱정스럽게 말했다. "큰 스캔들이 일어날 것입니다. 기자들이 블라도바 부인을 심하게 헐뜯을 겁니다! 결국 사회는 그런 잘못을 용서하지 않으며, 블라도프 씨는 아내가 학생 시절에 아이를 낳았다는 사실을 전혀 모를 겁니다."

"예, 이해합니다만…" 란겔로프가 말을 시작했다.

화가 난 킨데프는 말을 중간에서 끊고 흥분해서 물었다.

"블라도바 부인의 가정생활을 파괴하고 싶으신가요? 아니면 블라도바 부인을 협박하고 싶은 건가요?"

"별말씀을요!" 란겔로프가 말했다.

"조심하세요! 위험한 게임을 시작하셨습니다! 블라도바 부인의 과거에 대한 베일을 벗기려 한다면, 당신은 매우 후회하게 될 것입니다. 이미 알아낸 사실은 잊고 그 학생에게 어머니를 찾지 못했다고 말하세요."

"나를 협박하는 겁니까?" 란겔로프가 화가 나서 물었다. "저는 사립 탐정입니다. 누구도 저에게 무엇을 잊으라고 말할 권리가 없습니다. 안 됩니다! 무엇을 해야 하고, 무엇을 하지 말아야 할까요!"

"실수하는 겁니다! 그 고집 때문에 비싼 대가를 치르게 될 것입니다!"

"나를 협박하려고 하지 마세요." 란겔로프가 말했다.

"당신은 블라도바 부인을 심판할 사람이 아닙니다." 킨데프가 대답했다. "다시 한번 경고합니다. 당신은 곧 폭발할 지뢰밭에 들어섰습니다."

"겁주지 마세요!" 란겔로프는 미소 지었다. "저는 블라도바 부인이 안타깝기도 합니다. 그때는 젊었고, 실수를 했지만, 딸이 어머니를 만나고 싶어한다고 전해주세요. 블라도바 부인은 오랜 세월이 흘렀지만 성인이 된 딸을 다시 만나고 싶은지 고민해봐야 합니다."

짧은 침묵 후, 킨데프는 조금 진정되었다.

"알겠습니다. 블라도바 부인과 통화한 후 전화드리겠습니다."

"킨데프 씨, 저는 블라도바 부인에게 피해를 주고 싶지 않다는 점을 아십시오. 부인은 어떻게 행동할지 스스로 결정해야 합니다."

킨데프는 천천히 일어나 작별 인사를 하고 떠났다.

길을 걷던 킨데프는 란겔로프와의 대화가 계속 떠올라 생각을 멈출 수 없었다. 다리나 블라도바를 즉시 만나서 불쾌한 대화 내용을 알려야만 했다.

킨데프 가족과 블라도프 가족은 수년간 우호적인 관계를 유지하며 서로를 초대해 명절을 여러 번 함께 보내곤 했다. 지금껏 킨데프는 다리나를 잘 안다고 생각했지만, 전혀 짐작조차 할 수 없던 사실을 알게 되었다. 다리나가 대학생 시절에 딸을 낳았다는 것이다. 이는 충격적인 소식이다. 킨데프는 다리나가 겸손하고 정직한 여성이라고 항상 생각해왔다. 정말 다리나는 도덕 규율이 엄격한 지방 도시에서 자랐다. 킨데프는 다나일 블라도프가 이 사실을 알게 된다면 어떻게 될지 궁금했다. 이혼할까? 이 사실은 블라도프 가족에게 큰 재앙이 될 것이다. 다리나와 다나일은 고등학생인 쌍둥이 아들 둘을 두고 있다. 아들들이 자신들에게 지금껏 모르던 누나가 있다는 사실을 알게 되면 어떤 반응을 보일까? 킨데프는 이 문제가 매우 복잡하고 여러 가지 불쾌한 결과를 초래하리라고 깨달았다.

란겔로프의 사무실을 떠난 킨데프는 어느새 도시 중심부, '공화국' 광장에 있는 보건부 사무실 건물에 도착했다. 그리고 휴대전화를 꺼내 다리나에게 전화를 걸었다.

"안녕하세요." 킨데프가 말했다. "할 얘기가 있습니다."

"알았어요." 다리나가 말했다. "사무실 입구에서 기다려 주세요. 곧 내려갈게요."

10분 후, 다리나가 나타나서 말했다.

"근처에 '봄'이라는 카페가 있는데, 거기로 가시죠."

그들은 광장을 가로질러 카페로 들어갔다. 오전 시간이라 카페에는 사람이 별로 없었다. 다리나와 킨데프는 테이블에 앉아 커피를 주문했다.

"무슨 일이에요? 사립탐정과 이야기를 나누셨나요?" 다리나가 물었다.

킨데프는 즉각적인 반응을 보이지 않았다. 물끄러미 다리나를 바라보았다. 다리나는 이미 40세였고 매우 아름다웠다. 검은색 물결 모양의 머리카락, 촉촉한 입술, 그리고 에메랄드빛으로 빛나는 눈을 가지고 있었다. 거의 언제나 따뜻하게 미소 짓는 다리나는 현대적인 체리색 드레스를 입고 있었다. 다리나를 보며 킨데프는 '대학생 시절에는 정말, 정말 예뻤을 거야.' 라고 생각했다.

"문제는 미묘하고 걱정스럽습니다." 킨데프가 말을 시작했다.

"무슨 내용이에요? 사립탐정이 왜 나한테 관심을 갖는 거죠?" 다리나가 화가 나서 물었다.

"당신이 대학생이었을 때 딸을 낳고 아이를 입양한 사실을 알고 있어요." 킨데프가 말했다.

다리나는 돌처럼 굳어버린 것 같았다. 그런 말을 들을 거라고 전혀 예상하지 못했다. 마치 평생 한 번도 킨데프를 본 적이 없는 것처럼 바라보며 아무 말도 하지 않았다. 얼굴은 하얀 천처럼 희게 변했고 수심이 가득했다.

"탐정이 나를 협박하거나 해꼬지를 하려고 하나요?" 다리나가 걱정스럽게 물었다.

"아니요. 이미 대학생인 딸이 탐정에게 부탁해 당신을 만나고 싶어합니다."

잠시 동안 다리나는 아무 말도 하지 않았다.

"알겠어요." 다리나가 속삭이듯 작게 말했다.

"탐정은 딸을 만날지 여부를 고려해 보라고 했습니다. 딸을 만나고 싶지 않다면, 탐정은 당신에 대해 알아낸 모든 사실을 잊어버릴 것입니다. 당신의 결정을 전화로 알려주겠다고 약속했습니다."

다리나는 잠시 말없이 고요히 앉아 있었다.

킨데프는 다리나가 무슨 생각을 어떻게 하는지 궁금했다.

시간이 흐른 뒤, 다리나가 입을 열었다.

"좋아요. 직접 탐정에게 전화할게요."

다리나는 종업원을 불러 커피값을 지불한 후, 자리에서 일어섰다.

"사무실로 돌아가야 해요." 다리나가 말했다. "도와주셔서 고마워요. 다시 만나요."

"언제든지 도울 준비가 되어 있음을 아십시오." 킨데프는 진심 어린 목소리로 답했다.

두 사람은 카페를 나와 각자의 길로 향했다. 킨데프는 다리나의 뒷모습을 조용히 바라보았다. 다리나는 빠른 걸음으로 거리를 가로질러 갔다. 킨데프는 마음속으로 생각했다. '맞아, 다리나는 내가 평생 본 여성 중 가장 아름다운 사람이야.'

다리나는 걷는 것 같지 않고, 거리를 미끄러지듯 움직이는 것 같았다.

24. 잊은 듯 지워낸 이름, 다시 깨어나다

　주말 내내 다리나는 긴장하며 가슴 한복판이 타들어 가는 듯한 열기로 몸이 달아올랐다. 과거에 버리고 가슴에 묻어두었던 딸의 기억이 삶 전체를 뒤흔들어 놓았다. 깊은 어둠 속에 빠져 벗어날 수 없는 허탈감이 밀려왔다. 지금까지 한 치의 흔들림 없이 순탄한 인생길에 똑바로 뻗은 고속도로를 자동차로 달리는 듯했는데 갑자기 큰 재앙이 닥친 것이었다.

　아침마다 깨어나면 머리를 쪼갤 듯한 두통이 밀려왔다. 하루 종일 외부의 소리가 차단된 진공 속을 걷는 기분이었다. 직장에서 동료들이 말을 걸고 질문을 던졌지만, 그 말들은 마치 먼 곳에서 들려오는 메아리 같아 전혀 대답도 하지 않았다. 여비서가 조심스럽게 사무실 문을 열고 들어와 무언가를 보고해도, 한마디도 하지 않거나 무심한 듯 "알았어요"라고만 대답하고 먼 산을 바라보았다. 젊고 다정한 여비서는 무슨 사연이 있는지 감조차 잡지 못한 채 걱정스러운 눈빛을 거두지 못했다. 혹시 어디 아픈 건 아닐까, 무슨 심각한 문제가 생긴 건 아닐까, 그저 궁금증만 남을 뿐이었다.

　지금껏 다리나는 늘 얼굴에 미소를 머금고 친절하며 따뜻한 사람에다가 활력이 넘쳤다. 하지만 요즘은 마치 세상과 단절된 또 다른 세계에 속해 있는 사람처럼 보였다.

　밤에도 잠을 이루지 못하고, 잠이 든다 해도 꿈속에서 아기의 울음소리가 들려왔다. 작은 손을 뻗으며 다가오는 아기의 얼굴이 떠오를 때마다, "울고 있는 아이는 어디에 있는 거야?" 하고 소리치고 싶어졌다.

　다나일은 아내의 심상치 않은 모습을 보고 '무슨 일이 있는 걸까?' 마음속에 의문을 품기 시작했다.

　그래서 조심스레 물어보았다.

　"몸은 괜찮아요?"

　다리나는 그저 담담하게 대답했다.

　"괜찮아요, 물론이죠."

다리나는 지금까지 살아온 자신의 삶을 영화처럼 여러 번 반복하여 돌아보았다. 작은 지방 도시 브레즈에서 태어나 자란 소녀는 우편배달부인 아버지와 시립 병원에서 근무하는 어머니와 함께 조용하고 소박한 가정에서 살았다. 하지만 다리나는 많은 친구들과 함께 매력적인 삶이 가능한 대도시에서 사는 것을 꿈꾼다. 지방 도시에서의 삶은 지루하고, 진부하고, 단조롭다. 하루하루는 지친 물소의 걸음걸이처럼 느리게 흐른다. 사람들은 그림자와 같이, 일하고, 먹고, 자고, 같은 말들을 되풀이한다.

공부를 잘 해 의대에서 공부하고 시골을 벗어나 대도시에서 살고 싶었고, 마침내 꿈이 이뤄져 수도에서 대학생이 되었다. 하지만 대학 1학년 때, 운명처럼 사랑에 빠졌고 곧 아이를 가지게 되었다. 부모님이 자신을 비난할 것이라는 걸 잘 알고 있었다. 그들에 따르면, 이것은 큰 죄이며 심지어 범죄였다. 그들은 이 끔찍한 수치심을 견딜 수 없을 것이다. 친척과 지인들은 다리나를 창녀라고 부르며 수군거리기 시작할 것이다. 모든 사람이 비웃고 멸시할 것이다. 다리나는 자신이 임신을 했고 아이를 낳았다는 사실을 숨겨야 했다. 부모, 친척, 친구 중 누구도 다리나가 아이를 낳았다는 사실을 알지 못했다. 그렇게 태어난 아이에게 '카멜리아' 라는 이름을 지어주었다. 하지만 아이는 입양을 통해 다른 가정의 품으로 보내졌고, 다리나는 다시는 아이를 찾지 말라는 단호한 말을 들었다. 다리나는 딸을 잊어야 했고, 딸을 찾거나 관심을 가져서도 안 되었다.

출산 후 다리나는 끝내 학업을 계속해서 마쳤고, 근면하고 야심 찬 다나일을 만나 결혼했다. 남편은 법률을 전공했고 정치계에서 활발하게 움직였으며, 나라에서 가장 큰 공화당 소속으로 점차 당내에서 높은 지위를 차지했고 국회의원이 되었다. 다리나 또한 사회적으로 활동적이었으며 국가의 정치 활동에도 참여했다. 잠시 대도시의 대형 병원에서 의사로 일하다가 보건부로 자리를 옮겼고, 몇 년 뒤 차관이 되었다.

그렇게 20년이 흘렀다. 다리나는 딸에 대해 아무것도 몰랐지만, 이제는 마치 폭탄이 터진 것 같았다. 머릿속에는 끊임없는 질문이 떠돌았다. '내 딸은 어떻게 생겼을까? 어떻게 지내고 있을까? 나를 만나면, 어떻게 반응할까? 자신을 낳고 버렸다고 나를 원망하지 않을까? 정말, 서로 전혀 모르는 여자들처럼 만날 것이다.'

25. 스무 해의 기다림과 비밀

6월의 어느 오후였다. 해가 천천히 기울며 나뭇잎마다 황금빛이 내려앉았다. 기분 좋은 바람이 불었고, 거리에는 하루 일을 마친 이들이 집으로 향하느라 분주히 움직이고 있었다. 누군가는 쇼핑을 위해 가게로 들어갔고, 누군가는 버스나 전차를 기다리며 정류장 앞에 서 있었다.

다리나는 사무실에서 나왔다. 관용차가 대기 중이었다. 검은 머리를 단정히 빗어 넘긴 젊은 운전기사가 친절하게 문을 열어주자, 다리나는 조심스레 차에 올랐다. 차는 부드럽게 움직이며 수도의 넓은 도로를 따라 나아갔다.

다리나의 집은 장관과 국회의원, 외교관들이 사는, 가장 우아하고 격조 높은 구역에 자리하고 있었다. 다리나는 차에 조용히 앉아서 마음속으로 수없는 생각을 되뇌었다. 오늘 밤, 오랫동안 감추어왔던 딸 이야기를 털어 놓으면 어떤 일이 벌어질까. 이로 인해 가족이 깨어져 버리는 것은 아닐까.

차가 조용히 멈춰섰다. 운전기사에게 잘 들어가라고 인사를 건넨 뒤, 다리나는 현관문을 열고 집 안으로 들어섰다. 집안 풍경은 평소와 다를 바 없었다. 두 아들 보리스와 빅토르는 각자의 방에서 컴퓨터 앞에 앉아 있었다.

곧이어 다나일이 뒤따라 들어왔다. 얼굴에는 깊은 피로가 깃들어 있었다. 오늘은 의회에서 긴장이 감돌던 하루였다. 새로 제정될 금융법에 대한 논의가 이어졌기 때문이다.

다리나는 부엌으로 가서 저녁을 준비했다. 식탁에는 네 식구가 둘러앉았다. 아이들은 여느 때처럼 유쾌하게 식사했지만, 다리나는 한 조각의 **빵**도 제대로 삼키기 어려웠다. 이마에는 땀이 맺혔고, 가슴은 요동치듯 뛰었다. 다리나는 전혀 예상치 못한 소식을 말하려고 식사가 끝날 때까지 기다렸다. 마침내 저녁이 끝났다. 두 아들은 서둘러 자리에서 일어나려 했으나, 다리나가 멈춰 세웠다.

"중요한 이야기를 들려주고 싶구나." 다리나가 힘겹게 말을 꺼냈다.

세 사람의 시선이 식탁 건너편으로 모였다. 그들은 "어쩌면 그 뉴스는 전혀 중요하지 않을지도 몰라." 라고 혼잣말했을 것이다.

"모두 반드시 알아야 할 것을 말할게요." 다리나가 말을 이었다. "지금까지 그건 내 비밀이었어요."

세 사람은 불안한 표정으로 다리나를 쳐다보았다. 갑자기 그들은 그것이 정말 중요한 것이라는 걸 깨달았다. 다리나는 천천히 말하기 시작했다.

"스무 해 전, 내가 딸을 낳았어요."

깊은 침묵이 이어졌다.

다나일과 두 아들은 숨도 쉬지 않고 다리나의 얼굴을 바라보았다.

"이게 내 비밀이야." 다리나가 작게 속삭였다.

그러자 다나일이 조용히 입을 열었다.

"그건 비밀이 아니에요. 오래전부터 알고 있었지만 한 번도 언급하지 않았을 뿐이오."

믿기지 않는다는 듯 다리나는 고개를 들었다.

"알고 있었어요?"

"그래요. 그때 당신은 아주 어렸고, 마음속 사랑은 뜨겁고 깊었으니까…"

남편은 다시 아이들을 향해 고개를 돌렸다.

"보리스, 빅토르. 좋은 소식이 있단다. 너희에게 누나가 있어."

말을 잇지 못한 다리나는 눈가에 고인 눈물을 손등으로 조심히 닦았다.

"우리 누나 이름이 뭐예요?" 보리스가 궁금한 듯 물었다.

"지금은 무슨 이름을 갖고 있는지 알지 못한단다. 태어났을 때 '카멜리아'라는 이름을 지어주었지만, 입양된 후엔 새로운 이름으로 살아가고 있을 거야. 그날 이후 한 번도 만난 적은 없지만, 이제 곧 다시 만날 수 있을 것 같아."

말을 마친 어머니의 얼굴에는 서서히 평온함이 번지기 시작했다. 오랫동안 가슴에 담아두었던 비밀을 풀어놓은 뒤, 마음 깊은 곳에서 따뜻한 빛줄기가 스며 나오는 듯했다. 스무 해가 흐른 뒤, 잃어버렸던 딸을 다시 마주하게 될 그날이 머지않았다. 이제 세 아이의 어머니가 될 것이며, 딸이 품고 자라온 삶과 꿈에 대해 알게 될 것이다.

저녁에, 잠자리에 들기 전, 다리나는 남편에게 조용히 물었다.

"당신은 내가 아이를 낳았다는 걸 예전부터 알고 있었나요?"

"그래요."

"그런데도 한마디 말도 하지 않았군요."

"당신을 사랑하니까. 그때 당신은 정말 어렸지만, 더 중요한 건 생명을 선택했다는 점이에요. 누군가는 중절을 선택했을 수도 있지만, 당신은 아이를 세상에 태어나게 했죠. 그 아이는 다른 가정에 입양되었고, 그 집 사람들은 분명 행복했을 거예요."

"고마워요…" 다리나는 속삭이듯 말했다. "어떻게, 언제 알게 되었는지는 묻지 않을게요."

"알아내는 건 어렵지 않았어요. 누군가 늘 말해주거든요. 그런 이들은 남에게 해를 끼치고 싶어 하죠. 이유는 단순해요. 다른 사람이 안정된 가정을 이루고, 많이 벌고 평온하게 살아가는 모습을 질투하는 거죠. 그래서 상처를 주려 해요."

"우리가 사는 세상이 그렇죠." 다리나는 조용히 말했다. "밝은 것과 어두운 것이 함께 있으니까요."

"그 아이를 만나게 된다니, 기쁘군요." 다나일이 따뜻하게 말했다.

"곧 만날 수 있을 거예요. 그 아이는 당신을 알게 될 거고, 두 동생과도 함께할 수 있을 거예요."

"좋은 일이죠. 두 아들과 딸 하나." 다나일이 말했다.

그날 밤, 다리나는 오랜만에 깊고 편안한 잠에 들었다. 아침에 눈을 떴을 때, 방금 전까지 꾸었던 꿈이 너무도 아름다웠다는 생각이 들었지만 안타깝게도 그 내용은 전혀 떠오르지 않았다. 잠시 동안 기억해내려 애썼지만, 꿈은 안개처럼 사라지고 말았다.

두 아들은 학교 갈 채비를 하고 있었다. 학년말까지는 이제 겨우 일주일 남은 시점이었다. 다리나는 부엌으로 향해 정성스레 아침 식사를 준비했다. 따뜻한 차를 끓이고, 꿀과 버터, 햄과 치즈, 잘 익은 과일까지 테이블에 올려놓았다. 네 식구가 둘러앉아 함께 식사를 했다. 다나일은 오늘도 의회 일정이 바쁘다며 말을 꺼냈다.

"오늘도 긴 하루가 되겠네요. 다시 금융법을 논의하게 될 거예요."

"오늘은 분명 아름다운 날이 될 거예요." 다리나는 미소를 지으며 대답했다.

식사가 끝나자, 두 아들은 학교에 간다고 인사를 한 뒤 서둘러 집을 나섰다. 다리나는 뒤따라 나와 배웅했다. 집 앞에는 관용차가 기다리고 있었다.

"안녕하십니까? 차관님." 운전기사가 인사했다.

"안녕하세요. 오늘 기분은 어때요?" 다리나는 반갑게 물었다.

"덕분에 괜찮습니다."

운전기사는 다소 놀랐다. 오늘 다리나는 기분이 좋았다. 아름다운 얼굴에 미소가 번졌고, 눈은 반짝거렸다. 차가 사무실 건물 앞에 멈춰 섰다. 다리나는 재빨리 차에서 내려 사무실로 향했다. 잠시 후, 여비서가 들어와 오늘의 일정을 전달했다. 다리나는 집중해서 설명을 들었고, 오전 중 두 차례 공식 회의가 잡혀 있다는 것을 확인했다. 이어서 내일 회의 일정을 추가로 잡아달라고 요청했다.

"네, 차관님." 비서는 정중히 대답한 뒤 사무실을 나섰다.

비서와 운전기사 모두 오늘 아침 다리나의 기쁘고 기분좋은 분위기에 놀라움을 감추지 못했다. '대체 무슨 일이 있었던 걸까?' 비서는 속으로 생각했다. '분명히 아주 좋은 일임에 틀림없어…'

혼자 남은 사무실에서, 다리나는 휴대전화를 꺼내 전화를 걸었다.

"란겔로프 씨 맞으신가요?" 다리나가 물었다.

"네, 맞습니다."

"다리나 블라도바입니다."

"안녕하십니까, 차관님?" 란겔로프의 목소리가 들렸다.

"감사드리고 싶습니다. 제 변호사 킨데프 씨로부터 들었어요. 최근 대화 내용을요."

조용히 듣고 있던 란겔로프에게 다리나는 부탁을 이어갔다.

"아이의 연락처를 알려주세요. 직접 목소리를 듣고 싶습니다."

"지금 바로 알려드리겠습니다." 란겔로프는 알리나의 전화번호를 또박또박 불러주었다.

"정말 감사드립니다, 란겔로프 씨. 오늘 하루도 성공적인 좋은 날이 되시길 바랍니다."

다리나는 궁금해졌다. '아이를 잘 만날 수 있을까? 얼굴이 나를 닮았을까? 아이는 어떻게 말하고 어떻게 웃을까?'

하나하나 궁금한 점이 끝없이 밀려들었다.

26. 스무 해를 돌아, 봄의 문 앞에서

란겔로프는 보건부 차관 다리나 블라도바의 사진이 선명하게 떠 있는 컴퓨터 화면을 바라보고 있었다.

'정말 아름답고 매력적인 여인이군.' 란겔로프는 속으로 중얼거렸다. '이제 20년 만에 모녀가 다시 만나게 되는구나.'

생각은 자연스럽게 몇 달 전으로 거슬러 올라갔다. 알리나와 로젠이 함께 사무실을 찾아와 어머니를 찾고 싶다고 간절히 부탁하던 그날이었다. 당시 알리나는 긴장된 얼굴에 걱정과 슬픔이 어른거리며, 탐정이 찾아낼 거라고 확신하지 않았지만, 란겔로프는 포기하지 않았고 결국 찾아냈다.

란겔로프는 곧장 전화기를 들고 알리나에게 전화를 걸었다.

"안녕하세요." 부드러운 목소리로 인사를 건넨 뒤 말을 이었다. "좋은 소식이 있습니다."

"어머니를 찾으셨나요?" 알리나는 흥분을 감추지 못하고 거의 소리치듯 말했다.

"찾았습니다."

"누구세요? 어디에 계세요? 성함은 무엇인가요?" 말이 끝나기가 무섭게 알리나는 질문을 쏟아냈다.

"진정하세요." 란겔로프는 조용히 웃으며 말을 이었다. "다 말해 줄 테니, 직접 사무실로 나오세요."

"언제요?" 알리나가 쏜살같이 물었다.

"내일 오세요."

"오늘 가도 되나요?"

"물론입니다. 지금이라도 괜찮습니다."

"정말 감사합니다! 진심으로 감사드립니다!" 목소리에는 기쁨과 안도의 감정이 뒤섞여 있었다.

전화를 끊자마자, 알리나는 곧장 로젠에게 전화를 걸었다.

"여보세요, 탐정이 어머니를 찾았대요!"

"정말이야? 어떤 분이시래?"

"탐정 사무실로 가요. 모든 걸 말해 주신다고 했어요."

"좋아. 지금 데리러 갈게. 함께 갑시다." 로젠이 말했다.

로젠은 서둘러 준비를 마친 뒤 차를 몰아 알리나의 집으로 향했다. 마당 문 앞에서 알리나가 기다리고 있었다.

두 사람이 탐정 사무실에 들어서자, 란겔로프는 반갑게 미소를 지으며 맞이했다.

"알리나 양." 란겔로프가 정중히 입을 열었다. "어머니 성함은 다리나 페트로바 블라도바입니다. 현재 보건부 차관으로 계시고, 알리나 양을 직접 만나고 싶어하십니다."

알리나는 멍하니 탐정을 바라보았다. 그 말을 믿기 어려웠다. '자신을 낳은 여인이 차관이라니?. 그리고 지금… 정말 만나고 싶어한다니.'

"감사합니다…" 입술을 떼는 것도 쉽지 않았다. "진심으로 감사드립니다. 탐정 선생님."

알리나의 얼굴은 토마토처럼 붉게 달아올랐다. 감정이 복받쳐 더는 말을 잇지 못했다.

란겔로프는 부드럽게 말했다.

"마음을 가라앉히세요. 곧 어머니를 만나게 되실 테니까요."

두 사람이 탐정 사무실을 나설 때, 알리나가 조심스럽게 말을 꺼냈다.

"지금이 더 떨리고 부끄러워요. 어떤 만남이 될지 도무지 상상이 안 돼요. 전혀 모르는 사람 앞에 서면 무슨 말을 해야 할지도 모르겠어요. '엄마'라고 부를 수 있을까요… 어떻게 말을 꺼내야 할지도 막막해요. 마음이 너무 너무 불안해요."

로젠은 조용히 웃으며 말했다.

"마음을 진정시켜. 모든 일이 잘 풀릴 거야. 아마 당신을 낳은 분도 지금쯤 마음을 졸이고 있을 거야. 20년이 지나서야 얼굴을 마주하는 거잖아. 분명 기억에 남을 만남이 될 거야."

알리나는 고개를 끄덕이며 생각에 잠겼다.

'그래, 엄마를 만날 때가 왔어. 이 순간을 얼마나 기다렸던가… 매일 밤 꿈에 보았고 마음속으로 대화를 나누기도 했는데… '

하지만 알리나는 생모가 차관이라는 사실을 전혀 짐작조차 하지 못했다. 작은 지방 도시에 살며 가정을 꾸리고, 아이들과 함께 살아가는 평범한 여인을 그려왔다. 어쩌면 교사일지도, 아니면 어느 상점에서 판매원으로 일하는 사람일 거라고 믿어왔다. 그런데 보건부 차관이라고 처음 알게 되었다. 그 사실은 놀라움을 넘어서 두려움과 충격을 안겨주었다. '어떻게 그 자리에 오를 수 있었을까? 어떤 삶을 살아왔고, 무슨 공부를 했으며 어떤 길을 걸었기에 지금의 자리에 다다를 수 있었을까?'

두 사람은 근처의 제과점으로 들어섰다.

로젠이 제안했다. "마음을 가라앉히도록 주스 한 잔 마셔."

로젠이 사과 주스를 두 잔 주문했다. 종업원이 주스를 가지고 오자, 알리나는 잔을 들어 조심스레 한 모금 따라 마시고 말을 꺼냈다.

"아무리 해도 마음이 진정되지 않아요…"

그 말을 마치기도 전에, 휴대전화가 울렸다. 떨리는 손으로 전화를 받은 알리나는 조용히 말했다.

"여보세요…"

낯선 듯 익숙한 목소리가 들려왔다.

"안녕, 알리나, 네 어머니란다. 가능하다면… 지금 당장 얼굴을 마주하고 싶구나."

"네…"

"보건부가 어디 있는지 분명 알고 있겠지. '공화국' 광장에 있는 사무실 근처에 '봄'이라는 카페가 있어. 30분 후 그곳에서 기다릴게."

"감사합니다… 곧 갈게요." 전화를 끊고 나서 알리나는 로젠을 바라보며 말했다. "'봄' 카페에서 기다린대요. 거긴 우리도 자주 갔던 곳인데, 그곳 맞은편 보건부 사무실에 어머니가 계셨을 거라고는 꿈에도 몰랐어요…"

로젠은 고개를 끄덕였다. "혼자 가는 게 좋아. 첫 만남이잖아. 다녀온 뒤에 꼭 연락 주고."

로젠이 사과 주스값을 계산하자, 알리나는 조심스레 자리를 일어나 카페 '봄'을 향해 발걸음을 옮겼다.

27. 마음이 피는 자리, 동백의 이름으로

　알리나는 '봄' 카페에 들어서며 주변을 천천히 둘러보았다. 마음속엔 오래된 질문이 하나 떠올랐다. '어머니는 검은 머리일까, 아니면 금발일까? 눈동자는 어떤 빛을 띠고 계실까? 어떤 옷을 입고 계실까?'

　카페 안에는 몇몇 여인이 자리하고 있었다. 그 가운데 두 사람은 한 남자와 함께 앉아 있었고, 입구 가까운 테이블에 혼자 앉아 있는 여인이 보였다. 알리나는 천천히 그 테이블로 걸음을 옮겼다. 여인은 날씬한 몸매에 검은 물결머리, 밝은 녹색 눈동자, 곧은 콧날과 섬세한 눈썹, 부드러운 입술을 지닌 사람이었다. 유행하는 바닷빛 파란 드레스를 입었다. 마주 보자마자 여인은 자리에서 일어나 몇 걸음 다가왔고, 알리나를 꼭 껴안았다. 알리나는 조용히 몸을 기대며 속삭였다.

　"……엄마."

　그 한마디는 마음 깊은 곳에서 솟아난 목소리였다.

　수없이 상상했던 첫 만남의 순간, 하지만 그토록 말하고 싶었던 '엄마'라는 단어가 진짜로 입 밖에 나올 수 있을지 확신하지 못했다.

　"알리나…!"

　동시에 두 사람의 눈가에서 눈물이 고여 반짝거렸다.

　"참 예쁘구나." 다리나가 나직이 말했다. "어린 소녀를 볼 줄로 짐작했는데, 예쁘고 매력있는 젊은 아가씨가 되었구나."

　두 사람은 자리에 앉았다. 다리나는 여종업원을 불렀다.

　"오렌지 주스는 좋아하니?" 다리나가 물었다.

　"네."

　"무엇을 좋아하는지, 어떤 것을 즐기는지 아직은 잘 모르겠구나. 하지만 곧 모든 것을 알고 싶다."

　알리나는 눈을 떼지 못한 채, 눈앞의 사람을 바라보았다. 하지만 말이 쉽게 이어지지 않았다. '이렇게 우아하고 고운 분이 정말… 내 어머니일

까?' 알리나도 엄마에 대해 아는 것이 전혀 없었다. '얼마나 걸릴까, 서로를 알아가는 데…'

"네 양부모님이 교통사고로 떠나셨다고 들었어. 진심으로 애도의 마음을 전하고 싶다."

"…고맙습니다." 알리나는 조용히, 작게 대답했다.

"요즘은 혼자 지낸다 들었는데, 쉽지 않은 나날이었겠지. 돈이 필요하지는 않니? 내 딸인데, 당연히 도와야지."

"고맙지만, 돈은 필요하지 않아요."

진짜로 원하고 싶은 말은 다른 데 있었지만, 끝내 꺼낼 수 없었다.

'사랑이요… 엄마의 사랑이 필요해요.'

눈앞에 앉은 이는 분명 어머니였지만, 낯설고 먼 이야기 속 인물과 대화하는 듯한 묘한 거리감이 있었다. 말 한마디, 질문 하나가 어색하게만 느껴졌다. 다리나도 머뭇거리며, 어떤 말을 꺼내야 좋을지 고민하는 듯 보였다.

"지금은 무얼 공부하고 있니?" 다리나가 물었다.

"문학을 공부하고 있어요."

"문학을 좋아하는구나."

"네."

"나도 고등학교 시절엔 문학을 좋아했단다. 시를 쓰기도 했지. 하지만 졸업하고 나서는 의학의 길을 택했어. 화학과 생물학을 무척 좋아했거든. 고등학교 시절에 이 분야에 관해 정말 좋은 선생님들을 많이 만났단다."

잠시 침묵이 흘렀고, 알리나는 조금 더 구체적인 물음을 건넸다.

"어디서 태어나셨고, 또 어디서 지내셨어요?"

"브레즈라는 작은 마을에서 태어나 그곳에서 자랐단다. 라드니크라는 도시에서 고등학교를 다녔지. 브레즈에 가본 적 있니?"

"한 번도 없어요." 알리나가 대답했다.

"언젠가 함께 가 보자. 내가 태어난 고향을 보러. 아주 작지만, 정겨운 곳이야." 다리나가 제안했다.

"그곳에 부모님도 계세요?"

"이미 돌아가셨어. 그래도 내가 살던 집은 여전히 그 자리에 있어. 가끔 그 마을로 돌아가곤 해. 그곳에서 내 가장 소중한 어린 시절을 보냈으니까."

"조부모님께서는 어떤 일을 하셨어요?" 알리나는 질문을 멈추지 않았다.

"아버지는 우체국에서 일하셨고, 어머니는 시립 병원의 간호사셨어. 참 따뜻하고 좋은 분들이셨지."

"함께 자란 형제자매도 계셨어요?"

"아니야. 나는 부모님의 외동딸이었지."

알리나는 생모를 바라보았다. 사실, 알리나 역시 혼자 자라왔다.

"배우자가 있으신가요?" 알리나의 목소리는 여전히 조심스러웠다.

"남편이 있고, 두 아들이 있어. 쌍둥이란다. 이름은 보리스와 빅토르. 너의 동생들이지. 지금은 고등학생이야."

"그렇다면… 저는 남동생이 둘이 있는 셈이군요." 알리나는 조용히 말했다.

"머지않아 만나게 될 거야."

"남편께서는 무슨 일을 하세요?"

"원래는 변호사였지만, 지금은 국회의원으로 일하고 계셔."

눈길을 맞추던 알리나는 문득 그 눈매가 낯설지 않다는 생각이 들었다. 색은 달랐지만, 어딘가 닮아 있었다. 어머니의 눈동자는 밝은 녹색이었다. 하지만 머리결은 놀라울 만큼 똑같았다. 검은빛에 부드럽게 곱슬거리는 결까지.

알리나는 마음속에 무수한 물음표를 품고 있었지만, 함부로 꺼낼 용기가 쉽게 나지 않았다. 그럼에도 오래도록 가슴 깊이 품어온 질문이 입술 끝에 닿았다.

"제 아버지는 어떤 분이셨어요?"

바로 대답이 돌아오지는 않았다. 오래 기다린 물음이었기에, 어머니는 조용히 생각에 잠긴 듯했다. 마침내, 조심스레 입이 열렸다.

"네 아버지 테오도르 칸틸로프 교수님이란다."

말을 들은 알리나는 숨을 들이쉬었다. 믿을 수 없다는 표정으로 눈을 크게 떴다. '이름을 제대로 들은 것인가?' 알리나는 어머니를 뚫어지게 바라보며 힘겹게 말했다.

"……칸틸로프 교수가 저의 아버지셨다고요? 하지만 어떻게 그럴 수 있죠? 그분과 양어머니께서 저를 입양하셨는걸요."

어머니는 눈을 마주치지 못하고, 시선을 카페 입구 쪽으로 돌렸다.

"내가 의학을 공부하던 시절이었지. 네 아버지는 교수셨어. 아버지가 강의하는 수업 시간에 몰래 시집을 펼쳐보곤 했어. 유명한 시인의 책으로 무척 아름다운 시가 실려 있었지. 어느 날, 네 아버지가 수업을 중단하시고 내가 앉은 의자 쪽으로 걸어와 물으셨어. 무슨 책이냐고. 당황스러웠지만, 손에 들고 있던 시집을 내밀었지."

그 말을 들은 알리나는 기억 한 조각을 떠올렸다. 예전에 아버지가 그런 이야기를 한 적이 있었다.

"네 아버지는 책장을 넘기며 시를 빠르게 읽으시더니, 그러곤 시가 정말 아름답다고 말씀하셨지. 확실히 그 시집이 수업보다 더 마음을 끌었어. 하지만 책을 돌려주시진 않았어. 그래서 다음 날, 교수님이 계신 연구실로 갔단다."

"왜요?"

"책을 되돌려받기 위해서였지. 그런데 네 아버지가 되묻더구나. 가장 좋아하는 시인이 누구냐고. 그러곤 그 시집을 돌려주며, 얼마전에 새로 산 다른 시집을 내게 건네셨어. 그 책을 읽고 며칠 뒤에 돌려드리면서, 그렇게 자주 만나게 되었지. 시간이 흐르며 사랑하게 되었어. 정말 뛰어난 분이셨거든. 총명하고, 잘 생긴… 어느새 마음이 깊이 끌렸지. 없으면 살 수 없을 만큼. 그러다 아이를 가지게 되었어. 하지만 네 아버지는 이혼할 수 없었지. 스캔들이 모든 것을 무너뜨릴 수 있었으니까. 교수가 여제자를 임신시켰다는 소문만으로도 학교가 뒤집힐 일이었어. 결국 네 양어머니 마르타 여사께서 모든 사실을 알게 되었어. 그분은 아이를 가질 수 없는 몸이었고, 그래서 두 분은 아이가 태어나면 입양하기로 결정했단다. 난 아이를 낳고, 뒤돌아서야만 했지. 다시는 볼 권리도 없었어. 늘 잊으려 했지만… 늘 생각나더구나. 꿈에도 찾아오고. 정말 고통스러웠지. 어리석었어. 사랑해서는 안 될 사람을 사랑했으니."

다리나는 다시 입을 다물었다. 얼굴 위로 흐릿한 그림자가 드리워졌다. 눈빛도 한층 어두워졌다. 교수님과 보냈던 기억이 아프게 되살아난 듯했다. 알리나 역시 말을 잃었다. 마음속엔 아버지 테오도르 칸틸로프 교수에 대한 수많은 기억들이 한꺼번에 솟구쳤다. 이런 반전은 상상조차 할 수 없었다.

"중요한 건 네가 세상에 태어났다는 거야." 다리나가 조용히 말했다.

"이제는 대학생이 되었고, 이렇게 다시 만났어. 모녀로. 내일은 우리 집에 함께 가자. 보리스와 빅토르, 그리고 남편을 소개할게. 더 이상은 우리를 갈라놓을 것이 없단다."

"왜 제 이름을 카멜리아라고 지으셨어요? 혹시 동백꽃을 좋아하시나요?"

"그 이름은… 나의 어머니, 그러니까 네 외할머니의 이름이란다. 카멜리아. 참으로 내가 사랑했어. 그분을 잊지 않기 위해 그렇게 불렀단다."

"안타깝게도 그분을 다시 뵐 수는 없겠죠." 알리나가 조용히 말했다. "엄마의 친척들을 제가 모르니… 그들도 결국 제 친척들인데."

"그 가운데 몇 분은 곧 만나게 될 거야." 다리나는 약속하듯 말했다. "하지만 나는 다시 사무실로 돌아가야 해."

자리에서 일어난 다리나는 조용히 알리나를 안아주고, 이마에 가볍게 입을 맞췄다.

"내일 보자."

"곧 뵈어요… 엄마." 알리나는 낮게 속삭였다.

28. 가을의 전시회

날씨는 다소 쌀쌀해졌지만, 하늘은 맑고 푸른 빛을 머금고 있었다. 높고 투명한 하늘 아래, 하얀 범선처럼 작은 구름들이 유유히 떠다녔다. 나뭇잎들은 노랗고 붉게 물들어가며, 뜨겁던 여름이 이내 물러가고 향긋한 꽃과 풍성한 과일을 안고서 가을이 얼룩덜룩한 옷을 입은 예쁜 아가씨처럼 찾아올 것임을 조용히 알려주고 있었다.

알리나는 대학 시험에서 좋은 성적을 거두었다. 8월의 여름 내내 다리나, 다나일, 빅토르, 보리스와 함께 해변에서 보낸 2주는 바다와 아름다운 날씨 속에서 웃음과 추억을 쌓기에 충분했다.

수도로 돌아오자마자, 여름 동안 전시회를 위해 그림을 준비하던 로젠에게 전화를 걸었다. 다락방에서 며칠을 보내며 그림 작업을 도왔고, 장을 보고 점심과 저녁도 손수 차렸다. 오후가 되면 함께 산책을 나서거나 종종 '봄' 카페에 들르곤 했다. 그 조용한 카페가 이렇게 특별한 의미로 다가올 줄은 몰랐다. 정말 처음 어머니를 만났던 곳이 바로 여기였다.

로젠에게 생모의 가족 이야기와 동생 보리스, 빅토르에 대한 소소한 일상도 전했다. 로젠은 열심히 그 이야기를 들었다. 알리나는 이제 완전히 달라졌다. 눈빛은 더욱 반짝였고, 기쁨이 넘쳤다. 마음을 짓누르던 긴장과 불안은 어느새 자취를 감추었다.

전시회를 일주일 앞둔 어느 날, 로젠은 준비한 그림들을 시립 미술관으로 옮겼다. 전시 벽면에 한 점 한 점 그림이 걸릴 때마다 기대와 설렘이 더해졌다. 알리나는 그림을 쳐다보면서 언젠가 '르네상스' 거리의 갤러리를 찾았던 오래전 그날이 떠올랐다. 무명의 젊은 화가의 전시회를 보러 들어섰고, 결국 그 인연은 가장 좋은 우정으로 이어졌다.

로젠의 그림에서는 평온함과 조화, 따스한 빛이 흘러나왔다. 이번 전시회에는 고향 집과 강, 돌로 변한 사람을 닮은 기묘한 바위, 부모님의 초상화, 그리고 알리나의 모습이 담긴 초상화도 포함되어 있었다.

9월 6일, 전시회의 막이 올랐다. 많은 관람객이 갤러리를 찾았고, 예술가들과 친구들, 그리고 지인들의 얼굴이 곳곳에 보였다. 다리나와 다나일도 참석해 알리나는 그들을 로젠에게 소개했다.

"로젠은 참 소중한 친구예요."

"만나서 기쁘고 훌륭한 전시회를 가져 축하해요." 다리나는 따뜻한 미소로 축하 인사를 건넸다.

"더 많은 전시회를 열기 바랄게요." 다나일도 기쁜 마음으로 격려했다.

미술 대학 에프렘 콜레프 교수가 전시회를 소개했다. 로젠의 탁월한 재능과, 그림 속에 담긴 세상의 아름다움을 찬찬히 설명하며, 자연과 삶을 상징하는 디테일 하나하나의 의미를 되짚었다.

전시회 개막을 축하하러 오신 모든 이에게 로젠은 진심 어린 감사를 전하며, 그림을 통해 세상의 풍요로움과 사람들의 기쁨을 담아내고 싶다는 뜻을 밝혔다.

개막식이 끝난 후, 알리나와 로젠은 다락방을 향해 9월의 조용한 가을 저녁 길을 걸었다. 인적 드문 거리 위로 느릿한 발걸음이 이어졌고, 따스한 포옹 속에서 로젠은 고백을 전했다.

"당신은 나의 영감 그 자체야. 정말 고마워. 함께 있으면 끊임없이 그리고 싶어지거든. 경의를 표하고 싶어. 많은 시련과 장애물을 이겨내고, 결국 어머니도 만났잖아. 정말 놀랄만해, 나의 마녀!"

Alina

1.

Alina iras el la universitato kaj malrapide paŝas sur la bulvardo sub la kronoj de la oldaj kaŝtanarboj. La printempa posttagmezo estas suna. Febla vento karesas sian molan nigran hararon. En siaj grandaj migdalformaj okuloj videblas tristo. Alina iras, sed ŝi ne vidas la florantajn arbojn, la profundan lazuran firmamenton, la homojn, kiuj preterpasas ŝin. Jam de du semajnoj tristo kaj akra doloro kiel peza ŝtono premas ŝian koron. Alina kvazaŭ vivas en malhela frida mondo, en kiu regas tomba silento. Ŝajnas al ŝi, ke ŝi sonĝas kosmaran sonĝon kaj ne povas vekiĝi.

Matene ŝi iras el la domo, veturas al la universitato, posttagmeze revenas, paŝas sur la bulvardo, trapasas stratojn··· kaj la kosmara sonĝo ne finiĝas. Kvazaŭ nevidebla fera mano premas ŝian gorĝon kaj Alina ne povas eĉ sonon prononci. Ŝi sentas sin inter la tero kaj la ĉielo.

Pasis du semajnoj de la terura tago, en kiu oni diris, ke ŝiaj gepatroj mortis en aŭtoakcidento. Estis la plej nigra, la plej inkuba tago en ŝia vivo.

En la lasta semajno de aprilo ŝiaj gepatroj ekveturis aŭte al urbo Lazur, kie loĝas Vera, la onklino de Alina. Estis agrabla aprila mateno. La gepatroj de Alina planis sabate kaj dimanĉe gasti al Vera kaj dimanĉe vespere reveni hejmen. Alina ne veturis kun ili, ĉar ŝi devis verki referaĵon pri la slava literaturo.

La gepatroj ekveturis. Dimanĉe posttagmeze nekonata viro telefonis al Alina kaj diris, ke okazis aŭtoakcidento kaj ŝiaj gepatroj estas en malsanulejo. Alina svenis, post iom da tempo ŝi rekonsciiĝis kaj ekkuris al la malsanulejo, sed tie oni diris, ke ŝiaj gepatroj mortis.

-Ni faris ĉion eblan, tamen ni ne sukcesis savi ilin - rigardis triste ŝin kuracisto.

En tiu ĉi momento Alina dronis en profunda abismo kaj memoris plu nenion. Ŝi iris el la malsanulejo kaj paŝis kiel ombro.

Pasis taĝoj. Alina iradis al la universitato, revenadis hejmen, sed ŝi estis kiel somnambulo. Ŝajnis al ŝi, ke la granda domo, en kiu ŝi loĝas, similas al mistera ŝipo sen maristoj, sen homoj. Ŝipo, kiu drivas.

Reveninte hejmen, Alina demetis la mantelon, ĵetis ĝin kaj la sakon sur unu el la foteloj, sidiĝis en alian fotelon kaj dum horoj silente senmove rigardis la blankan ĉambran muron. En ŝia konscio kiel sparkoj ekbrilis rememoroj. Ili aperis dum sekundoj kaj malaperis, similaj al birdoj, kiuj ekflugis subite, etendintaj vastajn nigrajn flugilojn. Kvazaŭ sur la blanka muro aperis la vizaĝoj de ŝiaj gepatroj. La vizaĝoj ekbrilis momente kaj dronis en nebulo.

La rememoroj malrapide elnaĝis. Jen Alina estas infano, brakumanta paĉjon. Jen ŝi estas en la kuirejo de la domo. Ŝia patrino kuiras la tagmanĝon. Alina perceptas la apetitan odoron de la kuiritaj terpomoj. Aperas bela parko. La arboj havas denŝajn kronojn, similajn al grandaj verdaj ĉapeloj. Estas vasta flortapiŝo. En la parko estas ŝi kaj ŝiaj gepatroj. Ili promenadas. La patrino surhavas someran senmanikan robon. Ŝiaj okuloj helbluas kiel glataj globetoj. Ŝiaj blankaj brakoj similas al mevaj flugiloj. Paĉjo surhavas flavan ĉemizon kaj brunan pantalonon. Liaj kaŝtankoloraj okuloj brilas. Lia hararo nigras pece. Alina paŝas inter paĉjo kaj panjo.

Ĉu tiam ŝi estis kvin aŭ sesjara? Ŝia blanka robo estas kiel nubo, ŝia rozkolora harrubando kiel floro. Ili triope promenadas en tiu ĉi miranda parko. Jen, tie estas la lageto kaj ĉe ĝi la infanludejo kun luliloj, glitiloj··· Alina kuras al la luliloj. Paĉjo aĉetas al ŝi glaciaĵon. Kia bongusta glaciaĵo ĝi estas, odoras je vanilo. De tiam Alina ne manĝis tian glaciaĵon.

Kie malaperis la parko, la arboj, la floroj? Kie estas la alloga infanludejo, la budo, en kiu liphara viro, iom dika, vendas la plej bongustajn glaciaĵojn en la mondo? Kial subite malaperis Paĉjo kaj panjo? Kial ili lasis ŝin sola? Ĉu ili ne maltrankviliĝas, ke Alina perdiĝos en la vasta parko, en la granda brua urbo?

Ofte nokte Alina aŭdas paŝojn tre silentajn. Iu malrapide proksimiĝas al la lito, kie ŝi dormas. Alina malfermas okulojn. Ŝi kuŝas senmova. Iu haltas ĉe la lito. Alina ne vidas ĉu estas viro aŭ virino. En la densa nokta mallumo ŝi sentas, ke iu staras senmove ĉe la lito. poŝte tiu ĉi klinas sin super Alina. Ŝi provas ekkrii, sed ne povas. Nevidebla tenera manplato komencas kareŝi ŝian frunton. Jes, estas la mano de panjo, kiu venis vidi ĉu Alina dormas trankvile. Panjo karesas ŝin. Alina malfermas larĝe okulojn por vidi ŝin, sed en la malluma ĉambro videblas nenio.

2.

La mateno estas malhela. Pluvas. Pluvgutoj fluas sur la fenestran vitron kvazaŭ larmoj fluas sur glatan knabinan vizaĝon. Malvarmas. Blovas vento, kiu lulas la arbobranĉojn. Alina staras ĉe la fenestro. Ĉiele grizaj nuboj rampas kiel vilaj lupoj. La korto de la domo dezertas. Sub la alta juglanda arbo staras soleca ligna benko. De tempo al tempo la patro de Alina sidis sur tiu ĉi benko. Dum la someraj posttagmezoj li sidis sola tie, rigardis la juglandan arbon kaj eble meditis pri io. Pri kio li meditis? Nun Alina bedaŭras, ke neniam ŝi eksidis ĉe li, ke neniam ŝi iris paroli kun li. Neniam ŝi demandis lin pri lia pasinteco, kiam li estis knabo, junulo, plenkreska viro. Ŝi ne demandis lin pri liaj gepatroj. Alina nenion scias pri siaj geavoj, la gepatroj de la patro. Kiaj ili estis? Kion ili laboris? Alina nur scias, ke ili loĝis en malproksima vilaĝo. poŝte ili venis en la ĉefurbon kaj konstruis domon, sed kiel ili aspektis? Ili forpasis antaŭ la naskiĝo de Alina. Ŝi eĉ ne konas la parencojn de sia patro. Li havis nek fraton, nek fratinon. La patro de Alina estis kuracisto, universitata profesoro. Alina ne konis liajn koleĝojn en la universitato. Ĉe la enterigo de la gepatroj venis nur kelkaj personoj, kies nomojn Alina ne sciis. Ĉu ili estis amikoj, konatoj de la gepatroj?

La patro tre amis Alinan. Li nomis ŝin Sorĉistino. Kial li nomis ŝin Sorĉistino? Eble tiu ĉi vorto plaĉis al li.

La pluvo ne ĉesas. Jam estas majo, sed en la ĉambro malvarmas. Alina malfermas la vestoŝrankon, trarigardas la vestojn kaj prenas ruĝan puloveron. Antaŭ du jaroj ŝia patrino trikis ĝin. La patrino estis kuracistino, sed ŝi ŝatis triki. Trikante mi ripozas, kutimis diri la patrino. Aŭtune ŝi komencis triki tiun ĉi puloveron kaj fintrikis ĝin antaŭ la vintro. Alina ofte surmetis ĝin.

La patrino ne nur trikis, sed ŝi tre bone kuiris, aranĝis la ĉambrojn, ornamis la domon dum la familiaj festoj. Tamen same pri la pasinteco de la patrino Alina nenion scias. La patrino naskiĝis en la malgranda mara urbo Lazur. La patrino havis fratinon, Vera, kiu loĝas en Lazur. Ĉiun someron Alina gastis al sia onklino. La gepatroj de Alina ofte veturis al Lazur. La aŭtoakcidento okazis, kiam ili revenis de Lazur.

Alina iras en la kuirejon por matenmanĝi. Ŝi ne sentas apetiton, sed ŝi devas ion manĝi, almenaŭ kelkajn panpecetojn. Alina kuiras kafon kaj ŝmiras buteron sur pantranĉaĵon. Ŝi ne havas emon iri el la domo, sed antaŭtagmeze ŝi devas esti en la universitato. Hodiaŭ estos kelkaj lekcioj kaj ekzercoj. Alina iras en la ĉambron kaj komencas vesti sin. Estos longa kaj laciga tago, meditas ŝi.

3.

Profesoro Ivan Davidov lekcias pri la historio de la folklore. Li estas kvindekjara, blankharara kun malvarmaj grizaj okuloj kaj grandaj okulvitroj. Davidov preferas ĉiam surhavi grizkolorajn kostumojn, blankajn ĉemizojn kaj malhelruĝajn kravatojn. Li parolas monotone kaj liaj lekcioj estas enuigaj. Alina rigardas lin, sed ne aŭskultas lin. Ŝi demandas sin kiel aspektis ŝia patro, kiam li prelegis antaŭ la gestudentoj, estontaj kuracistoj. Ĉu liaj lekcioj estis enuigaj aŭ li spertis allogi la atenton de la gestudentoj? Ŝia patro ne ŝatis grizkolorajn kostumojn kaj ne havis okulvitrojn. Lia hararo estis nigra. Li kutimis malmulte paroli kaj verŝajne liaj lekcioj ne daŭris longe. Kiam Alina estis gimnazianino, ŝiaj gepatroj insistis, ke ŝi studu medicinon. La patrino ofte diris:

-En la gimnazio vi devas havi bonajn notojn pri kemio kaj biologio, ĉar vi studos medicinon.

-Mi ne deziras studi medicinon - replikis ŝin Alina.

-Kial?

-Mi ne povas rigardi fluantan sangon, nek suferantajn homojn.

-Sed tio estas la plej nobla profesio. Vi kuracos la homojn kaj ili estos dankemaj al vi - provis klarigi la patrino.

-Tamen mi ne ŝatas biologion kaj kemion - ripetis pli firme Alina.

-Se vi lernus diligente, vi konstatus, ke kemio kaj biologio estas interesaj studobjektoj.

-Ili estas enuigaj.

-Kion vi deziras studi? - demandis zorgmiene la patrino. - Vi devas nepre studi, esti studentino. Se vi ne havas superan klerecon, via vivo estos tre malfacila.

-Oni vivas sen supera klereco - diris iom provoke Alina.

-Vi nepre devas havi superan klerecon - insistis la patrino. - Se vi ne havas superan klerecon, vi laboros pezan laboron en iu uzino aŭ fabriko. Kion vi deziras studi?

-Mi ankoraŭ ne scias. Kiam mi finos la gimnazion, mi decidos.

-Kiun studobjekton vi plej multe ŝatas? - ne ĉesis demandi la patrino.

-La literaturon. Eble mi studos literaturon.

-Bone, tamen se vi studos medicinon, Paĉjo kaj mi helpos vin. Vi pli facile finstudos kaj poŝte vi havos plaĉan laboron. Ni helpos vin esti kuracistino en iu granda ĉefurba malsanulejo kaj vi havos bonan salajron.

La gepatroj konstante deziris helpi Alinan. Ili ĉiam demandis ŝin kion ŝi bezonas, kio plaĉas al ŝi. Nun post ilia forpaso neniu demandas Alinan pri io.

Nun la gepatroj tre mankas al Alina. Vere, ke la patrino ofte tedis ŝin per diversaj demandoj: "Kion vi ŝatas? Kion vi studos? Kion vi laboros? Kion vi preferas?" Alina ĉiam sendezire respondis kaj de tempo al tempo ŝi intence incitis la patrinon, dirante ĝuste tion, kio ne plaĉis al la patrino.

Nun Alina sentas sinriproĉon. Ŝi ne devis kontraŭstari al la patrino. Alina konscias, ke la patrino tre amis ŝin kaj ŝi pretis fari ĉion por ke Alina bone fartu. Alina nek foje diris la gepatroj: "Mi amas vin." Tamen Alina vere amis ilin. Ili estis ŝiaj gepatroj. Ili deziris, ke Alina estu ĉiam ĝoja, feliĉa, ke ŝi havu ĉion, kion ŝi deziras. Ili estis kontentaj, kiam Alina ĝojis kaj ridis. Tiam iliaj okuloj brilis kaj Alina sentis, ke ŝi estas por ili la plej granda riĉaĵo. Ili ĉiam pretis pardoni iun sian malbonan agon aŭ maldecan vorton.

Ili havis monon. Iliaj salajroj estis bonaj, ili aĉetis ĉion por Alina. Ĉiun someron la familio feriis en la plej luksaj maraj restadejoj. Ili triope veturis eksterlanden. Ili estis en Budapesto, Vieno, Parizo··· Jes, Alina havis bonegan infanecon, neforgeseblajn belajn travivaĵojn. Subite ĉio finiĝis, ĉio forvaporiĝis. Nun Alina estas sola, senhelpa, timigita, perdita en la vivo. Ŝia vivo nun similas al tiu ĉi griza pluva tago, kiu premas ŝin.

Alina apenaŭ eltenis la enuigan lekcion pri la historio de la folkloro kaj tuj post la fino de la studhoro ŝi iris el la universitato kaj ekis al la proksima kafejo "Krizantemo".

4.

En la kafejo preskaŭ ne estis homoj. Alina sidis ĉe tablo kaj mendis kafon. Rigardante la kaftason, ŝi ne rimarkis, ke iu proksimiĝis al ŝi. Alina levis kapon. Antaŭ ŝi staris Maria, ŝia samstudentino.

-Saluton - diris Maria.

-Saluton - tramurmuris Alina.

-Ĉu mi sidiĝu ĉe vi? - demandis Maria.

-Bonvolu.

Maria estis malalta, simila al mustelo, kun etaj brunaj okuloj kaj malhelblonda hararo.

-Bonvolu akcepti miajn kondolencojn - diris Maria. - Mi eksciis, ke viaj gepatroj pereis.

-Dankon - flustris Alina.

-Kiel vi fartas nun?

Alina ne respondis.

-Ĉu vi sukcesos pretigi vin por la ekzamenoj? - demandis Maria.

-Mi provos. Mi devas fini tiun ĉi studjaron.

-Mi helpos vin. Se vi bezonus helpon, bonvolu diri al mi - proponis Maria. - Ni lernu kune por la ekzamenoj.

-Dankon.

Maria naskiĝis kaj loĝis en provinca urbeto. Ĉi-tie, en la ĉefurbo, ŝi luis loĝejon kaj Alina sciis, ke la gepatroj malfacile helpas finance Maria. Ili strebis regule sendi al ŝi iom da mono, kiu tute ne sufiĉis por la elspezoj de Maria. Maria ĉiam provis montri, ke ŝi bone vivas. Ŝi tre deziris simili al la ĉefurbaj junulinoj, kiuj havis modernajn elegantajn robojn kaj multekostajn ŝuojn. Estis taĝoj, dum kiuj Maria malsatis, por ke ŝi aĉetu por ŝi iun modernan robon aŭ belan bluzon. Nun Maria ekparolis pri moda sako, kiun ŝi deziris havi:

-La sako estas tre bela kaj eleganta - diris ŝi. - Ĝi estas leda, flava kaj mi vidis ĝin sur la montrofenestro de la luksa vendejo "Fantazio". Tamen ĝi estas tre multekosta. Dum iom da tempo mi devas ŝpari monon por aĉeti ĝin.

Alina aŭskultis sen rigardi Marian. Ja, la plej granda revo de Maria estas havi tiun ĉi flavan modan sakon, meditis Alina.

Maria ĉiam parolis nur pri roboj, mamzonoj, ŝtrumpoj... Ĉu tio estas la plej grava en la vivo de Maria? Alina havis multe da roboj, bluzoj, sakoj, sed ŝi neniam menciis ion pri ili. La gepatroj de Alina konstante aĉetis kaj donacis al ŝi multekostajn aĵojn. Kiam Alina finis la gimnazion, la gepatroj donacis al ŝi oran kolieron. Tiam ili aĉetis al Alina elegantan robon kaj belajn eksterlandajn ŝuojn. En la tago, kiam Alina ricevis la diplomon pri la sukcesa fino de la gimnazio, la patro diris:

-Ĉi-vespere ni festos vian finon de la gimnazio en restoracio "Vieno".

Ĝi estis unu el la plej grandaj kaj la plej belaj restoracioj en la ĉefurbo. La rezervita por ili tablo estis malproksime de la orkestro. Kiam ili triope: Paĉjo, panjo kaj Alina sidiĝis, tuj proksimiĝis la kelnero, simpatia junulo, kiu bone konis la patron de Alina.

-Bonan vesperon, profesoro Kantilov. Kion vi bonvolos por la vespermanĝo?

La patro eble ofte estis en tiu ĉi restoracio kaj lin konis la restoraciestro kaj la kelneroj.

-Mi dediĉas tiun ĉi vesperon al mia filino Alina - diris la patro - kaj mi ŝatus, ke vi proponu al ni la plej bongustan manĝaĵon kaj la plej bonan vinon.

-Mi proponas al vi rostitan ŝafidan viandon, kuiritan laŭ originala ŝafista kuirrecepto kaj hungaran vinon "Badaĉoni". Ja, vi scias, estimata profesoro, ke la hungaroj produktas unu el la plej bonaj vinoj en la mondo.

-Jes, la hungaraj vinoj estas perfektaj - diris la patro. - Dankon.

La juna kelnero rapide malproksimiĝis. Li estis svelta kun malhela krispa hararo kaj nigraj tataraj okuloj. Alina postrigardis lin. Ŝi ne supozis, ke en tiu ĉi restoracio estas tia bela juna kelnero.

-Ĉi-tie ĉiuj manĝaĵoj estas tre bongustaj - diris la patro.

Alina rigardis lin. Paĉjo kaj panjo estis feliĉaj kvazaŭ ne Alina, sed ili finis gimnazion. Ili deziris ĝojigi ŝin kaj donacis al ŝi neforgeseblajn momentojn. Ili kutimis esprimi sian amon al Alina per multekostaj donacoj kaj ĉi-vespero same estis speciala donaco.

La kelnero alportis la manĝaĵon kaj atente plenigis la vinglasojn.

-Bonan apetiton - diris li.

Ili komencis silente manĝi. La patro levis sian glason kaj diris:

-Mia kara Sorĉistino, vi havu feliĉan kaj mirindan vivon kiel en mirakla fabelo.

-Dankon Paĉjo - diris Alina.

Tiun ĉi vesperon ŝia patro havis tre bonan humoron. Li estis vestita en helblua kostumo, en flava ĉemizo kaj kun ĉerizkolora kravato. Li ridetis. La patrino same estis tre eleganta, kun longa ruĝa robo, ora koliero kaj oraj orelringoj. Sur ŝia maldekstra mano brilis diamanta ringo. La ĉielbluaj okuloj de la patrino estis kiel du etaj lazuraj lagoj.

La patro vokis la kelneron kaj mendis deserton. Dum ili atendis, ke la kelnero alportu la deserton, la patrino demandis Alinan:

-Kion vi decidis? Kion vi studos?

-La demando malserenigis la vizaĝon de Alina, sed la patro tuj intervenis:

-Nun ne estas la momento por tiu ĉi demando.

La orkestro ekludis valson kaj la patro diris:

-Kara Sorĉistino, mi invitas vin danci.

Ambaŭ ekstaris kaj iris al la dancejo. Estis mirinde danci. Kvazaŭ Alina flugis super la nuboj. Ŝajnis al ŝi, ke ĉi-vespere komenciĝas ŝia vera vivo, en kiu estos belegaj momentoj kaj feliĉaj travivaĵoj.

5

Friskis la maja tago. La suno subiris kaj estiĝis la momento, kiu disigas la tagon de la nokto. La firmamento malhelbluis kiel trankvila maro. Baldaŭ sur la fono de tiu ĉi senlima blueco aperos la steloj, tremantaj kiel etaj fajreroj. Ankaŭ tiu ĉi tago dronos en la malhela senbrua nokto. Alina rigardis la ĉielon.

Ĉu ĉio, kio estis, kio ekzistis malaperas senspure ien? La tago malaperas en la nokton kaj kun la tago malaperas la renkontiĝoj, kiuj okazis, la konversacioj, la vortoj, kiujn oni eldiris. Tiel tagon post tago malaperas la vivo, la revoj, la deziroj, la agoj. Malaperas niaj gepatroj, parencoj, la amataj homoj kaj ni restas solaj. Eterna estas la profonda enigma ĉielo, Iun tagon ni same silente kaj nerimarkeble malaperos kaj neniu ekscios kiam kaj kiel ni ekveturis ien, tre malproksimen, de kie ni neniam revenos. Tiel subite forveturis miaj gepatroj, meditis Alina. Kien? Kie ili estas nun?

Iam, kiam Alina estis infano, oni diris al ŝi, ke la homoj ne mortas, sed ili ekflugas al la ĉielo. Ĉu tien ekflugis miaj gepatroj? Ĉu ili estas tie alte kaj ĉu ili vidas min? Ĉu ili pensas pri mi? Ĉu ili deziras diri ion al mi? Ion, kion ili ne sukcesis diri dum ili vivis? Ĉu ili konsilos ion al mi?

Kiam la gepatroj vivis, Alina ne deziris aŭskulti iliajn konsilojn. Laŭ ŝi la konsiloj estis tedaj kaj enuaj. Tamen nun Alina bezonis, ke iu diru al ŝi kiel ŝi vivu sola, kiel ŝi agu. Nun Alina bezonis siajn gepatrojn.

La tutan posttagmezon Alina pasigis kun sia amiko Rosen. Ŝi konatiĝis kun li, kiam ŝi estis gimnazianino. Tiam Rosen studis en la Belarta Akademio. Iun tagon sur strato "Renesanco", en la centro de la urbo, Alina vidis afiŝon pri ekspozicio de juna pentristo. Ŝi eniris la galerion. Estis posttagmeze kaj en la granda salono videblis neniu. Alina ĉirkaŭrigardis. Sur la muroj pendis pejzaĝoj, portretoj··· La pejzaĝoj plaĉis al ŝi. Estis montaroj, kampoj, maro, kies ondoj kviete inundis la orecan sablon. Flavaj dunoj, similaj al kuŝantaj lacaj kameloj. Estis pentrita ŝtormo en la arbaro, fortega vento, rompitaj arboj, branĉoj··· Portreto de eta knabino kun flava robo kaj dianto enmane. Ĉe ĝi - alia portreto de maljunulo, kiu rigardas ien al la malproksimo. En la malhelaj maljunulaj okuloj estas laceco kaj trista soleco.

De ie aperis junulo, alta kun barbo, kiu silente ekstaris ĉe Alina. Ŝi opiniis, ke ankaŭ li estas vizitanto en la galerio kaj ŝi pli atente alrigardis lin. La hararo de la junulo havis koloron de laktokafo kaj liaj okuloj estis malhelverdaj kiel aŭtuna maro. La junulo alparolis ŝin:

-Ĉu la pentraĵoj plaĉas al vi?

-Jes - respondis Alina.

-Vi estas lernantino. La gelernantoj malofte vizitas artgaleriojn - rimarkis li.

-Mi ŝatas pentraĵojn kaj mi ŝatas pentri - diris Alina.

-Ĉu vi ofte pentras?

-De tempo al tempo, kiam mi havas bonhumoron - respondis ŝi.

-Kion vi kutimas pentri?

-Mi pentras miajn sentojn··· per diversaj koloroj - diris Alina.

-Nekredeble! - miris la junulo.

Alina ekridetis.

-Mia nomo estas Rosen Milkov.

-Vi estas la pentristo, ĉu ne? - surpriziĝis Alina.

-Jes. Tio estas mia unua artekspozicio.

Post tiu ĉi tago kaj post tiu ĉi unua renkontiĝo Alina kaj Rosen komencis ofte renkontiĝi kaj esti kune. Iel la patrino de Alina eksciis pri iliaj renkontiĝoj kaj iun vesperon ŝi severe diris al Alina:

-Vi havas amrendevuojn kun viro, kiu estas pli aĝa ol vi - komencis la patrino. - Ja, vi estas ankoraŭ lernantino kaj tio estas netolerebla! Vi devas diligente lerni, sukcese fini la gimnazion, por ke vi estu studentino.

Alina silentis. Ŝi tute ne intencis ĉesigi la renkontiĝojn

kun Rosen. Alina ne povis imagi, ke ŝi ne plu vidos Rosen.

La patro ekparolis:

-Ni eksciis, ke la junulo estas studento en la Belarta Akademio. Li estos pentristo, artisto kaj la artistoj svebas en la nuboj. Ili havas iluziojn, postkuras la ventojn. Ili ne estas seriozaj homoj.

Alina daŭre silentis. Ŝi amis Rosen, sed ne povis diri tion al la gepatroj. Ili certe priridos ŝin. Ĉu ili komprenas kion signifas amo? Ĉu ili komprenas, ke la amo estas arda deziro esti kun iu, aŭskulti lin, aŭdi pri liaj revoj kaj streboj, senti, ke liaj revoj estas same kiel viaj, ke vi kaj li sammaniere pensas, ŝatas samajn aĵojn?

Iun vesperon, kiam la gepatroj estis en sia dormĉambro, Alina subaŭskultis ilian konversacion.

-Mi timas, ke ŝi gravediĝos kaj tio estos terure! - diris la patrino.

-Kion ni faru? - demandis la patro. - Ni ne povas perforte malpermesi al ŝi renkontiĝi kun li. Vi bone scias, ke la malpermesita frukto estas la plej dolĉa. Eĉ Dio ne sukcesis malpermesi al Eva pluki la pomon.

-Sed mi estas ege maltrankvila pri ŝi! Mi eĉ ne povas dormi!

-Ni ŝajnigu, ke ni scias nenion. Ŝi estas prudenta kaj komprenas, ke por ŝi ankoraŭ estas frue por amtravivaĵoj.

-Eble vi pravas - diris la patrino. - Tamen, ĉu mi renkontu lin kaj petu, ke li ne plu renkontiĝu kun ŝi?

-Ne! Tute ne! - diris firme la patro. - Iĝos pli

malbone. Ŝi malamos nin. Ŝi ĉagreniĝos kaj eĉ forkuros kaj ekloĝos kun li. Mi vidas, ke ŝi amas lin. Tio bone videblas. Ŝiaj okuloj montras tion. En ŝiaj vortoj senteblas la amo.

-Tio estas ŝia unua amo - diris la patrino. - Bone, ni estu paciencaj. Eble ŝi travivos tiun ĉi unuan amon.

6.

Al Alina plaĉis la hela, vasta mansardo de Rosen. Tra la du grandaj fenestroj videblis la profunda ĉielo. En la ejo preskaŭ ne estis mebloj, nur eta tablo, kanapo, breto kun libroj, pentrostablo kaj multaj pentraĵoj, apogitaj ĉe la muroj.

Alina sidis sur la kanapo kaj rigardis Rosen. Li pentris kvazaŭ forgesinta, ke Alina estas en la ĉambro. Ŝi ŝatis rigardi lin pentranta. En tiaj momentoj Rosen ŝajne estis en alia mondo, forlogita de la koloroj. Kion li sentas pentrante? Kiel li vidas la mondon, demandis sin Alina. Rosen ne estis tre parolema kaj Alina supozis, ke li preferas esprimi siajn pensojn kaj sentojn pentrante. Jes, li esprimis sin per la koloroj. Rosen pentris, kiam li estis emociita, kiam io ĝojigis lin aŭ profunde impresis lin. La pentrado estis lia vivo kaj tio plaĉis al Alina. Ŝi revis, ke ŝi same havu similan okupon, kiu igos ŝin forgesi la triston, la doloron. Okupo, kiu donos al ŝi konsolon. De tempo al tempo Alina same pentris, sed ŝi ne povis kiel

Rosen entute enprofundiĝi en la pentrado. Post la forpaso de la gepatroj, Alina ne pentris. Ŝi eĉ ne povis imagi, ke ŝi denove ekstaros antaŭ la blanka tolo kaj komencos pentri. La blanka kadrita tolo sur la pentrostablo similis al mortotuko. Alina ne havis fortojn esprimi sian triston per pentrado. Eĉ ŝajnis al ŝi, ke se ŝi komencus pentri, ŝia doloro iĝus pli akra kaj pli profunda.

Rosen lasis la penikon, rigardis Alinan kaj diris:

-Ni devas tagmanĝi.

Li prenis la poŝtelefonon kaj mendis manĝaĵon. Post duonhoro venis junulo, alportanta la tagmanĝon. Ili sidis ĉe la eta tablo kaj komencis manĝi. Rosen malfermis botelon da biero kaj plenigis la glasojn.

-Mi scias, vi suferas - diris Rosen - sed vi ne estas sola. Mi estas kun vi.

-Dankon.

-Vi devas daŭrigi vian vivon.

-Jes - ekflustris Alina.

-En la vivo estas sunaj kaj malhelaj tagoj. Estas momentoj, dum kiuj ŝajnas al ni, ke ĉio finiĝis.

-Ĉu vi havis malhelajn tagojn?- demandis Alina.

-Ĉiu havas malhelajn tagojn, malĝojajn momentojn. Se ne estus tristaj momentoj, ni ne scius kiaj estas la ĝojaj. Dank'al la malĝojo, ni pli forte sentas la ĝojon.

-Estus bone se vi pravus - rimarkis Alina. Rosen karesis ŝin.

Post la fino de la tagmanĝo Alina diris:

-Mi foriros.

-Kial vi rapidas? - demandis Rosen. - Kiam vi estas ĉi-tie, mi pentras per pli granda inspiro.

-Mi devas lerni por la morgaŭaj studhoroj - diris ŝi. - Morgaŭ post la lekcioj en la universitato mi denove venos - promesis Alina.

-Mi atendos vin.

Alina eliris. En la metroostacio ne estis multaj homoj. La vagonaro venis. Alina eniris vagonon kaj sidiĝis. Maldekstre de ŝi estis maljunulo, ĉe li - patrino kun fileto kaj virino, kiu tenis plenplenan sakon da nutraĵprodukto. Ĉiuj sidis senmovaj. Nekonataj homoj kun siaj pensoj, meditoj, problemoj, zorgoj - meditis Alina. Verŝajne ili same havas malfacilaĵojn kaj dolorojn. Eble iuj el ili loĝas solaj. Kiel mi fartus se ne estus Rosen, demandis sin Alina. Mi fartos kvazaŭ en mondo sen sono, sen lumo. Bone, ke panjo ne sukcesis disigi min de Rosen.

Alina iris el la metroo, ekiris sur la strato al la domo, kiu troviĝis en la kvartalo de la riĉuloj. Estis belaj konstruaĵoj en kortoj kun multaj floroj kaj fruktaj arboj. En iuj kortoj videblis basenoj kaj laŭboj, en aliaj estis ŝprucfontanoj.

La domo de Alina havis altan feran barilon. Alina elprenis la ŝlosilon kaj malŝlosis la feran kortan pordon. Ŝi trapasis la korton, ekstaris antaŭ la doma pordo, malŝlosis ĝin, eniris la vestiblon kaj eksentis, ke io okazis. Ŝia koro komencis rapide bati. Tuj ŝi malfermis la pordon de la ĉambro kaj haltis ŝtonigita. En la granda ĉambro regis kaoso. Ĉiuj ŝrankoj estis malfermitaj, la tirkestoj estis ĵetitaj sur la plankon.

-Ŝtelistoj! - ekkriegis Alina timigita.

Ŝi turnis sin por forkuri, sed ŝi ne havis forton eĉ ekpaŝi. Ŝiaj piedoj estis kiel paralizitaj kaj ŝiaj brakoj kvazaŭ tranĉitaj.

Ĉio estis renversita. Sur la planko kuŝis libroj, ĵurnaloj, vestoj, rompitaj glasoj, teleroj··· Kvazaŭ estis terura tertremo aŭ ŝtormo. Alina staris senmova, muta··· Ŝi deziris krii por helpo, sed eĉ sonon ŝi ne povis prononci.

Kiom da tempo ŝi staris kiel ŝtono, rigardante la kaoson, Alina ne memoris. Kiam ŝi rekonsciiĝis, ŝi eligis la poŝtelefonon el la sako kaj per tremanta voĉo telefonis al Rosen.

-Venu rapide! Okazis io terura!

-Mi tuj venos - diris li.

Rosen eĉ ne ŝanĝis la vestojn. Sur lia hejma vesto estis farbomakuloj, sed li kurante iris el la domo. Sur la strato Rosen haltigis taksion, diris la adreson kaj petis la ŝoforon stiri rapide, ĉar okazis akcidento. La streĉita mieno de Rosen maltrankviligis la ŝoforon.

La taksio haltis antaŭ la domo de Alina. Rosen trapasis la korton kurante. Kiam li eniris la ĉambron, li konsterniĝis, brakumis Alina kaj diris:

-Ne ploru. Mi jam estas ĉi-tie.

Alina tremis kiel kolombeto en liaj brakoj.

-Gravas, ke al vi okazis nenio malbona - provis

trankviligi ŝin Rosen.

La varmaj larmoj de Alina fluis kiel riveretoj sur ŝiajn vangojn.

-Mi telefonos al la polico - diris Rosen. - Tuŝu nenion. La policanoj venos kaj esploros ĉion detale.

Estis klare, ke la ŝtelistoj iel informiĝis, ke la gepatroj de Alina mortis. Ili certe bone sciis, ke la familio riĉas. Eble de kelkaj tagoj ili observis Alinan kaj hodiaŭ matene, kiam ŝi ekiris al la universitato, ili eniris la domon. Rosen trarigardis ĉiujn ĉambrojn. La vitra pordo de la teraso al la korto estis rompita. La ŝtelistoj eniris tra ĝi. En la domo ili ne rapidis kaj traserĉis ĉiujn angulojn: la vestosxrankojn, la tirkestojn de la komodo kaj de la skribotablo, la librojn sur la bretoj, eĉ la kuirejajn ŝrankojn kaj la fridujon.

En la kuirejo Rosen boligis teon por Alina kaj portis la glason al ŝi. Alina sidis en unu el la foteloj, rigardanta senmove. Ŝi ne plu ploris, sed kvazaŭ ŝi ne estis ĉi-tie.

-Trinku la teon - diris Rosen. - La policanoj baldaŭ venos.

Alina prenis la varman glason kaj trinkis gluton da teo. Aŭdiĝis akra sirena sono de polica aŭto. Post minuto tri policanoj eniris la domon. Unu el ili portis nigran valizeton. Kun ili venis viro kun granda fotoaparato. Mezaĝa policano ekstaris antaŭ Alina kaj demandis ŝin:

-Fraŭlino, ĉu vi jam konstatis kio estis ŝtelita?

Alina rigardis lin. La policano havis nigran hararon, denŝajn brovojn kaj lipharojn. Lia rigardo estis akra kaj penetrema.

-Mi ne povis trarigardi la ĉambrojn - diris malrapide Alina.

-Ni esploros ĉion. - Li turnis sin al aliaj policanoj kaj diris: - Trarigardu la ĉambrojn atente kaj faru fotojn.

Preskaŭ dum unu horo la policanoj estis en la domo. Antaŭ ilia foriro la liphara policano petis de Alina ŝian telefonnumeron.

-Ni trovos la ŝtelistojn kaj ni telefonos al vi.

-Dankon.

La policanoj foriris. Ekstere jam vesperiĝis kaj kvazaŭ vasta nigra tolo falis super la korton kaj la domon. Alina proksimiĝis al Rosen.

-Mi petas vin, ne foriru! Restu ĉi-tie! Mi timiĝas.

-Komprenebe. Vi ne devas esti sola. Tamen vi manĝu ion kaj kuŝu. La hodiaŭa tago estis kosmara por vi. Mi preparos vespermanĝon.

Rosen iris en la kuirejon.

"Dio mia, ĉu ankaŭ tio devis okazi! - flustris Alina. - Kiel mi loĝos ĉi-tie? Oni rompos la fenestron kaj denove eniros, oni eĉ mortigos min! Terure!"

-Mi faris sandviĉojn - diris Rosen enveninte.

-Mi ne povas manĝi. Eĉ panpeceton mi ne povas tragluti.

-Manĝu iomete. La sandviĉoj estas kun butero kaj ŝinko.

-Dankon pro la helpo - flustris Alina.

En ŝiaj nigraj okuloj videblis profonda doloro. Ŝia

vizaĝo estis pala, ŝia mieno aspektis turmentita kvazaŭ oni batis ŝin.

-Se mi ne helpus, kiu helpus vin?

-Mi ne povus plu loĝi en tiu ĉi domo - diris Alina.

-Ne pensu pri la ŝtelistoj. Ĉi-nokte vi devas dormi. Ĉu vi havas iajn pilolojn por ekdormo? - demandis Rosen.

-Post la morto de la gepatroj mi aĉetis tiajn pilolojn. Nun mi estas kiel pupo pajloplenigita.

-Se vi ekdormus, morgaŭ vi pli bone fartus - diris Rosen.

Li kisis ŝin. Alina staris kiel rompita arbeto kaj similis al eta senhelpa timigita infano.

7.

La matena suno lumigis la ĉambron. Komenciĝis belega maja tago. Alina malfermis okulojn.

-Bonan matenon - diris Rosen.

-Bonan matenon.

Alina ekstaris de la lito kaj iris en la banejon. Ĉi-nokte ŝi bone dormis kaj hodiaŭ matene ŝi estis pli trankvila. En la kuirejo Alina kuiris kafon. Rosen kaj ŝi sidis ĉe la tablo por matenmanĝi.

-Mi devas ordigi la ĉambrojn kaj vidi kion la ŝtelistoj ŝtelis - diris Alina.

-Mi telefonos al riparisto por veni kaj ripari la rompitan vitran pordon sur la teraso - aldonis Rosen.

Post la matenmanĝo ili ambaŭ komencis ordigi la ĉambrojn. Alina kolektis la disĵetitajn vestojn kaj metis ilin en la vestoŝrankoj. La librojn ŝi ordigis sur la bretoj. En la dormĉambro de la gepatroj ŝi atente trarigardis la komodon, la noktotabletojn, la murŝrankojn.

-Oni ŝtelis la juvelojn de panjo - diris Alina. - Estis oraj ringoj, kolieroj, orelringoj, broĉoj, diamanta ringo···

-Faru liston kaj mi portos ĝin en la policejo - proponis Rosen.

-Mi ne scias ĉu mi bone memoras ĉiujn juvelojn de panjo.

-Listigu tiujn ĉi, kiujn vi memoras.

Ambaŭ eniris en la negrandan kabineton de la patro. En ĝi troviĝis nur lito, skribotablo, ŝranko kaj librobretaro. Ankaŭ ĉi-tie regis malordo. La ŝranko estis malplenigita kaj sur la planko kuŝis folioj, dosieroj, kajeroj, libroj, revuoj··· La tirkestoj de la skribotablo estis ĵetitaj sur la plankon. En la skribotablo estis tirkesto, kiu ĉiam estis ŝlosita. Ĝis nun Alina ne interesiĝis kio estas en tiu ĉi tirkesto aŭ kion la patro kaŝas en ĝi. Nun la tirkesto estis frakasita kaj la dokumentoj, kiuj troviĝis en ĝi, estis disĵetitaj. Alina klinis sin kaj komencis trarigardi la dokumentojn. Estis la notaria atesto pri la domo, la universitata diplomo de la patro, iaj fakturoj kaj kontraktoj··· Alina rimarkis folion, kiu estis faldita. Ŝi prenis kaj rigardis ĝin. Estis kelkaj linioj, kiujn la patro mane skribis. Alina komencis legi ilin. Ŝi tralegis la tekston foje, dufoje, trifoje. Ŝia vizaĝo igis blanka kiel neĝo. Ŝi ŝtoniĝis. La folio komencis tremi en ŝia mano. Sur la folio estis skribite:

"La naska nomo de Alina estas Kamelia Ivanova Hristozova. La nomo de ŝia patrino estas Darina Petrova Hristozova."

Alina senmove strabis la tekston. La folio falis sur la plankon kaj Alina amare ekploris. Rosen rigardis ŝin konsternita.

-Kio okazis? Kial vi ploras? - demandis li.

Alina ne povis eĉ vorton diri. Ŝia korpo konvulsie tremis. Ŝi nur montris la folion. Rosen prenis ĝin kaj tralegis la frazojn. Alina plorĝeme ekflustris:

-Nun mi eksciis, mi estis adoptita···

Rosen rigardis ŝin per larĝe malfermitaj okuloj.

-Mia patro skribis tion propramane. Min naskis virino, kies nomo estas Darina Petrova Hristozova. Ŝi nomis min Kamelia, sed poŝte oni nomis min Alina. Nekredeble! Terure!

Ili ambaŭ staris senmovaj, rigardantaj unu la alian. Alina ploris. En ŝiaj okuloj la doloro kreskis. Ŝi turnis sin, iris el la kabineto, trapasis la korton kaj sidiĝis sur la benkon sub la alta juglanda arbo. Alina ploris kaj ploris. Rosen iris post ŝi.

-La tutan vivon oni mensogis min!

-Trankviliĝu - flustris Rosen.

-Miaj adoptantaj gepatroj estis hipokrituloj. Ili mensogis min.

-Pripensu! Ili adoptis vin kaj ili ne deziris diri al vi, ke vi estas adoptita.

-Ili devis diri tion al mi! Ili devis diri al mi la veron! Tiel estus pli honeste. Rosen karesis ŝin.

-Ili devis diri al mi kiu estas mia patrino - ripetis Alina.

-Pli gravas, ke ili amis vin - diris Rosen.

-Nun mi komprenas kial ili tiel multe zorgis pri mi. Ili estis hipokrituloj.   -Ili amis vin. Sendube ili estis feliĉaj, ke ili havas vin.

Alina silentis. Ŝi rigardis la juglandan arbon kaj poŝte malrapide ŝi diris: -Mi devas ekscii kiu estas mia vera patrino.

-Ĉu necesas tio? - demandis Rosen.

-Necesas kaj gravas por mi!

-Vi kaŭzos al vi mem malagrablaĵojn kaj problemojn - diris li.

-Mi nepre devas ekscii kiu estas mia vera patrino! - ripetis firme Alana.

-Ne kompliku vian vivon.

Ŝi alrigardis Rosen kaj kolere diris:

-Ja, tio ne koncernas vin! Vi ne estas adoptita! Por vi tute egalas ĉu mi estas Kamelia aŭ Alina.

-Gravas, ke mi amas vin - diris Rosen.

-Kiun vi amas? Ĉu Kamelia aŭ Alina?

-Vin. Vi estas Alina.

Alina malrapide diris:

-Mi deziras resti sola! Bonvolu foriri!

-Bone. Mi foriros.

Rosen ekstaris kaj ekis al pordo de la korto.

8.

Kiu mi estas - demandis sin Alina. - Ĉu arbo sen radikoj? Mi estis ĵetita kaj forlasita. Pri mi zorgis homoj, kiuj ne estis miaj gepatroj. Mi ne sciis, ke mi estis adoptita. Tiom da jaroj - mensogo. Tiom da jaroj mi opiniis, ke mi havas verajn gepatrojn. Kiu estas mia patrino? Kiu estas mia patro? Ĉu ili vivas? Kial ili ne deziris min? Kial ili deziris liberigi sin de mi? Certe mi malhelpis ilin kaj ili ĵetis min. Ili forĵetis min kiel nenecesan aĵon. Eble ili ĝojis, ke aperis homoj por adopti min.

Tiuj ĉi demandoj turmentis Alinan. Ŝi estis embarasita, konfuzita, kolerega. En ŝi kreskis la malamo. Alina nun malamis ĉiujn kaj ĉion. Ŝi malamis la viron kaj la virinon, kiuj adoptis ŝin. Alina malamis ilin, ĉar dum dudek jaroj ili mensogis ŝin, ili ŝajnigis sin ŝiaj gepatroj. Ili estis hipokrituloj kaj egoistoj. Ilia sola deziro estis havi infanon. Ili ĉiam kaŝis, ke Alina ne estas ilia infano. Al neniu ili diris, ke Alina estas adoptita.

Nun Alina rememoris, ke iam oni diris, ke la adoptantaj geedzoj antaŭ ol adopti ŝin, loĝis en alia urba kvartalo kaj post la adopto de Alina, ili venis loĝi ĉi-tie, en la kvartalo de la riĉuloj. Tiel neniu sciis, ke Alina estas adoptita. Ja, la vivo de Alina komenciĝis per mensogo kaj daŭris en mensogo ĝis la momento, kiam ŝi tralegis la kaŝitan noton. Nun ŝia vivo ruiniĝis. Ĉio, kion ŝi kredis, kion ŝi amis, subite malaperis kaj Alina kvazaŭ estus nuda, sola sur vojkruciĝo. Nun ŝi estas neniu. Ŝi ne plu scias ĉu ŝi estas Alina aŭ Kamelia. Ŝi ne scias de kie ŝi venis.

Alina provis rememori sian tutan ĝisnunan vivon kaj kvazaŭ komencis trafoliumi dikan libron. Ŝi serĉis iun signon en la pasinteco, kiu devis sugesti al ŝi, ke ŝi estis adoptita. Alina deziris rememori la vizaĝojn de diversaj virinoj, kiujn iam ŝi renkontis kaj konis. Eble iu el ili estis ŝia patrino. Alina ne deziris kredi, ke ŝia vera patrino forĵetis ŝin kaj neniam plu vidis ŝin.

Alina ne kredis, ke ŝia vera patrino neniam demandis ŝin kiel fartas mia filino, en kiu familio ŝi vivas, kiaj homoj zorgas pri ŝi. Alina rememoris siajn instruistinojn de la baza lernejo. Ĉu iu el ili ne estis ŝia vera patrino? Ĉu ŝia unua instruistino en la unua klaso ne estis ŝia patrino? La instruistino nomiĝis Neli Petrova. Ŝi estis juna, bela kaj amis Alinan. Neli Petrova havis nigran krispan hararon kiel la hararo de Alina. Ŝiaj okuloj estis nigraj. Miaj okuloj estas same nigraj - diris Alina - nigraj kiel olivoj. La adoptanta patrino havis bluajn okulojn kaj blondan hararon. Dum dudek jaroj, Alina tute ne demandis sin, kial la hararo de la adoptanta patrino estas blonda kaj tiu de Alina - nigra.

Se tiam tio vekus mian atenton, eble mi supozus, ke mi estas adoptita. Se miaj adoptantoj ankoraŭ vivus, ĉu ili iam dirus al mi, ke mi estas adoptita?

Alina rememoris sian instruistinon pri literaturo en la gimnazio, kiu same tre amis Alinan. Ĉiam ŝi diris, ke la eseoj de Alina estas tre bonaj, ke Alina havas talenton verki. Ŝi insistis, ke Alina studu literaturon.

Miaj adoptantoj ne estis tre kontentaj, ke mi deziras studi literaturon - rememoris Alina. - Mia adoptanta patrino postulis, ke mi studu medicinon. Ŝi opiniis, ke se oni finstudis literaturon, oni iĝos instruistinoj. Laŭ ŝi la instruista profesio ne estas serioza profesio. La instruistoj ne havas bonajn salajrojn kaj vivas preskaŭ mizere. Por mia adoptantaj gepatroj gravis la riĉa vivo, ili loĝis en luksa domo, mode meblita, ili ofte ekskursis eksterlanden. Ili opiniis, ke per la mono eblas ĉion aĉeti, eĉ amon. La adoptanta patrino aĉetis multajn juvelojn, kiujn la ŝtelistoj ŝtelis.

Alina provis rememori aliajn virinojn, kiujn ŝi iam konis. Ĉu estis iu virino, kiun iam mi vidis? Eble tre delonge, kiam mi estis infano, iu virino venis kaj alparolis min, sed ŝi certe ne kuraĝis diri, ke ŝi estas mia patrino.

En la memoroj de Alina estis homoj, vizaĝoj, lokoj kaj ŝi rememoris sunan aŭtunan tagon, eble je la fino de monato septembro. Tiam Alina lernis en la tria klaso de la baza lernejo. Ŝi ludis kun la infanoj en la lerneja korto kaj al Alina proksimiĝis juna virino. Alina ne memoris kiel ŝi aspektis, kiel ŝi estis vestita. La virino alparolis ŝin.

-Kiel vi nomiĝas? -demandis la virino.

-Alina.

-Vi estas tre bela. Kion vi plej multe ŝatas?

-Ĉokoladon.

-Morgaŭ mi venos kaj donos al vi ĉokoladon - diris la virino.

La sekvan tagon Alina atendis la virinon, sed ŝi ne venis. La nekonata juna virino neniam plu aperis. Tiam Alina ne diris pri nekonata virino al la adoptantaj gepatroj, ĉar ili ne permesis al Alina paroli kun nekonataj homoj. Ĉu tiu virino estis ŝia patrino? Eble plurfoje ŝi venis en la lernejon kaj kaŝe observis Alinan. Tamen nur foje ŝi ekkuraĝis alparoli Alinan. Eble por ŝi sufiĉis kaŝe rigardi Alinan kiel senzorge ŝi ludas kun la infanoj.

La pluraj demandoj, la rememoroj turmentis Alinan. De la tago, kiam ŝi tralegis la sekretan noton, ŝi ne povis dormi. Nokte ŝajnis al ŝi, ke la lito ardas. Ŝi sonĝis kosmarojn, kiuj lacigis ŝin. Iun nokton Alina sonĝis Martan, la adoptantan patrinon. Marta lante venis el la obskuro, ekstaris ĉe la lito kaj mallaŭte diris:

-Mi tre amis vin. Vi estis la lumo en mia vivo.

Post tiuj ĉi vortoj ŝi malaperis. La nokta obskuro vualis ŝin.

Post kelkaj tagoj Alina sonĝis la virinon, kiu iam alparolis ŝin en la lerneja korto. En la sonĝo tiu ĉi virino ege similis al Neli Petrova, la unua instruistino de Alina. Ŝi havis nigran hararon kaj nigrajn okulojn. La virino aperis en la ĉambro kaj flustris:

-Kamelia, vi estas tre bela.

Jes, la virino nomis ŝin Kamelia. Tuj poŝte Alina vekiĝis kaj ĝis la mateno ŝi ne plu ekdormis. En la ĉambro kvazaŭ aŭdiĝis enigma voĉo, kiu ripetis: "Kamelia, Kamelia".

-Mi nepre devas trovi mian patrinon - diris al si Alina. - Mi serĉos ŝin kaj trovos ŝin. Se necesas mi iros al la fino de la mondo. Mi demandos ŝin: "Kial vi permesis, ke oni adoptu min? Kial vi liberigis sin de mi?

La decido de Alina serĉi sian patrinon iĝis pli forta kaj pli forta.

9.

Jam de kelkaj tagoj Rosen ne havis emon pentri. Li vekiĝis frue matene, kuiris kafon, trinkis ĝin, malfermis larĝe la fenestron, rigardis la montaron, kiu videblis en la malproksimo, enspiris la freŝan matenan aeron. poŝte li staris antaŭ la pentrostablo, rigardis la blankan tolon, sed ne povis komenci la pentradon. Lia mano tenis la penikon kaj ŝajnis al li, ke el la blanka tolo rigardas lin Alina.

Rosen bone komprenis, ke Alina estis ŝokita, kiam ŝi eksciis, ke oni adoptis ŝin. Por Alina tio estis terura frapo. Tiom da jaroj ŝi opiniis, ke ŝi havas verajn gepatrojn kaj subite ŝi eksciis, ke ili estas ŝiaj adoptantoj.

Jam de kelkaj tagoj Alina ne telefonis al Rosen, nek venis al li. Rosen plurfoje vokis ŝin telefone, sed ŝi ne respondis.

Li nepre devas helpi ŝin. Ja, li estas ŝia amiko. Kiel trankviligi ŝin? Kiel klarigi al Alina, ke ŝi ne devas tristi, ke ne okazis tragedio? Rosen ne kuraĝis iri al la domo de Alina, ĉar li certis, ke ŝi ne malfermos la pordon.

Rosen rigardis la blankan tolon, meditis kaj denove proksimiĝis al la malfermita fenestro. La montaro estis majesta. Li kontempladis ĝin, sed meditis pri Alina. Ja, ŝi kreskis en elstara familio. Ŝi havis ĉion. La gepatroj amis ŝin. Alina estis bone edukita, sukcese finis gimnazion, studas en la universitato. Tamen ŝi devas scii, ke en la vivo ne estas nur belaj travivaĵoj. La gepatroj de Alina pereis kaj ŝi restis sola. Bedaŭrinde la plagoj venis unu post la alia kaj Alina ne havas forton elteni tiom da frapoj.

Rosen rememoris la tagon, kiam li konatiĝis kun Alina. Tiam ŝi estis gimnazianino, svelta knabino kun longa nigra hararo kaj brilaj okuloj kiel olivoj. Ŝi ridetis kaj kvazaŭ suno lumigis ŝian vizaĝon. Dum kelkaj jaroj Alina iĝis fraŭlino kaj ekfloris kiel belega rozo.

Alina inspiris Rosen. Liaj pentraĵoj estis pli kaj pli bonaj kaj respegulis la amon de Rosen al Alina. En la profundaj okuloj de Alina Rosen vidis sunajn printempojn.

Li denove provis telefoni al ŝi, sed ne estis respondo. Kion Alina faras sola hejme - demandis sin Rosen. Ĉu ŝi sukcesos travivi tiun ĉi krizon?

Rosen deziris nepre vidi Alinan, paroli kun ŝi. Li diros al ŝi, ke gravas ne tiu, kiu naskis vin, sed tiu, kiu zorgis pri vi, kiu edukis vin, kiu amis vin. Ŝi rememoru la belajn momentojn de sia infaneco, la jarojn, kiam ŝi estis lernantino. Rosen sopiris vidi ŝian sunan rideton, denove promenadi kun ŝi. Ofte sabate aŭ dimanĉe ili iris en la montaron. Vintre kaj somere, printempe kaj aŭtune la montaro, bela kaj enigma, allogis ilin. Tie en densa fagarbaro estas la monaĥejo "Sankta Dipatrino", en kiun ili ŝatis iri. En la korto de la monaĥejo, ĉe la eta preĝejo, estis benko. Ili sidis sur ĝi. Proksime aŭdiĝis la susuro de kristalakva montara fonto. Ili ĝuis la aŭtunan pejzaĝon, la arbofoliojn, kies koloroj estis orecaj, ruĝaj, brunaj. Profunda silento regis en la monaĥejo kaj en la arbaro. Dum tiuj tagoj Rosen prenis la krajonon kaj skizis la vidindaĵon. Ĉiam, antaŭ la foriro, ili enpaŝis la preĝejon, bruligis kandelojn kaj dum kelkaj minutoj staris senmovaj antaŭ la jarcentaj ikonoj. Rosen senvoĉe preĝis esti sana kaj dankis al Dio pro la amo de Alina. Tiam Alina staris ĉe li, sed pri kio ŝi meditis en tiuj momentoj?

Ĉu mi bone konas Alinan - demandis sin Rosen. Pri kio ŝi pensas, kiaj estas ŝiaj sentoj? Kiom da tempo necesas, ke du homoj proksimiĝu unu al alia?

Rosen denove ekstaris antaŭ la blanka tolo sur la pentrostablo kaj rigardis ĝin.

10.

Rosen aŭdis frapeton ĉe la pordo. Kelkajn sekundojn li estis senmova. La frapeto ripetiĝis. Rosen rapide paŝis al la pordo kaj malfermis ĝin. Antaŭ li staris Alina. En ŝiaj nigraj okuloj videblis peto. Alina surhavis la brunan printempan mantelon kaj ŝia krispa hararo libere falis sur la ŝultrojn.

-Eniru - diris Rosen.

Alina malrapide enpaŝis la ĉambron, rigardis Rosen kaj ekparolis:

-Pardonu min. Mi estis tre ekscitita.

-Mi komprenas vin - diris Rosen.

-Nur vi komprenas min.

-Demetu la mantelon kaj sidiĝu - proponis Rosen. - Mi kuiros kafon.

Alina sidiĝis sur la etan kanapon en la angulo de la ĉambro kaj alrigardis la pentrostablon.

-Ĉu vi pentras? - demandis ŝi.

-Bedaŭrinde ne.

-Kial?

-Mia inspiro forlasis min - ekridetis Rosen.

-Vi devas revoki ĝin. Eble ĝi ne forkuris malproksimen.

-Nun, kiam vi estas ĉi-tie, ni ambaŭ revokos la inspiron - diris Rosen.

La kafo estis preta kaj en la ĉambro senteblis la agrabla kafaromo. Ambaŭ komencis malrapide trinki la kafon. Alina rigardis la blankan tolon sur la pentrostablo. Kiel mia memoro ne estas kiel blanka tolo, meditis ŝi. Mi deziras memori nenion. La rememoroj turmentas min. Ili ne vekas ĝojon, sed dolorojn. Ŝajne la rememoroj pezas kiel ŝtonoj kaj lacigas la homojn. Bedaŭrinde ni ne povas liberiĝi de la rememoroj. Ili persekutas nin tage kaj nokte. Nokte ili enŝteliĝas en niajn sonĝojn kaj kosmaroj turmentas nin. Kial la homoj rememoras? Ĉu estas senco rememori? Ja, ĉio pasas. Kial ni ne forgesas ĉion, kio okazis?

-Kial vi silentas? - demandis Rosen.

-Mi ne povas liberiĝi de miaj rememoroj.

-Pensu pri la estonto, ne pri la pasinteco - diris Rosen.

-Sed oni diras, ke kiu ne havas pasintecon, ne havos estonton - rimarkis Alina. - Ja, mi estas kiel arbo sen radikoj. Mi ne scias kiuj estis miaj gepatroj, kiuj estis miaj parencoj, de kie mi venis.

-Vidu, estas aliaj infanoj kiel vi, kiuj estis adoptitaj. Ili certe vivas kaj ĝuas la vivon kaj ne pensas pri la pasinteco - diris Rosen.

-Tamen mi pensas. La homo estas pensanta kano, diris iu filozofo. Dum la tagoj, kiam mi estis sola, mi multe pensis. La gepatroj, kiuj adoptis min, ne kulpas. Ili nur deziris havi infanon kaj tiu ĉi infano estis mi. Ili amis min.

-Ankaŭ vi amis ilin. Vi amis ilin kaj tio feliĉigis ilin. Kiam ili enhavis vin, en ilian domon certe eniris la ĝojo.

-Jes, certe mi donis sencon al ilia vivo. Ili vivis por mi kaj mi mem estis ĝoja, senzorga. Alina eksilentis. La rememoroj denove vekiĝis - diris ŝi al si mem. La rememoroj ne lasas min.

-Eble mi estis sesjara - diris Alina - kaj iun vesperon Paĉjo revenis hejmen kaj portis etan lignan pupon. Iu lia konato ĉizis ĝin. La pupo estis ligna, sed tre bone farita. Kiam Paĉjo donis ĝin al mi, mi tre ekĝojis. Paĉjo kaj panjo ankaŭ ĝojis, ke la pupo plaĉas al mi. Tiu ĉi eta ligna pupo iĝis mia la plej ŝatata ludilo. Mi havis komputilon, poŝtelefonon, aliajn ludilojn, sed mi tre ŝatis la lignan pupon.

-Iam io tre malgranda kaj tre ordinara ĝojigas nin - diris Rosen. - eĉ unu rideto igas nin feliĉaj. Vi tre ŝatis la lignan pupon kaj viaj gepatroj tre ŝatis vin.

Alina brakumis Rosen. Ĉi-tie, en lia mansardo, la odoro de pentrofarboj trankviligis ŝin. Alina rigardis la pentraĵojn, ordigitajn ĉe la muroj de la ĉambro. Estis pejzaĝoj: maraj, montaraj kamparaj··· Inter ili videblis la monaĥejo "Sankta Dipatrino", kien ŝi kaj Rosen ofte iris. La pentraĵo kvazaŭ eligis la silenton de la monaĥejo. Ĉe la monaĥejo estis pentrita la eta preĝejo, sur kies ruĝtegola tegmento staris fera kruco. La pentraĵo prezentis sunsubiron kaj la fera kruco brilis orece.

Alina eksentis subitan deziron iri en la monaĥejon, enpaŝi la obskuran preĝejon kaj bruligi kandelojn je la memoro de siaj forpasintaj gepatroj. En la monaĥejo estas junaj monaĥinoj kaj fojfoje Alina konversaciis kun iu el ili. Ŝi neniam kuraĝis demandi kio igis ilin iĝi monaĥinoj. Eble iu el ili travivis ian senreviĝon.

-Mi serĉos mian veran patrinon - diris Alina. - Mi deziras scii ĉu ŝi vivas? Kie ŝi loĝas, kia estas ŝia profesio?

-Ĉu necesas? - demandis Rosen.

-Por mi necesas - respondis Alina.

-Ne kaŭzu al vi suferon.

-Mi nepre devas scii kiu ŝi estas.

-Kaj kiel ŝi reagus, se vi trovus ŝin? - demandis Rosen.

-Mi ne kulpigos ŝin. Eble io igis ŝin forlaŝi min.

-Pripensu. Vi komplikos vian kaj ŝian vivojn.

-Se necesas mi ĉirkaŭiros la mondon kaj mi trovos ŝin.

Ĝis nun Rosen ne supozis, ke Alian estas tiel decidema kaj obstina.

-Bone - diris li. - Tio estas via decido.

-Jes, sed mi ŝatus peti vin, ke vi helpu min.

-Kiel? - Rosen alrigardis ŝin.

-Estu kun mi. Kiam vi estas ĉe mi, mi estas pli trankvila.

-Bone. Mi helpos vin.

-Se mi ne trovos mian patrinon, mi kulpigos min dum la tuta vivo. Mi ne trankviliĝos.

Rosen bone komprenis Alinan. Ŝi devis travivi tiun ĉi krizon. Tamen kio okazos, se Alina ne sukcesos trovi la patrinon. Eble ŝia patrino havas sian vivon, en kiun Alina subite kaj neatendite eniros. Kiel la patrino reagos? Kiel ŝi rilatos al Alina? Ja, Alina estos nekonata kaj fremda por ŝi.

-Ni iru tagmanĝi - proponis Rosen. - Proksime estas la restoracio "Bonan venon".

Alina ekstaris kaj surmetis la mantelon.

11.

La restoracio "Bonan venon" troviĝis proksime al la mansardo de Rosen. Li kaj Alina ekiris sur la strato kaj post kvincent metroj estis antaŭ la restoracio, kiu ne estis granda. Ĝi havis nur dek tablojn kaj estis memserva.

En "Bonan venon" tagmanĝis ĉefe laboristoj de la proksimaj fabrikoj. En la kvartalo estis fabrikoj pri ŝuoj, ĉokoladfabriko, meblofabriko. Kiam Rosen kaj Alina eniris la restoracion, en ĝi jam estis kelkaj personoj. Iuj el ili tagmanĝis, aliaj atendis vice por mendi manĝaĵon. Rosen kaj Alina ekstaris ĉe la vico. Alina mendis legoman supon kaj porkoviandon kun frititaj terpomoj, Rosen mendis tomatan supon kaj rostitan fiŝon. Krome Rosen aĉetis botelon da vino. Ambaŭ sidis ĉe tablo en la angulo de la restoracio, ĉe la fenestro.

-Bonan apetiton - diris Rosen kaj levis sian glason da vino.

-Dankon.

Alina ekmanĝis silente.

-Ĉu el la polico telefonis al vi? - demandis Rosen - Kaj ĉu oni arestis la ŝtelistojn?

-Bedaŭrinde ne. Mi faris liston de la ŝtelitaj juveloj kaj

portis ĝin al la policejo. Tie iu policano diris al mi, ke la sola eblo trovi kaj aresti la ŝtelistojn estas se ili proponus la juvelojn al lombardejo. Tiel la policanoj eksciis kiuj estis la ŝtelistoj.

-Estas espero - rimarkis Rosen.

-Mi tamen ne certas, ke oni trovos la ŝtelistojn. Ja, ofte okazas ŝteladoj kaj la policanoj estas tre okupataj. Mi nur dankas al Dio, ke mi ne estis hejme, kiam la ŝtelistoj eniris la domon. Io terure povis okazi.

-Estis granda feliĉo, ke vi ne estis hejme tiam - diris Rosen.

Ili daŭrigis manĝi kaj post iom da tempo Alina ekparolis:

-Neniam mi demandis vin pri viaj gepatroj. Kie ili loĝas?

-Mi jam menciis al vi, ke mi naskiĝis en proksima vilaĝo, kies nomo estas Dragovo.

-Jes, vi menciis.

-Malgranda vilaĝo. Estas meblofabriko, en kiu laboras mia patro. Mia patrino estas vendistino en la vilaĝa nutraĵvendejo.

Alina rigardis Rosen. Subite ŝi supozis, ke Marta, ŝia patrino, detale esploris kiu estas Rosen, kie li naskiĝis, kiuj estas liaj gepatroj. Ja, la gepatroj de Rosen estas vilaĝanoj. Tio certe ne plaĉis al Marta kaj ŝi ne deziris, ke Rosen estu amiko de Alina.

-Vi naskiĝis kaj loĝis en vilaĝo, sed kiel vi iĝis pentristo? - demandis Alina.

-Kiam mi lernis en la vilaĝa baza lernejo, mi tre multe pentris. Mia instruisto ofte montris miajn pentraĵojn al aliaj infanoj kaj li diris, ke ili devas pentri kiel mi. La instruisto konis miajn gepatrojn kaj li sukcesis konvinki ilin, ke mi daŭrigu la lernadon en la ĉefurba Belarta Gimnazio. Mi same tre deziris lerni en la Belarta Gimnazio.

-Ja, la talento ne elektas kie naskiĝi - diris Alina - ĉu en urbo aŭ en vilaĝo.

-Eĉ nun miaj gepatroj ne tre bone komprenas kial la homoj bezonas la arton. Ili ne deziris, ke mi estu pentristo. Mia patro opiniis, ke kiam mi finos gimnazion, mi komencos labori en la meblofabriko, kie li laboras.

-La gepatroj ne ĉiam komprenas kion deziras la infanoj, kio logas ilin, kiaj estas iliaj revoj. Miaj gepatroj same ne deziris, ke mi studu literaturon. Ili insistis, ke mi nepre studu medicinon.

-Mi opiniis, ke viaj gepatroj komprenis kaj apogis vin - diris Rosen.

-Bedaŭrinde ne. Nur unufoje mi parolis kun Paĉjo pri literaturo, pri poezio. Iun tagon mi legis libron kaj li demandis min kian libron mi legas. Mi diris, ke estas poemaro kaj tiam li rakontis, ke dum lia prelego en la universitato li rimarkis, ke iu studentino ne atentas kaj ne aŭskultas la prelegon, sed legas ion. Unue li ŝajnigis, ke li ne rimarkas la legantan studentinon, sed post kelkaj minutoj li proksimiĝis kaj demandis kion ŝi legas. La studentino konfuziĝis, ruĝiĝis kaj montris al li la libron.

Estis poemaro. Li prenis ĝin, tralegis du poemojn kaj diris, ke ili estas vere bonaj.

-Do, al vi patro plaĉis la poemoj? - rimarkis Rosen.

-Jes. Mi demandis Paĉjon de kiu poeto estis la poemoj. Li diris al mi la nomon de la poeto kaj la titolon de la poemaro. La sekvan tagon mi iris en la gimnazian bibliotekon kaj prunteprenis la poemaron. La poemoj plaĉis ankaŭ al mi.

-Eble la studentino estis surprizita, ke la poemoj plaĉis al la profesoro, via patro? - diris Rosen.

-Eble.

- Mi estas dankema al mia instruisto pri la pentrado - ekparolis Rosen. - Se ne estis li, mi ne lernos en la Belarta Gimnazio kaj poŝte en la Belarta Akademio.

-Vi havis ŝancon, ke via instruisto vidis vian talenton kaj helpis vin.

-Lia nomo estas Krum Kirov - pentristo. Li daŭre loĝas en Dragovo kaj kiam mi vizitas miajn gepatrojn, mi vizitas same lin. Ni promenadas en la vilaĝa ĉirkaŭaĵo, ni konversacias, li montras al mi siajn pentraĵojn. Li estas ne nur mia instruisto, sed mia bona amiko. Li plej bone komprenas min kaj instigas min pentri. Eble foje ni iros en mian vilaĝon kaj vi konatiĝos kun miaj gepatroj kaj kun mia estinta instruisto sinjoro Kirov.

-Mi ŝatus vidi vian vilaĝon - diris Alina.

-Kiel mi diris, ĝi ne estas malproksime de la ĉefurbo.

-Ĉu vi havas gefratojn? - demandis Alina.

-Mi havas fraton, pli aĝan ol mi. Li same loĝas ĉi-tie,

en la ĉefurbo. Li havas familion, du infanojn.

-Kion li laboras?

-Li estas teknikisto, riparas aŭtojn. Li riparas mian aŭton kaj li ĉiam helpas min.

Dum momento Alina enpensiĝis. Bone estas, ke Rosen havas fraton. La familioj, en kiuj estas gefratoj, estas feliĉa familio. La plej proksimaj parencoj estas la gefratoj. Ili helpas unu la alian. Ĉiam, kiam unu el la gefratoj havas malfacilaĵojn, la alia aŭ la aliaj helpas lin aŭ ŝin. Ĉiam oni povas konfesi al la gefratoj siajn dolorojn, siajn ĉagrenojn. Bedaŭrinde Alina estas tute sola. Ŝi havas nek fraton, nek fratinon, nek parencojn. Sola kiel arbeto en senlima kampo. La ventegoj batas ĝin kaj facile povus elradikigi ĝin. Eble tial ŝi decidis trovi sian patrinon.

Rosen kvazaŭ divenis ŝiajn pensojn kaj demandis:

-Kion vi opinias? Kiel vi serĉos vian patrinon?

-Estos malfacile trovi ŝin - respondis Alina.

-Ĉu vi firme decidis serĉi ŝin?

-Jes.

-Denove mi diros al vi, tio nenecesas.

En la nigraj okuloj de Alina ekbrilis fajreroj kaj Rosen komprenis, ke li ne povas malkonvinki ŝin.

12.

Alte en la ĉielo naĝis nubeto. En la parko, antaŭ la

universitato, la arboj estis kiel sveltaj junulinoj kun densaj verdaj haroj. Sur la trotuaro staris gestudentoj, kiuj brue konversaciis. Studento kaj studentino ĉirkaŭbrakis sin kaj iliaj rigardoj brilis. Estis majo kaj en iliaj junaj koroj ardis la amo. La studentaj jaroj estas senzorgaj, riĉaj je neforgeseblaj travivaĵoj, sincera amo - meditis Alina, preterpasanta la studentan grupon.

Ŝi ekiris al la mansardo de Rosen. En la multetaĝa domo ŝi eniris la lifton kaj ekveturis al la deka etaĝo. Alina frapetis ĉe la pordo, sed eble Rosen ne aŭdis la frapeton. Ŝi sciis, ke Rosen neniam ŝlosas la pordon kaj ŝi eniris la ĉambron. Rosen denove staris antaŭ la pentrostablo kaj pentris.

-Vi ĉiam pentras - diris Alina.

-Nun mi havas deziron pentri kaj ŝajnas al mi, ke mi povus pentri de mateno ĝis vespero. Alina ekridetis.

-Antaŭ kelkaj tagoj mi tute ne emis pentri.

-Eble nenio inspiris vin? - supozis Alina.

-Vi estas la sola, kiu inspiras min. Kiam mi vidas vin, en mi naskiĝas la deziro pentri.

-Mi ne sciis, ke mi havas tian miraklan forton - ridetis Alina.

-Vi estas la miraklo. Ne hazarde via patro nomis vin Sorĉistino.

-Bedaŭrinde mia mirakla forto ne helpas min. Ĝi helpas nur vin - diris iom malĝoje Alina. -Kial ĝi ne helpas vin? - demandis Rosen.

-Mi deziras mirakle ekscii kiu estas la virino, kiu

naskis min, sed mi ne povas.

-Vi ne ĉesas pensi pri via patrino - rimarkis Rosen. - Ne turmentu vin! - li rigardis ŝin kompatinde.

-Mi turmentas min. Ĉu vi pretas helpi min? - demandis Alina.

-Nur ne petu min fari ion kontraŭleĝe - diris ŝerce Rosen.

-Ni iru kune en la plej malnovan ĉefurban naskohospitalon. Oni diris al mi, ke tie kutime naskas junulinoj, kiuj ne estas edziniĝintaj. Mi demandos ĉu antaŭ dudek jaroj tie Darina Petrova Hristozova naskis filinon, kies nomo estas Kamelia.

-Vi tre bone scias, ke oni ne informos vin - rimarkis Rosen. - Laŭ la leĝo oni ne rajtas informi pri tio.

-Mi tamen provos. Se vi venus kun mi, mi estus pli trankvila. Eble iu oficistino kompatos min kaj informos min.

-Bone. Mi venos kun vi.

Tiun ĉi nokton, antaŭ la ekdormo, Alina longe meditis. Ŝi provis imagi sian patrinon. Kiel ŝi aspektis - demandis sin Alina. Eble tiam, kiam ŝi naskis min, ŝi estis gimnazianino, kiu ekamis knabon kaj gravediĝis. Ili amis unu la alian, sed ili estis gimnazianoj. Okazis granda skandalo. Ŝiaj gepatroj riproĉis ŝin, kulpigis ŝin. Eble oni eksigis ŝin el la gimnazio. Tamen ŝi firme decidis naski min. Ŝi naskis kaj nomis min Kamelia. Kial ŝi elektis tiun ĉi nomon? Eble ŝi ŝatis tiun ĉi floron? Aŭ eble ŝi havis amikinon, kiu nomiĝis Kamelia? Ĉu Kamelia estis ŝia la plej bona amikino? Ĉu ŝi nur foje vidis min post la nasko? Eble la akuŝistinoj tuj prenis min kaj ŝi ne plu vidis min? Kio poŝte okazis al mia panjo? Ŝi forlasis la naskan hospitalon kaj kien ŝi iris? Kion ŝi faris? Ĉu la knabo, kiun ŝi amis, eksciis, ke li iĝis patro? Ĉu poŝte li kaj ŝi renkontiĝis? Ĉu panjo ekloĝis en alia urbo aŭ eble ŝi komencis labori en fabriko aŭ en uzino? Ĉu poŝte ŝi edziniĝis, ĉu havas aliajn infanojn?

Demandoj, demandoj, al kiuj Alina ne trovis la respondojn.

Matene Rosen iris en la domon de Alina.

-Bonan matenon - diris Rosen, kiam ŝi malfermis la pordon. - Ĉu hodiaŭ vi estas pli trankvila.

-Mi estas preta por ke ni ekiru. Nur mi devas fintrinki la kafon. Ĉu vi deziras kafon?

-Mi jam trinkis - respondis Rosen.

-Ho, tre eleganta vi estas! - rimarkis Alina.

Rosen surhavis helverdan kostumon, flavan ĉemizon kaj bluan kravaton. Ĝis nun Alina neniam vidis lin, vestitan en kostumo. Li preferis surhavi ĝinzon, T-ĉemizon kaj jakon.

-Mi decidis vesti kostumon por ke mi aspektu pli serioza. La oficistoj en la hospitalo devas kompreni, ke mi estas serioza persono, ke ni petos informon pri grava problemo.

-Mi same provos aspekti pli aĝa - diris Alina.

Ambaŭ ekiris al la aŭtobusa haltejo.

La malnova hospitalo troviĝis en la orienta kvartalo de la ĉefurbo. Ĝi estis kvinetaĝa kun vasta korto kaj ŝtona barilo. Ĉi-tie estis la plej bonaj kaj spertaj kuracistoj kaj akuŝistinoj. La junaj patrinoj preferis naski en tiu ĉi hospitalo.

Alina kaj Rosen eniris la malsanulejon. La pordisto diris al ili kie estas la administrejo. Tie renkontis ilin afabla oficistino, eble kvardekjara kun bela vizaĝo, brunaj okuloj kaj brovoj, similaj al eta demandsignoj. Ŝi atente aŭskultis la peton de Alina kaj diris:

-Ne estas sekreto, ke ĉi-tie naskas needziniĝintaj virinoj. Iuj el ili estas tre junaj, kiuj eraris. Aliaj estis trompitaj de viroj, kiuj promesis edzinigi ilin, sed poŝte la viroj forlasis la virinojn. Post la nasko iuj virinoj pretas mem zorgi pri sia infano, aliaj donas la infanon por adopto. Mi komprenas, ke vi deziras ekscii kiu estas la virino, kiu naskis vin.

La oficistino alrigardis Alinan kaj daŭrigis:

-Sed kara, kial vi bezonas tion. Vi jam estas plenaĝa fraŭlino. Eĉ se vi ekscius kiu estis la virino kaj vi renkontus ŝin, por vi ŝi estos tute nekonata, fremda virino, kiun vi unuan fojon vidos en la vivo. Vi senreviĝos kaj bedaŭros, ke vi serĉis ŝin.

-Sed ĉiu devas scii kiu estas ŝia aŭ lia patrino - diris Alina.

-Jes, tamen mi kiel pli aĝa virino diros al vi, ke la vera patrino estas tiu, kiu zorgis pri vi, kiu edukis vin kaj ne tiu, kiu naskis vin kaj forlasis vin.

-Bonvolu nur diri al mi ĉu Danna Petrova Hristozova naskis ĉi-tie, kiu estis ŝia adreso, kie ŝi loĝis tiam, kiom jara ŝi estis?

-Mi ne rajtas diri tion al vi. La leĝo malpermesas al mi sciigi tion al vi. Mi nur diros, rigardu antaŭen, ne turnu vin al la pasinteco. Vi estas juna, vi iĝos patrino, vi zorgos pri via infano kaj vi ne plu pensos pri la virino, kiu naskis vin.

Alina komprenis, ke la oficistino nenion plu diros al ŝi. Rosen kaj ŝi diris ĝis revido kaj foriris. Alina estis profunde elreviĝita. Kiam ili estis sur la strato, Rosen demandis ŝin:

-En la ĉefurbo estas kvin naskohospitaloj, ĉu ni iros en la aliajn hospitalojn?

-Ne! - respondis Alina. - En ĉiuj aliaj oni diros tion, kion la oficistino ĉi-tie diris al ni. Mi provos aliamaniere ekscii kiu estis mia patrino.

13.

La silento en la domo premis Alinan. Nun ĉio en tiu ĉi bela hejmo aspektis por ŝi fremda. Kiel mi loĝis ĉi-tie dum dudek jaroj - demandis sin Alina.

Antaŭe ŝi rapidis reveni hejmen, ĉar ĉi-tie estis ŝiaj gepatroj, kiuj atendis ŝin, sed nun la domo estis malvarma kaj malagrabla por ŝi.

Alina rememoris la tagojn de sia infaneco, kiam en tiu ĉi domo la gepatroj kaj ŝi festis Kristnaskon, la Novan Jaron, la naskiĝtagajn festojn de Alina. Kiom bele estis tiam, kiom da lumo kaj ĝojo estis en la domo, la gepatroj estis feliĉaj, la okuloj de Alina brilis. Ŝi rememoris ankaŭ la tempon, kiam ŝi ekskursis kun la gepatroj eksterlande, la somerojn, kiujn ŝi pasigis en urbo Lazur ĉe onklino Vera, la fratino de la patrino. Tiam Alina estis lernantino kaj ĉiam ĝoje ŝi veturis al Lazur. Onklino Vera tre amis ŝin. La tagoj, kiujn Alina pasigis ĉe la onklino, estis neforgeseblaj.

Onklino Vera certe sciis, ke mi estas adoptita, sed neniam eĉ per gesto ŝi montris tion. Ŝi amis min kiel sian filinon - meditis Alina.

Ĉiam kiam Alina iris en Lazur, la onklino kare renkontis ŝin kaj pretis fari ĉion, por ke Alina bone fartu. Onklino Vera estis kudristino kaj ŝi kudris robojn al Alina. La onklino aĉetis belajn ŝtofojn kaj kudris elegantajn robojn. Alina ankoraŭ havas unu el tiuj ĉi roboj. Ĝi estas somera robo, helblua sen manikoj. Vestita en tiu ĉi robo Alina similis al blua floro. Ŝi tre ŝatis tiun ĉi silkan robon, kiu kvazaŭ karesis ŝian korpon.

Nina, la kuzino de Alina, filino de onklino Vera, samaĝa kiel Alina, havis similan robon, sed flavan. Vespere Alina kaj Nina, vestitaj en la belaj roboj, iris al la junulara amuzejo, kiu okazis ĉe la bordo de la maro. Tie, ĉe la strando, estis konstruaĵo, sur kies granda teraso ludis orkestro kaj la gejunuloj dancis. Estis tre emocie danci sub la profunda malhelblua ĉielo, kie brilis steletoj, similaj al etaj diamantoj. De la maro alflugis la monotona plaŭdo de la ondoj, la vespera vento karesis iliajn varmajn vizaĝojn. La muziko lulis ilin.

Tie, sur la teraso, Alina eksentis la unuan aman tremon. En tiu jaro ŝi finis la unuan gimnazian klason. Nina konis multajn gejunulojn. Iuj el ili estis ŝiaj samklasanoj kaj Nina konatigis Alinan kun iuj el ili. Inter ili estis alta svelta knabo, kiu havis allogajn bluajn okulojn. Li nomiĝis Milen. Kelkfoje Milen invitis Alinan danci. Kiam ili dancis, Alina kvazaŭ flugis en la ĉielo. Unuan fojon en la vivo ŝi havis tiun ĉi miraklan senton. La varmaj manplatoj de Milen tuŝis ŝiajn nudajn ŝultrojn kaj tio igis ŝin tremi. Ili dancis silente. Parolis nur iliaj okuloj.

Post la dancado Milen kaj Alina iris al la maro. Alina paŝis sur la sablon sorĉita. Ili iris unu ĉe alia kaj ŝajnis al Alina, ke la ondoj rakontas mirindan fabelon. La ŝultro de Milen tuŝis la ŝultron de Alina. Regis silento, aŭdiĝis nur la melodia flustro de la ondoj. La vespero kovris ambaŭ per sia mola velura tolo kaj Milen kaj Alina kvazaŭ iris al la senfino.

Alina neniam forgesos tiun ĉi vesperan promenon ĉe la silenta mara bordo.

Dum tiu somero en Lazur Alina kaj Milen estis kune ĉiun vesperon. Tagon antaŭ ŝia forveturo al la ĉefurbo, ili denove renkontiĝis ĉe la ŝatata loko, roko, kiu pendis super la maro. Ili sidis sur tiu ĉi roko, ankoraŭ varma de la taga suno.

-Morgaŭ mi forveturos - diris Alina.

-Ĉu mi ne plu vidos vin? - demandis Milen.

-Venontan someron mi denove venos.

-Venontan someron! Estos longa, longa jaro··· - flustris li.

-Ankaŭ por mi estos ege longa jaro.

Tiam unuan fojon Milen kisis ŝin kaj eĉ nun Alina sentas tiun ĉi unuan kison, kiu memorigas ŝin pri la neforgesebla somero, pri la varmaj juliaj noktoj, pri la firmamento kun la sennombraj steloj, pri la maraj ondoj, flustrantaj siajn fabelojn.

La venontan someron Alina denove estis en Lazur, sed Milen ne plu loĝis tie. Nina diris, ke la gepatroj de Milen translokiĝis en alian urbon. Lia patro estis inĝeniero, al kiu oni proponis pli bonan laboron en alia urbo, sed Nina ne sciis la nomon de la urbo.

Kelkfoje Alina iris al la roko, kie ŝi kaj Milen sidis, sed la loko nur ĉagrenis ŝin.

14.

Alina estis laca. Ŝi revenis hejmen de la universitato malfrue posttagmeze, eniris la vestiblon. poŝte ŝi eniris la aliajn ĉambrojn. En la tuta domo regis silento kaj tio timigis ŝin. Ŝi estis malsata. Ŝia patrino kuiris dum kiam ŝi vivis. Alina neniam provis ion kuiri. Post la morto de la gepatroj, Alina kutimis manĝi sandviĉojn. De tempo al tempo ŝi mendis iun manĝaĵon de la kvartala restoracio.

Alina malfermis la fridujon. Bedaŭrinde ĝi preskaŭ malplenis. En ĝi estis nur butero, iom da fromaĝo kaj salamo. Alina denove faris sandviĉon. Ŝi boligis teon kaj sidis ĉe la tablo. Alina tute ne ŝatis manĝi sola kaj nun pene glutis la sekajn panpecetojn. Ŝi rememoris kiel agrable estis, kiam ŝi vespermanĝis kun la gepatroj. La manĝaĵoj de ŝia patrino estis tre bongustaj. Kiam ili triope vespermanĝis, ŝia patro kutimis rakonti, kio okazis tage. Li parolis pri siaj kolegoj, pri la studentoj aŭ li rakontis iun humuran okazintaĵon.

Subite aŭdiĝis akra sonoro. Alina ektremis. Ŝi ekstaris kaj iris al la pordo, rigardis tra la gvattruo. Estis Rosen. Alina malŝlosis la pordon.

-Saluton - diris Rosen - pardonu, ke mi ne telefonis, ke mi venos, sed jam du tagojn mi ne vidis vin. Mi estis maltrankvila.

-Bonvolu. Hieraŭ kaj hodiaŭ preskaŭ la tutan tagon mi estis en la universitato. Mi tre laciĝis. Mi rapidis reveni hejmen kaj tial mi ne telefonis al vi.

-Mi komprenas - diris Rosen. - Eble vi ankoraŭ ne vespermanĝis. Veninte mi aĉetis manĝaĵon el ĉina restoracio.

-Ĵus mi manĝas sandviĉon.

-La ĉina rizo estas pli bongusta - diris Rosen.

Ambaŭ sidis ĉe la tablo.

Rosen prenis el sia sako du bierbotelojn.

-Ĉu vi deziras trinki bieron?

-Ne. Dankon.

Rosen malfermis unu el la boteloj kaj verŝis bieron en sian glason.

-Mi havas bonan novaĵon - diris Rosen.

-Finfine bona novaĵo! Ĝis nun ĉiuj novaĵoj estas nur malbonaj - rimarkis Alina.

-Tamen de tempo al tempo aperas iu bona novaĵo.

-Diru.

Alina estis scivolema.

-Oni proponis al mi fari ekspozicion - diris Rosen. - Delonge mi ne faris memstaran ekspozicion. De la Asocio de la Pentristoj telefonis kaj demandis min ĉu mi pretas fari ekspozicion en la ĉefurba artgalerio.

-Tio vere estas bona novaĵo.

-Por mi estas tre bona. Iuj miaj pentraĵoj eble estos aĉetitaj. Ja, mi bezonas iom da mono.

-Do, vi devas pentri novajn pentraĵojn.

-Feliĉe mi havas sufiĉe da pentraĵoj por granda ekspozicio - ekridetis Rosen.

-Bedaŭrinde mi havas nenian novaĵon, nek bonan, nek malbonan - diris Alina.

Alina daŭre meditas kiel trovi sian patrinon.

-Mi decidis veturi al Lazur - diris Alina. - Mi demandos mian onklinon Vera, kiu estas mia patrino - daŭrigis Alina.

-Ĉu al urbo Lazur?

Rosen rigardis ŝin. Alina estis laca, streĉita. Ŝia vizaĝo

aspektis griza. Ombro vualis ŝiajn okulojn. Dum la lasta semajno Alina estis nervoza. Ŝi ne studis diligente kaj ne pretigis sin por la ekzercaj studhoroj en la universitato. Post la forpaso de la gepatroj, Alina ne plu estis tia, kian Rosen konis ŝin antaŭe. Antaŭ monato Alina estis gaja, vigla. Ŝi studis, ŝi deziris sukcese fini la universitaton kaj iĝi instruistino. Ŝi havis planojn, ideojn, revojn. Ŝi ofte ridetis kaj ŝia tinta rido igis Rosen feliĉa. Nun Alina estis malĝoja, silentema.

-Bone - diris Rosen, malgraŭ ke li supozis, ke la onklino nenion diros al Alina.

-Mi veturos sabate - aldonis Alina.

-Mi venos kun vi. Ni veturos per mia aŭto - proponis Rosen.

-Dankon.

Kiel ĉiam Rosen pretis helpi sin.

-Ĉu vi iam estis en Lazur? - demandis Alina.

-Neniam.

-Lazur estas tre bela mara urbeto. Kiam mi estis lernantino, mi ofte gastis al mia onklino Vera, kiu tre amas min. En Lazur mi sentis min libera kiel birdo. Kun mia kuzino Nina ni iris al la strando, promenadis. Nokte antaŭ la dormo, ni multe konversaciis··· Estis belegaj tagoj en Lazur.

Alina tamen ne menciis al Rosen pri Milen. Kie estas nun Milen - demandis sin Alina. Eble li jam edziĝis kaj havas familion. Kiel rapide pasas la jaroj.

Rosen aŭskultis Alinan. Ŝi diris "mia onklino Vera, mia

kuzino Nina", tamen nek Vera estas onklino de Alina, nek Nina estas ŝia kuzino. Alina ankoraŭ konsideris ilin parencinoj. Rosen demandis sin - kiel reagos onklino Vera, kiam Alina demandos kiu estas ŝia patrino. Eble post tiu ĉi neatendita demando la momento iĝos streĉa. Eble la onklino neniam atendis tiun ĉi demandon kaj okazos konfuza situacio. Kiel poŝte onklino Vera rilatos al Alina? Ĉu ŝi daŭre amos Alina kiel ĝis nun? Ĉu la kuzino Nina scias, ke Alina estas adoptita? Eble ŝi ne scias. Eble la gepatroj de Alina kaŝis, ke ili adoptis Alinan, sed la onklino Vera certe sciis. Ja, ŝi estas fratino de Marta, la adoptinta patrino de Alina.

-Ĉi-vespere restu ĉi-tie - diris Alina. - Mi timemas, kiam mi estas sola. Ĉiam ŝajnas al mi, ke iu malfermas la pordon kaj eniras la domon. Mi aŭdas bruojn, paŝojn kvazaŭ iu paŝas en la ĉambro. Mi ne povas dormi. Mi kuŝas en la lito kaj mia koro batas kiel martelo sur amboson.

-Ne timiĝu. La ŝtelistoj ne plu venos - trankviligis ŝin Rosen. - Ili prenis, kion ili bezonis.

Alina silentis.

-En tiu ĉi loĝkvartalo estas pli riĉaj personoj ol vi, el kiuj la ŝtelistoj povus ŝteli pli valorajn aĵojn - daŭrigis Rosen. - Antaŭ la ŝtelado ili atente observas la domojn. Ili provas ekscii ĉu la dommastroj estas tie aŭ ili estas eksterlande. Ĉu ili estas riĉaj, ĉu ili havas multekostan aŭton, kion ili laboras.

-Jes, vi pravas.

-La ŝtelistoj eksciis, ke via patro estis fama profesoro, kuracisto, ke via patrino same estis kuracistino. Ili sciis, ke viaj gepatroj estis riĉaj, havis modernan aŭton, via patrino kutimis ornami sin per oraj juveloj. Vi menciis, ke ŝi havis diamantan ringon.

-Jes. Ŝi tre ŝatis tiun ĉi ringon, ĉar ĝi estis kara rememoro. Paĉjo donacis ĝin al ŝi antaŭ la geedziĝo.

-La ŝtelistoj eksciis, ke viaj gepatroj mortis. Ili vidis, ke vi iris en la universitaton kaj certis, ke en la domo estas neniu.

-Vi bone konas la logikon de la ŝtelistoj - rimarkis Alina.

Tion scias ĉiuj, sed bedaŭrinde la policanoj tre malfacile povas aresti la ŝtelistojn. Ĉu vi ricevis iun informon de la policanoj? - demandis Rosen.

-Bedaŭrinde ne. De tiam oni ne telefonis al mi. Foje mi telefone demandis, sed oni respondis, ke oni daŭrigas serĉi la ŝtelistojn.

-Ĝenerale tion oni respondas - diris Rosen. - Okazas ŝteladoj, murdoj, sed la krimuloj ne estas arestitaj.

En la okuloj de Alina denove enŝteliĝis la timo.

-Mi devas kontroli ĉu ĉiuj pordoj estas ŝlositaj - diris ŝi.

-Ne timiĝu. Mi estas ĉi-tie - trankviligis ŝin Rosen.

-Venu kun mi. Mi devas ŝlosi la kortan pordon - petis Alina.

Ambaŭ iris en la korton. La trankvila maja vespero estis silenta. Silentis la vastaj kortoj, en kiuj estis grandaj

modernaj domoj. Ie-tie lumis fenestroj. La strataj lampoj
ĵetis palan citronkoloran lumon. La stratoj estis senhomaj.
Ne aŭdiĝis aŭtomobilaj bruoj. Sur la ĉielo briletis steloj
kiel scivolemaj infanaj okuloj. Trankvila silenta
vespero - diris al si mem Rosen. Alina kaj li proksimiĝis
al la alta fera pordo kaj Alina ŝlosis ĝin.

Kiel la ŝtelistoj eniris la korton - demandis sin Rosen.
Eble ili eniris tra la najbara korto. Maldekstre de la korto
de Alina estis domo, en kiu nun loĝis neniu. Antaŭ du
jaroj tie loĝis maljunulo, kiu forpasis. Nun de tempo al
tempo en la domon venis lia filo. La maljunulo estis
skulptisto kaj en la korto de lia domo ankoraŭ staris
kelkaj skulptaĵoj. Unu el ili estis anĝelo kun vaste
etenditaj flugiloj. Kiam Rosen rigardis ĝin, ŝajnis al li, ke
la anĝelo subite ekflugos al la ĉielo.

Rosen nun rigardis la anĝelon kaj tramurmuris: "Vi
devis gardi la domon de Alina." La anĝelo estis tre bone
skulptita. Rosen ne sciis la nomon de la maljuna
skulptisto. Iam mi demandos iun kiu estis lia nomo -
diris al si mem Rosen.

Alina kaj Rosen iris en la domon kaj ŝlosis la pordon.
En la dormĉambro Alina ĉirkaŭbrakis Rosen, kisis lin kaj
diris:

-Mi esperas, ke ĉi-nokte mi dormos profunde.

Alina rapide ekdormis. Dormante ŝi similis al eta
infano. Rosen dum longa tempo ne povis ekdormi. Li
kuŝis kaj ne kuraĝis moviĝi, por ke li ne veku Alinan.
Dormante Alina subite ekparolis:

-Kie vi estas? Venu rapide, kie vi estas?

Eble ŝi sonĝis kosmaron. Eĉ dormante Alina ne povis liberiĝi de ĉio, kio turmentas ŝin - meditis Rosen.

15.

La ŝoseo al Lazur pasis tra vasta kampo. Rosen trankvile stiris la aŭton. Ĉe li Alina sidis silente. Pri kio ŝi pensas - demandis sin Rosen. Eble ŝi rememoras la iamajn somerojn, kiujn ŝi pasigis en Lazur aŭ eble ŝi esperas, ke onklino Vera diros kiu estas ŝia patrino. Tamen Rosen ne kredis, ke la onklino diros tion al Alina.

-Kiam vi ekscios kiu estas via patrino kaj kie ŝi loĝas, kion vi faros? - demandis Rosen. Alina ne atendis tiun ĉi demandon.

-Ĉu vi iros al ŝi? - daŭrigis Rosen.

-Mi ne scias kion mi faros - respondis Alina. - Mi nur deziras vidi ŝin, vidi kiel ŝi aspektas.

-Kion vi diros al ŝ?

-Ankaŭ tion mi ne scias. Eble estos malfacile diri al ŝi panjon.

-Certe estos malfacile.

-Sed mi nepre devas vidi ŝin - diris Alina. - Ja, ni ne elektas niajn gepatrojn, sed ni devas scii kiuj ili estas.

La aŭto proksimiĝis al Lazur, malgranda urbo ĉe la bordo de la maro. La domoj estis blankaj, similaj al mevoj sur la maraj ondoj. La maro, blua kiel vasta silka tolo, estis trankvila kun kvietaj ondoj. Videblis kelkaj fiŝkaptistaj boatoj sur la bordo. La fiŝkaptistoj frumatene fiŝkaptadis kaj nun ili vendis la fiŝojn. Ĉe la boatoj staris vice virinoj, aĉetantaj la freŝajn fiŝojn.

-Onklino Vera loĝas en la centro de la urbo - diris Alina kaj klarigis al Rosen kie ĝuste.

Rosen haltigis la aŭton antaŭ duetaĝa domo kaj eta korto, en kiu videblis du figarboj kaj pomarbo. Antaŭ la domo estis vitlaŭbo kaj sub ĝi ligna tablo kun kelkaj seĝoj.

Alina sonoris ĉe la pordo. Post kelkaj sekundoj eliris virino, eble kvindekjara kun iom grizeta hararo kaj avelkoloraj okuloj. La virino surpriziĝis, vidante Alinan kaj kara rideto lumigis ŝian vizaĝon.

-Alina, ido mia, bonan venon - diris la virino. - Kial vi ne telefonis, ke vi venos?

-Mi subite decidis veni, onklino Vera - diris Alina.

-Bonvolu, bonvolu eniri.

Rosen kaj Alina eniris ne tre grandan ĉambron, modeste meblitan. Estis ronda tablo, seĝoj, ŝranko, kanapo.

-Bonvolu sidiĝi - diris onklino Vera.

-Onklino, Rosen estas mia amiko - prezentis Alina Rosen.

-Tre bone. Mi ĝojas, ke vi venis ambaŭ. Ĉu vi bone veturis?

-La veturado estis trankvila kaj agrabla - diris Rosen - kaj ni rapide venis.

-Mi tuj kuiros kafon - diris la onklino. - Matene mi bakis kukon. Eble vi ankoraŭ ne matenmanĝis?

-Veturante, ni haltis ĉe benzinstacio kaj tie, en la kafejo, ni matenmanĝis - diris Alina.

-Tamen vi nepre devas gustumi mian kukon. Ĝi estas tre bongusta.

-Mi scias, ke vi spertas fari tre bongustajn kukojn - diris Alina. - Dum la pasintaj someroj, kiam mi ofte gastis al vi ĉi-tie, mi matenmanĝis kukojn. Ili vere estis tre bongustaj.

-Vi delonge ne gastis al mi - rimarkis la onklino.

-Vi scias, ke mi estas studentino kaj mi ne havas tempon.

-Estas bonege, ke vi studas. Vi finos la studadon kaj vi komencos labori. Vi scias, ke ankaŭ Nina estas studentino. Ŝi studas en urbo Tamo kaj nun ŝi lernas por la ekzamenoj, kiuj estos en monato junio. Somere, dum la somera ferio, ŝi estos ĉi-tie. Venu ankaŭ vi. Nina kaj vi estos kune. Vi naĝos en la maro, promenados, vizitos la proksiman insulon Anastasia.

-Mi ne scias ĉu somere mi venos - diris heziteme Alina. - Sed kiel estas onklo Petar?

Onklo Petar estas la edzo de onklino Vera - diris Alina al Rosen.

-Sabate kaj dimanĉe li fiŝkaptadas - diris Vera. - Vi memoras, li havas fiŝkaptistan boaton, kiu ne estas ĉi-tie, en Lazur. La boato estas en la fiŝkaptista vilaĝo Rio, proksime al Lazur. Ĉimatene li frue iris fiŝkaptadi kaj tagmeze li revenos kun freŝaj fiŝoj.

-Eble ni ne vidos lin, ĉar ni rapidos reveni - diris Alina.

-Kial? Hodiaŭ estas sabato, morgaŭ dimanĉo. Vi tranoktos ĉi-tie. Mi kaj Petar estas solaj en la domo kaj estas sufiĉe da ĉambroj. Sur la dua etaĝo estas du ĉambroj. Unu el ili estas la ĉambro de Nina.

-Dankon, onklino, sed hodiaŭ ni devas reveni en la ĉefurbon.

-Nun vi venis kaj vi rapidas reveni. Restu ĉi-tie, promenadu en la urbo, ĉe la maro. Ankoraŭ ne eblas naĝi, estas majo, sed la maro ĉiam estas bela. En la urbo estas granda parko ĉe la maro. Ankaŭ en ĝi estas tre agrable promenadi.

-La parko vere estas bela - diris Alina. - Mi memoras, ke en la parko estis granda restoracio. Kio estis ĝia nomo? Ĉu ne "La Ora Ankro"?

-Jes, "La Ora Ankro".

-En la parko, ĉe la strando estis teraso. Tie somere ludis orkestro. Kun Nina ni ofte iris tien. Ni dancis, la junuloj konkuris kiu el ili unue dancu kun Nina kaj kun mi. Estis belegaj travivaĵoj.

Rosen konjektis, ke Alina ne havas kuraĝon ekparoli pri ŝia patrino kaj ŝi serĉis diverŝajn temojn por daŭrigi la konversacion kun la onklino.

Alina estis maltrankvila. Ŝi ŝvitis, ŝia koro forte batis. Ŝi pripensis kiel demandi la onklinon. Estis tre malfacile paroli pri la adopto.

Verŝajne la onklino Vera komprenis, ke Alina deziras diri ion gravan.

-Eble vi rapidas reveni hejmen - diris la onklino - ĉar nun vi loĝas sola kaj certe vi havas tre multajn okupojn. Viaj povraj gepatroj! Neniu eĉ supozis, ke ili tiel tragike pereos. Tiam ili gastis ĉi-tie kaj kiam ili ekveturis, mi diris al ili bonan vojaĝon kaj mi aldonis, ke ili estu atentemaj. Mi sciis, ke via patro atente ŝoforas, sed de kie aperis la granda kamiono, kiu frakasis ilian aŭton. poŝte oni diris, ke la ŝoforo de la kamiono estis juna kaj malsperta.

Nun, kiam onklino Vera ekparolis pri la katastrofo ne estis bona momento demandi ŝin pri la adopto, sed ĝuste pro tio Alina venis por demandi la onklinon.

-Viaj gepatroj estis tre bonaj homoj - diris la onklino.

-Ili estis tre tre bonaj. Mi neniam forgesos ilin, sed mi deziras demandi ion - diris malrapide Alina.

En la okuloj de Vera ekbrilis maltrankvilo.

-Kara onklino, diru al mi la veron - komencis Alina kaj eksilentis, ĉar ŝi timiĝis daŭrigi.

-Kion mi diru?

Alina profonde enspiris kaj rapide diris:

-Onklino, mi eksciis, ke mi estis adoptita.

Post tiu ĉi frazo Alina malstreĉiĝis. Vera staris kiel fulmfrapita. Konsternite ŝi rigardis Alinan. En la ĉambro ekestis silento. Aŭdiĝis nur la ritmaj frapoj de horloĝo. Nun Rosen rimarkis, ke sur unu de la bretoj en la vitra ŝranko estas granda vekhorloĝo kun blanka ciferplato kaj nigraj arabaj ciferoj, kiuj bone videblis de malproksimo.

-Tio ne estas vero! - diris firme la onklino. - Iu mensogis vin! Estas malbonaj homoj. Ili enviis al viaj gepatroj. Ja, ili estis laboremaj, havis multe da mono. Tiuj malbonaj homoj deziras veneni vian vivon. Ne kredu ilin! Vi ne estas adoptita!

-Sed onklino, post la morto de Paĉjo kaj panjo mi trovis noteton, en kiu Paĉjo skribis, ke mi estis adoptita kaj mia patrino nomiĝas Darina Petrova Hristozova. Kiam mi naskiĝis ŝi nomis min Kamelia.

Onklino Vera rigardis triste Alinan. Ŝia vizaĝo iĝis pala. Iom da tempo ŝi silentis kaj poŝte malrapide diris:

-Jes. Vi estis adoptita. Jam vi estas plenaĝa kaj vi devas scii tion. Kiam viaj gepatroj geedziĝis, ili konstatis, ke ili ne povas havi infanon, sed Marta, via patrino, ege deziris infanon. Ŝi faris ĉion eblan. Ŝi kuracis sin, sed vane. Ili adoptis vin. Tamen Marta deziris, ke neniu sciu, ke vi estas adoptita.

-Eble vi scias kiu estas mia patrino? - demandis Alina.

-Bedaŭrinde mi ne scias kiu ŝi estas.

-Ĉu panjo diris al vi ion pri ŝi. Kiu ŝi estas, de kie ŝi estas?

-Nenion oni diris al mi pri ŝi, sed kial vi deziras scii kiu naskis vin? Pli gravas la gepatroj, kiuj zorgis pri vi. Teodor kaj Marta tre amis vin. Marta fieris, ke vi lernas diligente, ke vi estas saĝa knabino.

-Mi scias, ke ili amis min.

-Ne pensu pri via patrino. Rigardu al la estonto - diris

la onklino.

Pasis kelkaj minutoj. Vera kaj Alina rigardis unu la alian. Vera malrapide demandis:

-Kaj nun, kiam vi scias, ke vi estas adoptita, ĉu mi ankoraŭ estos via onklino?

-Vi ĉiam estos mia onklino. Mi amas vin. Bedaŭrinde mi ne havas aliajn parencojn. Estas nur vi. Mi ne konas la parencojn de Paĉjo. Li havis nek fraton, nek fratinon kaj liaj gepatroj mortis antaŭ mia adopto. Li neniam menciis ion pri siaj parencoj aŭ gekuzoj.

-Ankaŭ mi ne konas la parencojn de Teodor, via patro. Li ne multe parolis pri siaj gekuzoj.

Post eta paŭzo Alina diris:

-Dankon, onklino, sed ni devas jam ekveturi.

-Sciu, ke vi ĉiam estas bonveninta en mian domon. Mi amas kaj amos vin - diris kare Vera.

-Dankon onklino.

-Tamen restu. Baldaŭ venos Petar kaj ni tagmanĝos.

-Salutu onklon Petar kaj Nina. Iam mi denove venos - diris Alina - Ĝis revido.

-Ĝis revido. Estu atentemaj. Ne veturu rapide. Kiam vi revenos en la ĉefurbon, nepre telefonu al mi.

-Bone.

Alina ĉirkaŭbrakis kaj kisis la onklinon.

-Bonan veturon - diris Vera.

Rosen kaj Alina eniris la aŭton kaj ekveturis.

-Mi haltigos la aŭton ĉe la marbordo, por ke ni iom rigardu la maron - proponis Rosen. - La maro ĉiam allogas min kaj mi ŝatas pentri marajn pejzaĝojn.

-Ankaŭ mi ŝatas la maron - diris Alina.

Rosen haltigis la aŭton. Ili eliris kaj ekstaris ĉe la mara bordo. Antaŭ ili la maro vastiĝis mirakle blua. Senteblis la aromo de salo kaj algoj. Blovis mara vento. La ondoj kviete plaŭdis. Alina rigardis la orecan sablon, la maron kaj ŝajnis al ŝi, ke dum horoj ŝi povus stari senmova sur la mara bordo.

-Kiam mi estis lernanto - diris Rosen - ĉiun someron mi kun miaj amikoj estis ĉe la maro. Ni havis tendon kaj ni pasigis du neforgeseblajn semajnojn. Ni naĝis, fiŝkaptadis, kolektis konkojn. Vespere ni bakis la konkojn. Tiam ŝajnis al mi, ke la konkoj estas la plej bongusta mara nutraĵo. Mi neniam forgesos la belegajn sunsubirojn ĉe la maro. La suno dronas malantaŭ la montetoj okcidente kaj la maro iĝas kuprokolora. Regas silento, aŭdiĝas nur la plaŭdo de la ondoj. La plaŭdo similas al flustro, kvazaŭ iu rakontas malnovan historion. Dum tiuj momentoj mi rigardis la maron kaj mi ne sciis ĉu mi estas sur la tero aŭ en la ĉielo.

Ili eniris la aŭton kaj ekveturis. Iom da tempo ili ne konversaciis.

-Bedaŭrinde via onklino nenion povis diri pri via patrino - rimarkis Rosen.

-Jes, sed mi daŭrigos serĉi mian patrinon.

Alina estis obstina kaj Rosen demandis sin ĉu ĉiuj, kiuj estis adoptitaj deziras ekscii kiuj estas iliaj gepatroj?

Rosen deziris helpi Alinan. Li amis ŝin.

-Kion vi faros morgaŭ? - demandis Rosen.

-Morgaŭ estos dimanco kaj la tutan tagon mi lemos por la ekzamenoj, kiuj estos post monato.

-Ĉu vi bezonos ion, ĉu vi havas sufiĉe da mono? - demandis Rosen.

-Feliĉe miaj gepatroj havis konton en la banko. Kiam la mono elĉerpiĝos, mi komencos labori. Mi studos kaj laboros.

-Estos malfacile - diris Rosen.

-Ĉiam estas malfacile. Mi mem devas solvi la problemojn.

Rosen bone sciis, ke Alina estas memstara kaj obstina. Ŝiaj gepatroj forpasis, sed ŝi ne senreviĝis. Ŝi havis fortojn daŭrigi sian vivon.

-Vi scias, ke mi ĉiam pretas helpi vin - diris Rosen.

-Tamen vi ne estas deviga finance subteni min.

-Mi admiras vian kuraĝon - emfazis Rosen.

-Mi dankas, ke vi estas kun mi.

Petar, la edzo de onklino Vera, revenis hejmen. Li portis sakon da kaptita freŝa fiŝo.

-Ĉu bona estis la fiŝkaptado? - demandis Vera.

-Hodiaŭ mi havis ŝancon. Ĉe ni, la fiŝkaptistoj, estas tiel - foje ni havas ŝancon kaj foje - ne. Tamen hodiaŭa tago estis bona.

Kvindekjara, Petar estis mezalta kun forta atleta korpo, blanka hararo kaj brunaj okuloj. Li tre fieris per siaj densaj lipharoj kaj ofte ŝerce diris: "Viro sen lipharoj ne estas viro." Petar estis lokomotivestro, sed lia ŝatata okupo estis la fiŝkaptado. Li havis fiŝkaptistan boaton kaj dum la ripoztagoj li fiŝkaptadis. Liaj amikoj ĉiam menciis, ke li estas tre sperta fiŝkaptisto.

-Ni havis gastojn - diris Vera.

-Ĉu?

-Venis Alina kun ŝia amiko. Jes, ŝi havas koramikon kaj lia nomo estas Rosen. Li estas pentristo. Mi memoras, ke Marta, ŝia patrino, foje menciis al mi pri tiu ĉi Rosen. Marta tute ne kontentis, ke Alina, kiam estis gimnazianino, konatiĝis kun li.

-Kial tiel rapide ili foriris? - demandis Petar. - Ja, Alina delonge ne gastis al ni.

-Ŝi venis por diri al mi malbonan novaĵon - diris Vera.

-Ĉu? - Petar alrigardis ŝin maltrankvile.

-Alina trovis noteton, skribitan de Teodor, kaj ŝi eksciis, ke ŝi estas adoptita. Ŝi alvenis por demandi min kiu estas ŝia patrino.

-Vere malbona novaĵo - diris Petar.

-La malbonaĵo ne venas sola. Marta kaj Teodor pereis kaj nun Alina eksciis, ke ŝi estas adoptita.

-Do, ŝi jam scias, ke ni ne estas ŝiaj parencoj.

-Tamen mi amas ŝin kiel mian filinon - diris Vera. - Ŝi estas la infano de mia fratino. Mi konas Alinan jam de bebo. Ŝi kreskis antaŭ miaj okuloj. Tiom ofte ŝi estis ĉi-tie. Kun Nina ili estas kiel fratinoj.

-Jes, ŝi estas nia infano. Ni devas helpi ŝin. Alina ne havas aliajn parencojn - diris Petar.

-Ni zorgos pri ŝi - aldonis Vera.

Ŝi prenis la sakon da fiŝoj por friti ilin.

- Nun mi fritos la fiŝojn, - diris Vera - ni tagmanĝos kaj posttagmeze ni iros en la urban parkon. Ĉi-semajne estas la semajno de la floroj kaj tie oni aranĝis belan florekspozicion.

16.

Alina lernis por la ekzamenoj. Ŝi estis en la iama kabineto de sia patro, negranda ĉambro, silenta kaj luma kun fenestro al la korto. Alina sidis ĉe la skribotablo, sur kiu ŝi ordigis la lernolibrojn, la librojn, kajerojn.

En la ĉambro estis librobreto, eaà kafotablo kaj lito. Kiam ŝia patro laboris ĝis malfrue nokte, li dormis ĉi-tie. Li havis severan tagordon. Matene li vekiĝis frue, iom gimnastikis en la korto, poŝte eniris la banejon, duŝis sin, matenmanĝis kaj eniris la kabineton por iom labori. Je la sepa kaj duono li ekveturis aŭte al la universitato, kie li prelegis aŭ ekzamenis la gestudentojn. La posttagmezojn li dediĉis al la familio. Post la sesa horo vespere li denove eniris la kabineton kaj li laboris ĝis la vespermanĝo. Kutime ili vespermanĝis je la oka horo.

Sabate kaj dimanĉe ili triope, la gepatroj kaj Alina

ekskursis aŭ aŭte veturis al iu urbo, kie estis interesaj vidindaĵoj. Al Alina plaĉis la vivmaniero de la patro kaj ŝi strebis havi similan tagordon, sed ne ĉiam ŝi sukcesis plenumi ĝin. Matene ŝi ne gimnastikis, sed ŝatis iom promeni en la korto kaj enspiri la freŝan aeron. Bedaŭrinde Alina ne povis bone koncentriĝi. Eĉ nun, kiam ŝi devis lerni por la ekzamenoj, ŝi denove pensis pri sia patrino. Alina deziris iel ekscii ĉion pri ŝi. Kie ŝi loĝas? Ĉu en provinca urbo aŭ en la ĉefurbo? Kiuj estis ŝiaj gepatroj? Ĉu ili sciis, ke ŝi estis graveda kaj naskis knabinon? Tiam sendube estis granda peko, se fraŭlino, kiu ne estas edziniĝinta, naskas infanon. La nasko devis esti sekreta, ĉar se oni eksciis, ke la fraŭlino naskis, poŝte ŝi ne povas edziniĝi. Eble la patrino de Alina ne havis alian eblon kaj naskis. Eble ŝia amiko, kiu amis ŝin ne deziris edziĝi al ŝi. La patrino de Alina certe amis lin, ŝi imagis la familian vivon, revis pri la infano, kiun ŝi naskos, sed li forlasis ŝin.

Alina rigardis la horloĝon. Estis naŭa horo. Ŝia samstudentino Maria diris, ke ŝi venos kaj ili ambaŭ lernos por la ekzamenoj. Alina atendis ŝin kaj preparis dolĉaĵojn. aŭdiĝis sonoro. Alina tuj iris malfermi la pordon, ne estis Maria, sed poŝtisto.

-Bonan matenon - diris li.

La poŝtisto estis ĉirkaŭ kvardekjara, alta. Li ne similis al poŝtisto, sed al sportisto. Nur lia poŝtista uniformo montris, ke li estas poŝtisto.

-Alina Kantilova? - demandis li.

-Jes.

-Vi havas registritan leteron de la polico. Bonvolu montri vian personan legitimilon.

Alina alportis sian personan legitimilon. La poŝtisto transkribis la indikojn de la persona legitimilo kaj redonis ĝin al Alina.

-Jen la letero - diris la poŝtisto.

-Dankon.

La poŝtisto foriris. Alina malfermis la koverton kaj tralegis la leteron, kiu estis subskribita de la policestro. Oni informis Alinan, ke la polico baldaŭ arestos la ŝtelistojn. Tiu ĉi afabla letero tute ne trankviligis Alinan. "Kion signifas "baldaŭ arestos la ŝtelistojn"? Do, oni aŭ arestos ilin aŭ ne arestos. Bedaŭrinde la ŝteladoj ne ĉesas. Ĉiun tagon en la televidaj novaĵoj oni informas pri novaj ŝteloj. La homoj timiĝas. Hieraŭ en ĵurnalo Alina tralegis, ke estas ŝteloj en la tramoj, en la aŭtobusoj. Junulinoj lerte prenas el la poŝoj aŭ el la sakoj de la veturantoj poŝtelefonojn kaj monujon. Kiam Alina veturas en tramo aŭ en aŭtobuso, ŝi estas ege atentema, tamen la ŝtelistoj estas ege spertaj. Eble ie oni instruas ilin kiel ŝteli.

Ĉe la pordo denove aŭdiĝis sonoro. Certe estas Maria - diris al si Alina kaj iris malfermi la pordon.

-Saluton - diris Maria.

-Bonvolu eniri.

-Eble mi iom malfruis, sed longe mi devis atendi buson - pardonpetis Maria.

-Vi venas ĝustatempe.

Ambaŭ eniris la ĉambron.

Maria surhavis belan ruĝan robon. Ŝiaj okuloj brilis kaj rideto montris ŝiajn blankajn dentojn, similajn al etaj perloj. Videblis, ke Maria havis bonhumoron.

-Via robo estas tre bela - rimarkis Alina.

-Mi ricevis monon de miaj gepatroj kaj mi aĉetis ĝin - diris Maria.

Kiel ĉiam ŝi zorgis havi belajn vestojn.

-Vi estas feliĉa, ĉar vi havas gepatrojn, kiuj ĉiam helpas vin, malgraŭ ke ili loĝas en la provinco - rimarkis Alina.

-Kara, mi scias, ke vi suferas post la forpaso de viaj gepatroj - diris kompateme Maria. - Estas tre malfacile vivi kaj loĝi sola. Ĝis nun mi ne demandis vin ĉu vi havas amikon?

-Jes - respondis Alina.

-Tio estas tre bone. Ĉu via amiko studas aŭ laboras?

-Li estas pentristo.

-Eble li bone gajnas. La pentraĵoj estas tre multekostaj kaj certe li vendas siajn pentraĵojn - supozis Maria.

-La mono ne estas la plej grava - rimarkis Alina.

-Tamen sen mono ne eblas vivi. Nun mi havas novan amikon - diris Maria. - Antaŭ du semajnoj ni konatiĝis kaj jam kelkfoje ni vespermanĝis en luksaj restoracioj. Li estas diplomato kaj somere ni veturos al Francio.

-Sed vi havis amikon Pavel. Kio okazis? - demandis Alina.

-Ni disiĝis. Vi scias, Pavel estas studento kaj li ne havas monon. Eĉ foje ni ambaŭ ne manĝis en restoracio kaj neniam li aĉetis ion al mi. Nur de tempo al tempo li donacis al mi florojn. Li nur diris, ke kiam ni finos la studadon, ni havos ĉion. Imagu, kiam ni finos la studadon! Tio estas ridinda - ekridis Maria. - Kion li opiniis, ke post la fino de la studado iu donos al li ĉion, kion li deziras. Mi ne bezonas tian revemulon.

-Tamen Pavel estis bona junulo - rimarkis Alina.

-Ne sufiĉas, ke oni estu nur bona. Se vi estos nur bona, nenion vi sukcesos gajni en la vivo. - Bedaŭrinde en la nuna mondo la boneco ne estas valoro. Tamen ni komencu lerni - diris Alina.

-Mi alportis la lernolibron pri la historio de la folkloro de profesoro Ivan Davidov - kaj Maria prenis el la sako la lernolibron.

-Tre bone, ĉar profesoro Davidov deziras, ke la studentoj lernu nur de lia lernolibro. Oni diras, ke se iu studento lernis de alia lernolibro, profesoro Davidov donis al li malbonan noton.

-Ankaŭ mi aŭdis tion - diris Maria.

Ambaŭ eksidis ĉe la skribotablo kaj komencis lerni.

17.

Rosen kaj Alina ofte estis en kafejo "Printempo", kiu troviĝis sur placo "Respubliko", proksime al Operejo. En la kafejo, kiu ne estis granda, ili havis ŝatatan tablon en la angulo, proksime al la granda fenestro. La kelnerino bone konis ilin kaj kiam ŝi vidis, ke ili venas, ŝi tuj demandis kion ili mendos. La kelnerino sciis, ke Alina estas studentino kaj Rosen pentristo. Fojfoje ŝi demandis Rosen kion li pentras kaj kiajn ekzamenojn havos Alina. Ŝi ŝatis ŝerci kaj de tempo al tempo ŝi rakontis al ili iun anekdoton. Tridekjara, iomete dika la kelnerino estis blonda kun helbluaj okuloj kaj bonhumora.

-Miaj karaj kolombetoj - kutimis diri ŝi - eble denove vi trinkos kafon.

Rosen trinkis la kafon sen sukero, sed Alina preferis trinki ĝin pli dolĉa.

Dum la posttagmezoj, kiam ili estis en la kafejo, Rosen parolis pri pentraĵoj, pri pentristoj kaj ekspozicioj. Alina aŭskultis lin kaj imagis kiaj estos la pentraĵoj, kiujn li pentros.

-Ĉu dum la pasintaj tagoj vi bone lernis por la ekzamenoj? - demandis Rosen.

-Jes. Kun mia amikino Maria ni multe lernis - respondis Alina.

-Vi certe sukcese prezentos vin dum la ekzamenoj.

-Eble. Mi ne tute certas, ĉar kelkaj studobjektoj estas pli malfacilaj - respondis Alina.

-Ĝis la ekzamenoj estas tempo kaj mi kredas, ke vi ellernos ĉion necesan.

-Vi estas optimisto - rimarkis Alina.

-Same vi devas estis optimisto. Kredu, ke ĉio, kion vi

deziras, sukcesos kaj realiĝos – diris Rosen.

-Mi deziras trovi mian patrinon, sed mi jam ne kredas, ke tio sukcesos kaj realiĝos.

-Kial vi daŭre pensas pri tio? - demandis Rosen.

-Jes mi daŭre pensas kaj mi ne ĉesas pensi. Mia samstudentino diris al mi, ke de la urba juĝejo mi povus ricevis informon pri mia patrino - diris Alina. - Morgaŭ mi iros tien kaj deponos peton.

-Ĉu vi kredas, ke en la juĝejo oni diros al vi ion pli konkretan pri via patrino? - demandis Rosen.

-Mi komprenas ke vi tute ne kredas, ke mi trovos ŝin, sed kiel mi jam diris al vi, mi faros ĉion eblan! Mi iros ne nur en juĝejon, sed al la fino de la mondo, se tio necesas!

-Jes bone. Mi ne deziras disputi kun vi.

Rosen eksilentis, rigardis tra la fenestro al la strato, kie pasis multaj homoj diversaĝaj - junaj kaj maljunaj. Post minuto li ekparolis:

Ni ne iru al la fino de la mondo, sed ni iru en mian nask-vilaĝon.

-Vi denove ŝercas kaj ironias min - diris Alina iom ofendita.

-Ne. Mi parolas serioze. Dimanĉe ni iru en mian vilaĝon. Vi vidos kie mi naskiĝis, kie mi loĝis. Vi ankoraŭ ne estis tie.

Alina ridetis kaj iom ruzete rigardis Rosen.

-Bone. Ni iru - konsentis ŝi.

-Pasintsabate ni estis ĉe via onklino en Lazur,

ĉi-dimanĉe ni veturos al miaj gepatroj.

-Delonge mi deziras konatiĝi kun ili - diris Alina.

-Jes. Venis la momento. Al miaj gepatroj mi jam menciis pri vi. Ili same deziras vidi vin.

-Kion vi menciis al ili pri mi? - scivolemis Alina.

-Ke vi estas bela kaj bona knabino.

-Ĉu nur tion?

-Ĉu ne sufiĉas? - ridetis Rosen.

-Vi devis diri al ili, ke mi estas tre spitema, obstina. Se mi dezirus ion, mi nepre devas realigi ĝin.

-Bone, kiam ni estos ĉe miaj gepatroj, memorigu min, ke mi diros ankaŭ tion pri vi al ili - aldonis Rosen.

Ili fortrinkis la bongustan kafon, diris ĝis revido al la simpatia kelnerino kaj ekiris al la mansardo de Rosen.

18.

Vilaĝo Dragovo ne estis malproksime, nur je kvardek kilometroj de la ĉefurbo. Troviĝante en la montaro Nila, ĝi estis eta kaj pitoreska vilaĝo. La vojo al ĝi pasis preter rivero Rada, profunda montara rivero. La ŝoseo similis al arĝenta serpento. Estis multaj vojkurbiĝoj kaj Rosen stiris tre atente. La vizaĝo de Alina iom palis.

-Ne timiĝu - trankviligis ŝin Rosen. - Plurfoje mi veturis sur tiu ĉi vojo kaj mi povus stiri eĉ per fermitaj okuloj.

-Tamen nun, kiam mi estas ĉe vi, ne fermu la okulojn

- petis ŝerce Alina.

Post unu horo ili estis en la vilaĝo. La aŭto traveturis negrandan placon kaj daŭris sur mallarĝa vilaĝa strato. Rosen haltigis la aŭton antaŭ negranda domo.

-Jen mia domo - diris li.

Ili iris el la aŭto. En la korto de la domo renkontis ilin la gepatroj de Rosen. Lia patro estis ĉirkaŭ kvindekkvinjara, malalta, forta, brunokula. Kiam li manpremis Alinan, ŝi eksentis lian kalan fortan manplaton. Estis manplato de viro, kiu tutan vivon faris pezan laboron. Lia rigardo montris, ke li estas bonkora homo.

-Mi estas Velin - diris la patro.

-Alina.

La patrino de Rosen estis korpulenta kun rozkolora vizaĝo, bluaj okuloj, havanta du longajn harplektaĵojn.

-Bonan venon - diris la patrino. - Mia nomo estas Penka kaj vi povus diri al mi onklino Penka. Jam de matene ni atendas vin.

En ŝia voĉo eksonis ĝojo. Ili eniris la ĉambron, vilaĝece meblita. Estis longa tablo, du litoj, seĝoj, malnovmoda ŝranko. Super unu el la litoj, sur la muro, estis du fotoj de maljunaj viro kaj virino.

-Ili estas miaj gepatroj - diris Penka, - la geavoj de Rosen - aldonis ŝi - Ili loĝis ĉi-tie. Tio estis ilia domo.

-Antaŭ jaroj mia avo estis vilaĝestro. Li nomiĝis Kamen Daskalov - klarigis Rosen. - La vilaĝanoj diris, ke li estis tre bona homo.

Alina rigardis la fotojn. La avo de Rosen havis seriozan mienon, penetreman rigardon. Lia hararo estis nigra kaj liaj lipharoj - densaj.

-Mia avino estis dommastrino. Tiam la virinoj zorgis pri la familio, pri la infanoj - daŭrigis Rosen.

-Kaj tiam, kaj nun ni, la virinoj, devas zorgi pri la familioj - diris Penka. - Ni, ĉi-tie, en la vilaĝo, havas multe da hejma laboro. Nia korto estas vasta, ni kultivas tomatojn, kukumojn, kukurbojn. Estas fruktarboj, pirujo, pomujo, pinarbo, persikarbo. Ni havas kaj porkon, kaj kokidojn. Venu Alina, mi montros al vi la korton.

Alina kaj Penka iris en la korton.

-Jen, tio estas nia legomĝardeno - montris Penka.

poŝte ili iris al la fruktaj arboj.

-Jen la pirarbo, jen la pomarbo. Mi montros al vi la porkon.

Ili iris al la porkejo, kie estis granda porko. poŝte ili vidis la kokinojn. En la kokinejo estis dek kokinoj kun blankaj kaj ruĝaj plumaroj.

-Tio estas nia malgranda bieno - diris fiere Penka. - En la urboj ne estas porkoj, kokinoj. Preskaŭ nenion ni aĉetas el la nutraĵvendejo. Ni havas legomojn, fruktojn, viandon.

Ili eniris la domon. Penka komencis ordigi la tablon por tagmanĝo.

-Mi kuiris fazeolan supon - diris ŝi. - Nun vi manĝos veran vilaĝanan supon kaj poŝte - rostitan kokinon.

Penka bakis tre bongustan vilaĝanan panon.

-Kiel vi vivas en la granda urbo? - demandis Velin dum la tagmanĝo. - Mi scias, ke loĝi tie ne estas facile.

-Ni vivas bone - respondis Rosen.

-Kion vi laboras? - demandis Penka.

-Ja, vi scias. Mi estas pentristo - respondis Rosen.

-Jes. Vi pentras, sed kion vi laboras - denove demandis ŝi.

-Mi pentras.

-Bone, vi pentras - diris Velin, - sed pentrante vi ne perlaboras monon.

Rosen ofendiĝis kaj rigardis la patron iom kolere. Liaj gepatroj opiniis, ke nur la fizika laboro estas vera laboro, per kiu oni perlaboras monon.

-Mi pentras kaj oni aĉetas miajn pentraĵojn - diris Rosen.

-Ĉu estas homoj, kiuj aĉetas pentraĵojn? - miris la patrino kaj en ŝia voĉo eksonis ironio.

-Se mi diras, ke oni aĉetas, tio signifas, ke estas homoj, kiuj aĉetas pentraĵojn - respondis Rosen krudvoĉe.

-Povas estis - konsentis Velin, - sed ĉu la mono sufiĉas al vi?

-Ja, Ĝis nun mi ne petis de vi monon - respondis Rosen.

-Ni scias, tamen ni deziras, ke vi bone vivu - aldonis Penka.

-Mi havas ĉion, kion mi bezonas! - emfazis Rosen.

Nun Alina komprenis kia granda diferenco estas inter Rosen kaj liaj gepatroj. Ili estis ordinaraj homoj kaj por ili la plej gravas en la vivo la mono. Por Rosen la plej gravis la arto. Alina denove diris al ŝi mem, ke la talento ne elektas kie aperi: ĉu en vilaĝo, ĉu en urbo. Rosen naskiĝis en vilaĝa familio, sed li havas talenton. Jam de la infanaĝo li ŝatis pentri. Liaj gepatroj eble ne estis kontentaj, ke li studu en la Belarta Akademio, sed li deziris esti pentristo kaj vivi kiel pentristo. Pentri - estis la vivo de Rosen kaj li obstine sekvis sian vivovojon. Alina amis lin ankaŭ tial, ĉar Rosen entute dediĉis sin al la pentrado, al la arto.

Rosen komprenis la pensmanieron de siaj gepatroj. Ili estas vilaĝanoj, ili alimaniere vivas. Velin kaj Penka ne havis eblon lerni. Ili finis nur la bazan lernejon kaj kontentis, ke ili havas laboron, ke ili salajras, ke ili bredas bestojn kaj kultivas legomojn kaj fruktojn. Eble ili ne legas librojn kaj nun de tempo al tempo ili trarigardas iun ĵurnalon por ekscii la novaĵojn. Eble neniam ili spektis teatraĵon aŭ operon. Nur fojfoje ili spektas filmon en la vilaĝa kinejo. Tio estas ilia vivo - vivo de ordinaraj vilaĝanoj.

Post la tagmanĝo Rosen proponis al Alina, ke ili trarigardu la ĉirkaŭaĵon de la vilaĝo. Ambaŭ ekiris al la vilaĝa placo kaj de tie laŭ flanka strato ili iris el la vilaĝo. Ĉi-tie estis vasta senarbejo kun multaj kampaj floroj.

-Kiam mi estis infano, ĉi-tie mi futbalis kun la aliaj

infanoj - diris Rosen. - Tie - kaj li montris mane - estas la rivero. Somere ni naĝis en la rivero. Estis tre agrable. Ĉe la rivero estas lagetoj, en kiuj la akvo pli varmas. Mi havis belan senzorgan infanecon. Tiam mi vagis en la arbaro. Mi pentris. Mi ŝatis pentri la arbojn, la montetojn. Tiam en la vilaĝo estis multe da bubaloj. Mi pentris la bubalojn, kiu paŝtis sin ĉi-tie.

-Kial la nomo de la vilaĝo estas Dragovo? Ĝi estas bela nomo - demandis Alina.

-Antaŭ multaj jaroj de la montaro venis ĉi-tien loĝi familio, al kiu plaĉis la ĉirkaŭaĵo ĉe la rivero. La plej aĝa viro en la familio nomiĝis Drago kaj tial la nomo de la vilaĝo estas Dragovo. poŝte ĉi-tie ekloĝis aliaj familioj kaj la vilaĝo iĝis granda. Estas tre interesaj legendoj, ligitaj al la vilaĝo. Ni iru pli supren sur la monteton kaj tie vi vidos rokojn, kiuj similas al homoj - diris Rosen.

-Ĉu? Strangaj rokoj.

-La legendo rakontas, ke iam en la vilaĝo loĝis tre bela junulino. Ŝia nomo estis Elena. Ŝin ekamis junulo el la najbara vilaĝo, kies nomo estis Hristo, sed la patrino de Elena ne permesis, ke Elena iĝu edzino de Hristo. Tamen Elena kaj Hristo ege amis unu la alian kaj geedziĝis kaŝe. Hristo kaj liaj gepatroj venis en Dragovon, prenis Elenan kaj ekiris al la vilaĝo de Hristo. Kiam ili ekiris, la patrino de Elena malbenis ilin. Ŝi diris: "ĉiuj vi fariĝu ŝtonoj!" Ŝia malbeno realiĝis. Subite Elena, Hristo kaj liaj gepatroj fariĝis ŝtonoj. Nun tiu ĉi loko, kie estas la rokoj, nomiĝas "Elenaj Rokoj".

Rosen kaj Alina ekiris sur mallarĝan padon al la monteto. Ili paŝis sub la ombro de altaj arboj, inter densaj arbustoj, kiuj kvazaŭ etendis pikajn brakojn. Post mallonga tempo ili estis sur senarbejo, kie videblis la rokoj.

-Jen "Elenaj Rokoj" - diris Rosen.

La rokoj estis rustkoloraj kaj vere similis al homoj: virinoj kvazaŭ vestitaj en longaj roboj, viroj kun peltoĉapoj, infanoj, eĉ hundo kaj koko. Per iom da imago oni vidus iliajn vizaĝojn, la nazojn, la busojn, la hararon. Eĉ estis rokoj kiuj similis al azeno kaj ĉevalo.

-Kiam mi estis lernanto, mi pentris tiujn ĉi rokojn - diris Rosen. - Mi tre ŝatis veni ĉi-tien. Mi ankoraŭ havas la pentraĵon kaj mi montros ĝin al vi.

Alina ĉirkaŭrigardis. Malantaŭ la rokoj estis kverka arbaro. Odoris je kuracherboj kaj senteblis friska vento. De la monteto videblis la tuta valo ĝis la horizonto. Malproksime altiĝis montoj, similaj al grandegaj maraj ondoj.

-Ni revenu en la vilaĝon - diris Rosen.

Ili ekiris malrapide reen. En la vilaĝo ili ekstaris antaŭ malgranda domo, unuetaĝa. Sur la tegmento estis malnovaj tegoloj, la murstukaĵo estis fendita. En la korto de la domo videblis kelkaj fruktaj arboj.

-Ĉi-tie loĝas Krum Kirov - mia instruisto pri la pentado de la baza lernejo - diris Rosen. - Ni eniru saluti lin. Li jam ne estas tute sana kaj pli da tempo li pasigas hejme.

Alina kaj Rosen trapasis la korton kaj ekstaris antaŭ la pordo de la domo. Rosen frapetis ĉe la pordo. aŭdiĝis vira voĉo:

-Eniru, eniru, la pordo ne estas ŝlosita.

Rosen kaj Alina eniris. La ĉambro estis malgranda. Sur la lito kuŝis viro, kiu malfacile ekstaris, kiam li vidis ilin. Sepdekkvinjara, li estis malalta, maldika, kun blanka maldensiĝinta hararo, nerazita, sed en liaj brunaj okuloj videblis lumo, kiu aludis pri lia vigla spirito.

-Rosen, mia kara lernanto, - ekĝojis la instruisto. - Delonge mi ne vidis vin.

-Bonan tagon, sinjoro instruisto, - salutis lin Rosen. - Kiel vi fartas? Kia estas via sanstato? -La maljuneco estas malfacila kaj mia sanstato ne estas bona, sed mi ankoraŭ ne kapultacas. Bonvolu sidiĝi - kaj la instruisto montris la seĝojn, kiuj estis ĉe la tablo.

-Sinjoro Kirov, Alina estas mia koramikino - diris Rosen.

-Bonege - ekridetis la instruisto. - Mi ĝojas. Kiam du personoj estas kune, la vivo pli facilas. Mia edzino forpasis antaŭ du jaroj, mia filo loĝas kun sia familio en la ĉefurbo, ĉi-tie mi estas sola, sed mi ne plendas, mi ankoraŭ mem prizorgas min.

En la ĉambro estis nur lito, tablo kaj malnova ŝranko. En la angulo staris eta forno, sur kiu estis tekruĉo. Super la lito pendis pejzaĝo. Estis vasta herbejo kaj en la malproksimo videblis blua monto.

-La titolo de la pejzaĝo estas „La eterna silento" - diris

Rosen. - Antaŭ jaroj sinjoro Kirov havis multajn ekspoziciojn en diversaj landoj: en Francio, en Hispanio, en Belgio, en Pollando, en Luksemburgo··· Lia pentraĵo estas eĉ en Luvro.

-Estis - diris la pentristo. - Restis nur la rememoroj, sed diru vi, kiel vi fartas en la granda urbo? Ĉu vi pentras? Ĉu estos via nova ekspozicio?

-Mi pentras, sinjoro Kirov, kaj septembre estos mia ekspozicio en la ĉefurba artgalerio. Se mi ne pentrus, mi ne vivus. La pentrado estas mia vivo.

-La pentrado estas por ni la senco de la vivo - diris la instruisto. - La arto gravas. Dank'al la arto ni penetras en la sekretojn de la mondo, ni ekkonas la homan vivon. Dank'al la arto ni komprenas kial ni ekzistas.

-Ĉu vi pentras, sinjoro Kirov? - demandis Rosen.

-De tempo al tempo. La pentrado donas al mi fortojn por vivi. Kaj pri kio okupiĝas via bela ĉarma amikino - la instruisto turnis sin al Alina.

-Studentino ŝi estas - respondis Rosen. - Ŝi studas literaturon.

-Bonege. La literaturo same estas grava arto. La lingvo estas la granda valoro, kiun la homo posedas. Per la lingvo ni esprimas niajn pensojn, sentojn, ni komunikas.

-Per la pentrado ni same esprimas niajn sentojn kaj pensojn - aldonis Rosen.

-Mi la plej bone komprenis la signifon de la lingvo, kiam mi estis juna, studento. Tiam ni, grupo da studentoj el la Belarta Akademio, estis en Hungario, en Budapeŝto.

Niaj hungaraj kolegoj enloĝigis nin en hotelo ĉe la bordo de Danubo. La sekvan tagon, post la alveno, mi iris sola el la hotelo frumatene por iom promenadi. Dum unu horo mi vagis tra la stratoj, sed subite mi konstatis, ke mi ne povas reveni en la hotelon. Mi ne sciis kiel reveni, al kiu direkto estas la hotelo. La nomon de la hotelo mi ne povis prononci, ĝi estis hungara. Neniun mi povis demandi kie estas la hotelo. Mi provis alparoli kelkajn personojn, se ili ne komprenis min. Mi malesperiĝis. Mi sidis sur benko kaj cerbumadis kiel mi revenu en la hotelon kaj tiam aperis mia genia ideo. Mi memoris, ke proksime al la hotelo estas belega ponto kun skulptitaj leonoj. Mi elprenis folion kaj krajonon, ili ĉiam estas ĉe mi, kaj mi pentris la ponton kun la leonoj. Kiam la pentraĵo estis preta, mi montris ĝin al junulino, kiu pasis preter mi kaj per gestoj mi petis ŝin, ke ŝi montru kiel mi iru al tiu ĉi ponto. La junulino rigardis la pentraĵon kaj montris al kiu strato mi iru. Tiel dank'al mia pentraĵo, mi revenis en la hotelon. En Budapeŝto mi komprenis, ke la pentrado kaj la lingvo estas mirakloj.

Rosen kaj Alina aŭskultis lin. La instruisto rakontis alloge. Estis klare, ke li pasigas la tagojn sola kaj nun li ĝojis, ke povas konversacii kun ili. Li havis talenton ne nur pentri, sed bele interese paroli.

-Sinjoro Kirov, ni devas jam foriri - diris Rosen. - Estu sana. Mi denove venos.

-Ankaŭ vi estu sanaj - diris la instruisto. - Ĝis revido kaj venu denove.

La gepatroj de Rosen atendis ilin.

-Ĉu vi bone promenadis? - demandis Penka. - Nia vilaĝo estas tre bela, ĉu ne?

-Vere tre bela - diris Alina.

-Ĉi-tie estas silento kaj trankvilo. Ne estas bruo, ne estas aŭtoj - diris Velin. - Ĉi-tie eblas bone ripozi.

Penka donacis al Alina koloran tablokovrilon, kiun li mem kudris.

-Bonvolu - diris Penka - Estos memoraĵo el nia vilaĝo.

-Koran dankon. Ĝi estas tre bela - dankis Alina.

Ŝi kaj Rosen adiaŭis Velin kaj Penka kaj eniris la aŭton. Velin kaj Penka staris sur la strato, rigardantaj post la aŭto, kiu rapide malaperis.

-Kion vi opinias, ĉu Rosen edziĝos al tiu ĉi knabino? - demandis Penka Velin.

-Mi ne scias. Neniam li mencias pri geedziĝo. Jam delonge ili estas kune.

-Rosen estas multe pli aĝa ol ŝi. Li ne devas edziniĝi al tiom juna virino. Ili geedziĝos kaj poŝte ŝi komencos serĉi pli junajn virojn - diris Penka.

-Eble. Ni estas malriĉaj, ŝiaj gepatroj estis riĉuloj, kuracistoj. Ŝia patro - profesoro. Rosen devas edziĝi al bona honesta virino - diris Velin.

-Jes. Ekzistas aliaj virinoj pli bonaj por li. Foje mi provis diri al li pri Nevena, nia najbarino. Li kaj ŝi estas samaĝaj. Ŝi ne estas edziniĝinta. Mi diris al li: "Jen Nevena, bona junulino, laborema, diligenta, kudristino ŝi estas, bone salajras. Kial al vi ŝi ne plaĉas? Ŝiaj gepatroj ege deziras, ke vi estu ilia bofilo. Ŝia patrino ofte demandas min pri vi." Tamen kiam mi diris tion al li, li koleriĝis kaj tre krude li ekparolis: "Ne diru al mi al kiu mi edziĝu! Mi estas tridekjara kaj mi mem decidas!"

-Jes, li ne deziras paroli kun ni pri geedziĝo. Se mi dirus ion al li, li tuj koleriĝas - diris Velin.

-Li agu kiel li deziras. poŝte li bedaŭros, sed estos malfrue -aldonis Penka.

-Iam ni estimis niajn gepatrojn - diris Velin, - sed nun la gejunuloj ne estimas la pli aĝajn kaj pli prudentajn homojn.

Ambaŭ turnis sin kaj eniris la korton de la domo.

19.

La urba juĝejo troviĝis en granda kvinetaĝa konstruaĵo. Al la masiva fera pordo gvidis ŝtona ŝtuparo je kies du flankoj estis du agloj, ĉizitaj el granito, kiuj simbolis la sendependecon de la juĝsistemo. Rosen atendis Alinan antaŭ la juĝejo, staranta ĉe unu el la agloj. Alina eliris kaj Rosen tuj rimarkis, ke ŝi estas malĝoja. Ŝi rigardis antaŭ si kaj paŝante malrapide proksimiĝis al Rosen.

-Kio okazis? - demandis li.

-Mi senreviĝis - respondis Alina. - Iu malafabla sekretariino diris, ke oni ne donos al mi tiun informon. Mi demandis ŝin kial, sed ŝi ne bonvolis respondi.

Alina estis korpremita. Ŝiaj malĝojaj nigraj okuloj

similis al du profundaj silentaj lagoj. Rosen deziris trankviligi ŝin kaj doni al ŝi iun esperon.

Ili eniris la aŭton kaj ekveturis al la domo de Alina. Rosen diris:

-Ne maltrankviliĝu. Ni trovos alian solvon.

-Kian? - alrigardis lin Alina.

-Eble privata detektivo povus helpi - diris Rosen.

-Ĉu privataj detektivoj okupiĝas pri similaj problemoj? - demandis Alina heziteme.

-Ili spertas serĉi homojn, kiuj malaperis kaj pri kiuj oni nenion scias - klarigis Rosen.

-Ĉu?

-Ni kontaktos privatan detektivon, mi pagos al li -proponis Rosen.

-Ne! La problemo ne estas via, sed mia - firme diris Alina. - Mi havas monon. Por mi pli gravas trovi la patrinon, la mono ne gravas.

-Bone. Ni ne disputu pri la mono.

-Ĉu vi konas iun detektivon? - demandis Alina.

-Ne, sed en la interreto estas adresoj kaj telefonnumeroj de privataj detektivoj.

-Kiam ni iros hejmen, mi tuj serĉos en interreto - diris Alina.

Hejme Alina funkciigis la komputilon.

Ŝi kaj Rosen rigardis la nomojn kaj la adresojn de privataj detektivoj.

-Jen - komencis legi Alina - Nikolaj Rangelov -

detektivo, strato "Tulipo" 7, dua etaĝo, oficejo 11. Jen la telefonnumero. Mi tuj telefonos al li.

-Telefonu.

Alina prenis sian poŝtelefonon kaj telefonis.

-Bonvolu.

-Sinjoro Nikolaj Rangelov? - demandis Alina.

-Jes.

-Mi ŝatus renkontiĝi kun vi. Kiam por vi estos oportune?

-Pri kio temas?

-La problemo estas persona - diris Alina.

-Bonvolu veni morgaŭ je la 16-a horo. Mia oficejo estas proksime al la centra stacidomo.

-Dankon, morgaŭ mi venos. Ĉu vi venos kun mi al la detektivo? - demandis Alina.

-Kompreneble. Vi ne devas iri sola.

-Dankon.

Alina meditis. Eble la detektivo sukcesos trovi la patrinon. Alina sciis, ke estas privataj detektivoj, sed ĝis nun ŝi opiniis, ke ili okupiĝas nur pri geedzoj, kiu kokras unu la alian.

-Mi proponas, ke ĉi-vespere ni spektu iun teatraĵon. En la teatro "Rido kaj Ploro" oni prezentas la komedion "Invento de l'jarcento". Ĉu vi deziras, ke ni spektu ĝin? - demandis Rosen.

-Mi estas laca - diris Alina.

-Bone. Ripozu. Morgaŭ mi venos kaj ni iros al la detektivo. Ĝis revido - diris Rosen.

-Ĝis revido.

Alina ĉirkaŭbrakis kaj kisis Rosen. Li foriris. Alina eniris la kuirejon. Ŝi estis malsata, fritis ovojn kaj vespermanĝis.

Ĉiun vesperon, antaŭ la ekdormo, Alina skribis en sian taglibron kio okazis dum la tago. Ankaŭ nun ŝi prenis la grandan kajeron kun nigraj kovrilpaĝoj kaj malfermis ĝin. Ŝi komencis trafoliumi la taglibron kaj legi kiam kion ŝi skribis. Sur unu el la paĝoj estis skribita per grandaj literoj la demando: "Kion signifas esti adoptita?" Sub la frazo estis skribita la respondo: "Alpreni, per oficiala laŭleĝa akto, iun kiel sian propran filon aŭ filinon."

Tamen kiuj estas la veraj gepatroj de la adoptita infano, demandis sin Alian. Ĉu tiuj, kiuj koncipis la infanon, aŭ tiuj, kiuj poste edukis kaj zorgis pri ĝi? La tuta ĝis nuna vivo de Alina estis ligita al la gepatroj, kiuj adoptis ŝin. Ŝi bone memoris jam de la infaneco ĉion, kio okazis en la familio de la adoptantaj gepatroj. Ili amis Alinan, ili plenumis ĉian ŝian deziron. Ili estis karaj al ŝi kaj deziris, ke Alina havu bonan infanecon. Alina kreskis trankvila, ĝoja. Nenio maltrankviligis ŝin ĝis la tago, kiam ŝi eksciis, ke ŝi estis adoptita.

Nun Alina ne povis bone klarigi al si mem kiel tiel forte ŝi deziras trovi sian patrinon. Ĉu Alina deziras vidi ĉu ŝi similas al la patrino aŭ eble deziras ekscii kial la patrino donis Alinan por adopto? Ĉu estas ia spirita ligo inter filino kaj patrino? Ĉu la infano jam de la naskiĝo sentas kiu estas ĝia vera patrino? Ĉu la infano heredas iujn trajtojn de la patrino? Tiuj ĉi demandoj emocias Alinan, sed ŝi ne trovas la respondojn.

Alina ne certis ĉu la patrino pensas pri ŝi. Ĉu la patrino demandas sin kie estas Kamelia - Alina, kio okazis al ŝi, ĉu Kamelia - Alina laboras aŭ studas, ĉu ŝi edziniĝis, ĉu ŝi havas infanojn? Ja, meditis Alina, ĉiu patrino deziras vidi sian idon plenkreska, bonfaranta, feliĉa en la vivo⋯

Alina estis laca. Ŝiaj okuloj fermiĝis kaj ŝi sukcesis skribi en la taglibro nur la frazon: "Hodiaŭ mi telefonis al privata detektivo."

Ŝi metis la taglibron sur la noktotableton kaj estingis la lampon. Preskaŭ tuj Alina ekdormis. Denove ŝi sonĝis sian patron. Li surhavis blankan ĉemizon kaj brunan pantalonon, sidis sur la benko en la korto kaj rigardis al la najbara korto, kie staris la skulptaĵo Anĝelo kun la etenditaj flugiloj. Alina proksimiĝis al la patro, sed li ne rimarkis ŝin. Li daŭre rigardis la anĝelon kaj kvazaŭ li meditis pri io tre grava. Alina staris senmova ĉe li. Sonĝe Alina demandis sin kial ŝi ofte sonĝas la patron. Ĉu la patro deziras diri ion al si?

La matenaj sunradioj penetris la ĉambron tra la fenestraj kurtenoj. Alina malfermis okulojn. Komenciĝis nova tago. Kio okazos hodiaŭ? Hodiaŭ ŝi kaj Rosen iros al la detektivo. Ĉu la detektivo sukcesos ekscii kiu estas la patrino de Alina?

Se la detektivo ne sukcesos trovi mian patrinon, mi

devas trankviliĝi. Mi faris ĉion eblan - diris al si mem Alina. - Mi daŭrigos mian vivon kaj realigos miajn revojn. Mi finos la studadon, mi iĝos instruistino, mi havos familion, infanojn. Alina imagis sian estontan vivon kun Rosen, sed ŝi deziris fini la studadon kaj poste edziniĝi.

De la dormĉambro Alina iris al la banejo, duŝis sin, vestis sin, eniris la kuirejon por matenmanĝi. Ŝi devis rapidi al la universitato, ĉar hodiaŭ dum la unuaj studhoroj estis gravaj lekcioj.

20.

Alina kaj Rosen veturis per tramo al la oficejo de la detektivo. Ili eniris la kvinetaĝan konstruaĵon kaj per la lifto iris al la dua etaĝo. Rosen sonoris ĉe la pordo de la oficejo, numero 11. Post minuto la pordo malfermiĝis kaj antaŭ ili ekstaris tridek kvinjara viro, alta kun bruna hararo kaj verdaj okuloj. La viro estis okulvitra, vestita en ĝinzo kaj helblua ĉemizo.

Rosen demandis:

-Ĉu sinjoro Rangelov?

-Mi estas - respondis la viro. - Bonvolu.

Ili eniris grandan ĉambron, kie estis skribotablo, komputilo, telefonaparato. Malantaŭ la skribotablo estis bretaro kun multaj libroj, ĉefe leĝoj, enciklopedioj, informlibroj.

La viro tute ne similis al detektivo. Laŭ la imago de

Alina li devis esti pli aĝa, liphara kaj nepre fumanta pipon, kiel estis priskribitaj la detektivoj en la krimromanoj.

-Bonvolu sidiĝi - diris la detektivo kaj montris al ili la seĝojn, kiuj estis antaŭ la skribotablo.

- Pri kio temas? - demandis li.

Rosen klarigis kial ili bezonas lian helpon kaj menciis la nomojn de la gepatroj de Alina: profesoro Teodor Kantilov kaj doktorino Marta Kantilova. Rosen diris la daton de la naskiĝo de Alina. Rangelov skribis komputile ĉion detale. Li petis la adreson kaj la telefonnumeron de Alina.

-Ĉu vi scias kie loĝis viaj adoptantoj antaŭ via adopto? - demandis Rangelov.

-Bedaŭrinde - ne - respondis Alina.

-Estus bone, se mi scius ilian antaŭan loĝadreson - diris li.

Rangelov skribis la nomon de la patrino de Alina.

-Vi diris, ke ŝi, kiam naskis vin, nomiĝis Darina Petrova Hristozova.

-Jes - respondis Alina.

-Ne estos facile trovi ŝin - ekparolis malrapide la detektivo. - Mi detale esploros ĉion. Mi serĉos personojn, kiuj konis aŭ konas ŝin kaj espereble mi havos ŝancon.

-Dankon - diris Rosen. - Kiom da mono ni devas pagi?

Rangelov diris la monsumon kaj aldonis:

-Nun vi pagos la duonon kaj poste, kiam estos rezulto

- vi pagos la alian duonon de la sumo. Mi bezonos same iom da mono por veturado, se mi devos veturi provincen.

-Ni pagos ĉion - diris Rosen kaj donis al Rangelov monon.

-Mi baldaŭ komencos la serĉadon - promesis la detektivo.

-Dankon - diris Alina.

-Vi dankos al mi, kiam ĉio bone sukcesos - ekridetis Rangelov.

Rosen kaj Alina diris ĝis revido kaj foriris. Rangelov akompanis ilin al la pordo.

Kiam ili estis sur la strato, Alina demandis Rosen:

-Ĉu vi opinias, ke la detektivo trovos mian patrinon?

Rosen ne respondis tuj.

-Li aspektas serioza viro - diris Rosen. - Similaj homoj ne laboras nur por mono. La laboro estas defio por ili. Ili strebas pruvi al si mem, ke ili kapablas solvi eĉ la plej malfacilan problemon.

-Kiel vi konkludas, ke Rangelov estas tia persono? - demandis Alina.

-Mi rimarkis kelkajn detalojn. Li estas afereca persono, kiu malmulte parolas. Por li gravas la faktoj. Li estas preciza. Ĉion detale li skribis. Mi kiel pentristo atente rigardis lin. La homa vizaĝo multon diras pri la karaktero de la persono. Lia rigardo estas penetrema. Ĉu vi rimarkis, ke sur lia frunto, super la nazo, estas sulko? Ĝi montras, ke li logike pripensas ĉion.

-Mi ne rimarkis tiun ĉi sulkon - diris Alina.

-Multaj homoj rigardas, sed ne vidas. Vi estas maltrankvila kaj vi preskaŭ ne rimarkas kio okazas ĉirkaŭ vi.

Pasis du tagoj post la vizito ĉe Rangelov, sed al Alina ŝajnis, ke pasis du semajnoj. Ŝi senpacience atendis la telefonan alvokon de Rangelov. Ŝia poŝtelefono ĉiam estis en ŝia mano. Eĉ vespere, kiam Alina enlitiĝis, ŝi metis la telefonon sur la noktan tableton ĉe la lito.

Plurfoje ŝi demandis sin: "Ĉu la detektivo trovis mian patrinon? Eble li jam scias kie ŝi loĝas. Aŭ se ŝi loĝas eksterlande, mi neniam povus vidi ŝin. Tamen se ŝi estas en iu provinca urbo, mi tuj ekveturos al tiu ĉi urbo.

Bone, mi iros al ŝia domo, sed kion mi dira al ŝi. Eble mi diros bonan tagon, panjo, mi estas via filino. Eble ŝi ekridos kaj primokos min. Ŝi certe diros: "Vi eraras, mi ne havas filinon" kaj ŝi forpelos min. Kion mi faros poste? Mi estos la plej malfeliĉa persono en la mondo. Neniu bezonas min. Ne! Mi ne kredas, ke panjo forpelos min. Ja, la patrinoj estas la plej karaj. La patrino ĉiam estas patrino eĉ kiam oni adoptis ŝian idon. La patrina amo neniam estingiĝas. Kiam panjo vidos min, ŝi certe ekĝojos kaj ŝi diros, ke ĉiam ŝi pensis pri mi.

Mi tute ne povas imagi nian unuan renkontiĝon. Mi renkontos nekonatan virinon, similan al la virinoj, kiujn mi vidas sur la strato. Ĉu tiu ĉi virino vekos en mi iajn sentojn? Ja, neniam antaŭe mi konversaciis kun ŝi. Mi ne scias kiel ŝi meditas, kiel ŝi parolas, kia estas ŝia ŝatata koloro, kiajn vestojn ŝi preferas. Nenion mi scias pri ŝi.

Por ke oni ekamu iun, oni devas koni lin aŭ ŝin. Eble dum la unua renkontiĝo oni povas senti allogon, sed tio ne sufiĉas, ke oni ekamu unu la alian.

Kiam mi vidis Rosen unuan fojon, li allogis min. Liaj malhelverdaj okuloj, lia voĉo, liaj pentraĵoj plaĉis al mi, sed nur poste, kiam ni komencis pli ofte renkontiĝi, kiam ni konversaciis, kiam ni pli bone ekkonis unu la alian, tiam mi ekamis lin.

Kion signifas amo? Mi malfacile difinos kio estas amo. Ĉu ni ekamas iun, kiu estas tre kara al ni? Ĉu ni ekamas iun, kiam ni deziras ĉiam esti kun li aŭ kun ŝi. Ĉu mi amis miajn gepatrojn Teodor kaj Marta? Jes, mi amis ilin. Mi ne povis imagi mian vivon sen ili. Ili estis la solaj plej karaj personoj en mia vivo. Nun ili ne plu estas ĉe mi, sed mi kvazaŭ ankoraŭ vivas kun ili. Se mi ne povus solvi iun problemon, se mi hezitas, mi pense demandas ilin kaj petas, ke ili helpu min. Nun mi scias, ke mi tre amis ilin.

21.

Rosen same senpacience atendis la telefonan alvokon de Rangelov. Rosen ne certis, ke la detektivo sukcesos trovi la patrinon de Alina, sed Rosen deziris iamaniere trankviligi Alinan. Nun ŝi havis pli gravajn taskojn ol serĉi kaj trovi la patrinon. Baldaŭ estos la ekzamenoj en la universitato kaj Alina devis diligente studi. Ŝi devas sukcese fini la studadon. Vere, dum mallonga tempo Alina travivis kruelajn vivofrapojn. Ŝiaj gepatroj pereis, ŝi eksciis, ke ŝi estis adoptita, ŝtelistoj forrabis ŝian domon. Alina ne havis parencojn. Rosen estis ŝia amiko, kiu devas apogi kaj helpi ŝin.

Rosen rememoris la printempan tagon, kiam Alina eniris la artgalerion sur strato "Renesanco". En tiu posttagmeza horo en la galerio estis neniu. Rosen sidis en unu el la anguloj kaj enuis. Li sciis, ke malmultaj personoj trarigardos lian unuan ekspozicion. Ja, li estis juna pentristo, tute nekonata. Subite li vidis, ke la galerion eniras lernantino, vestita en nigra jupo kaj blanka bluzo. Ŝi portis sian lernosakon. Eble la knabino revenis de la lernejo kaj survoje decidis eniri la galerion. Rosen surpriziĝis. Ja, lernantoj ne kutimis viziti ekspoziciojn, sed tiu ĉi knabino komencis atente rigardi la pentraĵojn. Rosen ekkuraĝis, proksimiĝis kaj demandis ĉu al ŝi plaĉas la pentraĵoj. La knabino respondis "jes". poste ŝi diris, ke de tempo al tempo ŝi pentras kaj pentras siajn sentojn per diversaj koloroj. Tiujn ĉi ŝiajn vortojn Rosen ne povis forgesi.

Tiam li rimarkis la saĝan rigardon de la knabino. Ŝiaj okuloj similis al migdaloj kaj ŝiaj brovoj estis kiel du delikataj etaj komoj. Rosen tuj sentis emon pentri portreton de tiu ĉi bela alloga knabino. Ŝi diris, ke nomiĝas Alina, iom neordinara nomo. Post tiu ĉi tago

Alina ankoraŭ du fojojn venis en la galerion.

Antaŭ la konatiĝo kun Alina, Rosen havis amikinon - Mila, lia samstudentino en la Belarta Akademio. Mila estis talenta pentristino, sed iom orgojla. Ŝi ofte emfazis, ke ŝi estas ĉefurbanino. Ŝia patro estis fama ĵurnalisto kaj ŝia patrino - pentristino. Tiu ĉi sinteno de Mila ne plaĉis al Rosen, kiu ne kaŝis, ke li estas vilaĝano.

Por Alina tamen ne gravis kie Rosen naskiĝis, loĝis, kiuj estas liaj gepatroj. Ŝi eĉ deziris vidi la vilaĝon, en kiu loĝas la gepatroj de Rosen. Kaj jen Rosen kaj Alina estis en vilaĝo Dragovo kaj Alina konatiĝis kun liaj gepatroj. Rosen sciis, ke la gepatroj ne aprobas lian amikecon kun Alina. Ja, Alina estas multe pli juna ol li. Tamen Rosen avertis la gepatrojn, ke ili ne miksiĝu en lia vivo kaj ili ne diru kiun li amu.

La tagoj, kiujn Rosen pasigis kun Alina, estis la plej belaj kaj la plej agrablaj liaj tagoj. Ambaŭ ŝatis ekskursi al la monto kaj ofte ili iris en la monaĥejon "Sankta Dipatrino", kiu troviĝis en bela fagarbaro. Kiam Alina estis ĉe Rosen, la deziro de Rosen pentri estis granda. Alina inspiris lin.

-La pentrado estas via destino - ofte diris al li Alina. - Vi kreas belecon, harmonion. Kiam oni rigardas viajn pentraĵojn, oni vidas, ke la mondo estas bela kaj tio igas la homojn pli bonaj, pli noblaj.

Jes, Alina pravas. Lia destino estas la pentrado. Rosen jam de la infaneco ŝatis pentri. Tiam li ofte iris al la vilaĝa rivero, sidis sub iu saliko kaj pentris la riveron, la bubalojn, kiuj somere dum la varmaj taĝoj, eniris la riveron, la infanojn, kiuj naĝis, la kampon, la monton··· Liaj gepatroj ne komprenis kial li pentras. Ili opiniis, ke la pentrado estas io ne necesa kaj anstataŭ pentri Rosen devas labori, devas helpi ilin.

-Vi nur pentras - riproĉis lin la patrino. - Vi devas purigi la korton, prifosi la ĝardenon, kolekti legomojn kaj fruktojn. Kial vi pentras? Ni multe da mono elspezas por aĉeti al vi foliojn, krajonojn, farbojn···

Rosen tamen ne ĉesis pentri. Ja, ĉiu homo havas ŝatokupon. Lia ŝatokupo estas la pentrado. Tio igas lin ĝoja kaj feliĉa. Alina same havis ŝatokupon. Ŝi ege ŝatis legi poemojn kaj ofte ŝi voĉe legis iun poemon al Rosen. Vespere, kiam ekstere estis mallumo aŭ pluvis, ili sidis en la mansardo de Rosen. Alina legis. Ŝia voĉo estis mola, melodia. aŭskultante la voĉon de Alina, Rosen kvazaŭ enpaŝis miraklan mondon. Rosen ankoraŭ ne kuraĝis demandi Alinan ĉu ŝi akceptos esti lia edzino. Nun Alina travivas tre malfacilan periodon en sia vivo. Tamen Rosen vidas, ke ŝi ne malesperiĝas kaj tio plaĉas al li.

22.

Estis la tria horo posttagmeze, kiam la telefono en la oficejo de Nikolaj Rangelov eksonoris. Li levis la aŭskultilon.

-Ĉu sinjoro Rangelov? - demandis viro.

-Jes.

-Telefonas al vi advokato Pavel Kindev.

Rangelov iom enpensiĝis. Li ne konis tiun ĉi advokaton.

-Ĉu via nomo estas Kindev? - demandis Rangelov.

-Jes.

-Pri kio temas, sinjoro Kindev?

-La problemo, pri kiu mi ŝatas paroli kun vi, ne eblas esti diskutata telefone - diris Kindev. - Kiam mi vizitus vin en via oficejo?

-Bonvolu veni morgaŭ antaŭtagmeze - proponis Rangelov. - Eble vi scias kie troviĝas mia oficejo: strato "Tulipo" 7, dua etaĝo, oficejo 11.

-Jes, mi scias la adreson - diris Kindev. - Morgaŭ je la deka horo mi estos ĉe vi.

-Ĝis morgaŭ - diris Rangelov kaj remetis la telefonaŭskultilon.

Li iom cerbumis. Kiu estas tiu ĉi Kindev kaj pri kio li deziras paroli kun mi? Bone, morgaŭ mi ekscios pri kio temas - diris al si mem Rangelov.

Li malfermis dosierujon kaj komencis trafoliumi la dokumentojn en ĝi. Estis la materialoj, kiujn li sukcesis kolekti pri la patrino de Alina. La kolektado ne estis facila. Rangelov devis esti en diversaj instancoj kaj paroli kun diversaj personoj. Eĉ li veturis al la provinca urbo Brez.

Nun li estis kontenta, ke li sukcesis eksii kiu estas la patrino de Alina. Tamen tio, kion li eksciis ege surprizis lin. Nun Darina Petrova Hristozova nomiĝis Darina Petrova Vladova, ĉar la familia nomo de ŝia edzo estas Vladov. Laŭ la kutimo post la geedziĝo la edzino transprenas la familian nomon de la edzo.

La familia nomo Vladov iom malfaciligis la serĉadon. Rangelov ne renkontiĝis persone kun Darina, sed li parolis kun personoj, kiuj bone konas ŝin. Bedaŭrinde ili konis ŝin de la tempo, kiam ŝi edziniĝis al Danail Vladov. Rangelov trovis nur du personojn, kiuj konis Darinan, kiam ŝi estis juna. La unua estis viro, iama ŝia najbaro en urbo Brez kaj la alia estis virino, ŝia samklasanino de la gimnazio.

Darina Hristozova naskiĝis kaj loĝis en urbo Brez, sed ŝi lernis en la gimnazio en urbo Radnak kaj poste ŝi studis en la ĉefurbo. Ŝi edziniĝis al Danail Vladov kaj nun ŝi loĝas en la ĉefurbo.

Rangelov malrapide trarigardis ĉiujn informojn pri Darina Vladova. Li jam povis telefoni al Alina kaj diri, ke li trovis ŝian patrinon.

Rangelov malfermis alian dosierujon. Kvindekjara sinjoro komisiis lin spioni la edzinon. Tio estis pli facila tasko. Oni ofte komisiis al Rangelov similajn taskojn. Tiu ĉi kvindekjara sinjoro estis riĉa. Li posedis komercan firmon, kiu liveris varojn el Germanio. Lia edzino, kiu estis juna kaj bela, kokris lin. Tamen ne estis facile spioni ŝin. Dum longa tempo Rangelov ne sukcesis konstati kiel ŝi kokras la edzon. Aŭ ŝi estis tre sperta, aŭ Rangelov ne havis bonŝancon. Li rigardis ŝian

brakhorloĝon. Estis tempo denove postsekvi la edzinon de
la komercisto, kies familio loĝis en luksa domo ekster la
ĉefurbo. Nun la komercisto estis en Germanio kaj la
edzino - sola hejme.

Rangelov iris el la oficejo kaj per la aŭto ekveturis al
kvartalo "Tilioj".

23.

Advokato Pavel Kindev estis korpulenta viro kun
rondforma vizaĝo kaj etaj grizkoloraj okuloj. Lia hararo
similis al erinacaj pikiloj. Li aspektis kolera kaj Rangelov
tuj konjektis, ke la konversacio kun li estos malagrabla.

-Pri kio temas, sinjoro Kindev? - demandis Rangelov.

-Temas pri sinjorino Darina Vladova - respondis la
advokato.

-Jes, mi nun komprenas? - diris Rangelov.

-Sinjorino Vladova deziras ekscii kial vi interesiĝas pri
ŝi.

-Certe ŝi bone scias kial - diris iom ironie Rangelov.

-Vi tute ne rajtas interesiĝi pri sinjorino Vladova -
avertis lin Kindev.

-Sinjoro Kindev, ni vivas en demokratia sociordo kaj
ĉiu rajtas scii ĉion.

-Sinjorino Vladova estas estimata kaj altranga persono,
vicministro pri Sanprotektado. Ŝia edzo Danail Vladov
estas parlamentano. Ilia familio estas fama. Kial necesas

interesiĝi pri ili? - demandis denove Kindev.

-Ĝuste tial estas bone scii kiu estis sinjorino Vladova kaj kia estis ŝia pasinteco - emfazis Rangelov.

-Nenio interesa okazis en ŝia pasinteco! - diris firme Kindev.

-Certe vi ne scias, ke kiam sinjorino Vladova estis studentino, ŝi naskis infanon, kiun oni adoptis - diris Rangelov.

Kindev ekstuporis. Tio embarasis lin kaj li rigardis Rangelov per larĝe malfermitaj okuloj.

-Ĉu tio estas vero?

-Jes. La filino, kiun sinjorino Vladova naskis, jam estas dudekjara studentino, ŝi venis al mi kaj ŝi petis, ke mi trovu ŝian patrinon. Kaj mi trovis sinjorinon Vladova.

Ekestis longa silento. Kindev senmove rigardis Rangelov. La advokato estis profunde surprizita kaj similis al kaptita besto, kiu ne povas eskapi.

-Do, nun estas klare kial vi interesiĝas pri sinjorino Vladova - konkludis li.

Dum iom da tempo Kindev nenion diris. Verŝajne li pripensis ion kaj malrapide ekparolis:

-Kiam oni estas junaj, vole aŭ nevole oni eraras···

-Sed pli kaj malpli frue ĉiu pagas pri siaj eraroj - rimarkis Rangelov.

-Sed kio okazos, se la socio ekscius tion - diris maltrankvile Kindev. - Estos granda skandalo. La ĵurnalistoj krucumos sinjorinon Vladova! Ja, la socio ne senkulpigas tian pekon kaj certe sinjoro Vladov ne scias, ke lia edzino naskis infanon, kiam ŝi estis studentino.

-Jes mi komprenas, sed ⋯ - komencis Rangelov.

Kolerema Kindev ne lasis lin daŭrigi.

-Ĉu vi deziras detrui la familian vivon de sinjorino Vladova? - demandis li ekscitita. - Aŭ eble vi deziras ĉantaĝi sinjorinon Vladova?

-Tute ne! - diris Rangelov.

-Atentu! Vi komencis danĝeran ludon! Vi aŭdacas levi la kurtenon pri la pasinteco de sinjorino Vladova kaj vi tre bedaŭros. Forgesu tion, kion vi jam eksciis kaj diru al la studentino, ke vi ne trovis ŝian patrinon.

-Ĉu vi minacas min? - demandis Rangelov kolere. - Mi estas privata detektivo kaj neniu rajtas diri al mi kion mi forgesu kaj kion - ne! Kion mi faru kaj kion mi ne faru!

-Vi eraras! Vi pagos multe pri via obstino!

-Ne provu minaci min - diris Rangelov.

-Vi ne estas la persono, kiu devas juĝi sinjorinon Vladova - replikis Kindev. - Ankoraŭfoje mi avertas vin. Vi enpaŝis minan kampon, kiu tuj eksplodos.

-Ne timigu min! - ekridetis Rangelov. - Mi eĉ kompatas sinjorinon Vladova. Ŝi estis juna - eraris, sed diru al ŝi, ke ŝia filino deziras renkontiĝi kun ŝi. Sinjorino Vladova pripensu ĉu post tiom da jaroj ŝi deziras vidi sian plenaĝan filinon.

Post mallonga silento Kindev iom trankviliĝis.

-Bone, mi parolos kun sinjorino Vladova kaj mi telefonos al vi.

-Sciu, sinjoro Kindev, mi ne deziras kompromiti

sinjorinon Vladova. Ŝi mem decidu kiel ŝi agu.

Kindev malrapide ekstaris, diris ĝis revido kaj foriris.

Irante sur la strato, Kindev ne ĉesis pensi pri la konversacio kun Rangelov. Li devis tuj renkonti Darina Vladova kaj informi ŝin pri la malagrabla konversacio.

Jam de jaroj familio Kindev kaj familio Vladov estis amikaj familioj. Ili kutimis gasti unu al alia, kune festi plurajn festojn. Ĝis nun Kindev opiniis, ke li bone konas Darinan, sed jen li eksciis ion, kion li eĉ ne supozis pri ŝi. Darina naskis filinon, kiam ŝi estis studentino. Tio estis skandala novaĵo. Kindev ĉiam opiniis, ke Darina estas modesta honesta virino. Ja, Darina naskiĝis en provinca urbo, kie la moralaj reguloj estis severaj. Kindev demandis sin kio okazos se Danail Vladov eksciu pri la filino de Darina. Ĉu li eksedziĝos? Tio estos katastrofo por familio Vladov. Darina kaj Danail havas du filojn ĝemelojn, kiuj estas gimnazianoj. Kiel la filoj reagos, kiam ili eksciis, ke ili havas fratinon, kiun ili ĝis nun ne konas. Kindev konsciis, ke la problemo estas tre malsimpla kaj ĝi provokos plurajn malagrablaĵojn.

Irante piede de la oficejo de Rangelov, li nerimarkeble atingis la centron de la urbo, kie sur placo "Respubliko" estis la Ministerio pri Sanprotektado. Kindev elprenis sian poŝtelefonon kaj telefonis al Darina.

–Saluton – diris li. – Mi devas paroli kun vi.

–Bone – diris Darina. – Atendu min ĉe la enirejo de la ministerio. Mi venos.

Post dek minutoj, Darina aperis kaj diris:

-Proksime estas kafejo "Printempo", ni iru tien.

Ili trapaŝis la placon kaj eniris la kafejon. En tiu ĉi antaŭtagmeza horo en la kafejo estis malmultaj homoj. Darina kaj Kindev sidis ĉe tablo kaj mendis kafon.

-Kio okazis? Ĉu vi parolis kun la privata detektivo? - demandis Darina.

Kindev ne tuj respondis. Li alrigardis ŝin. Jam kvardekjara Darina estis tre bela. Ŝi havis nigran krispan hararon, sukoplenajn lipojn kaj okulojn, kiuj brilis smeralde. Preskaŭ ĉiam ŝi kare ridetis. Nun Darina estis vestita en moderna ĉerizkolora robo. Rigardante ŝin Kindev diris al si: "Kiam ŝi estis studentino, ŝi certe estis tre, tre bela."

-La problemo estas delikata kaj maltrankviliga - komencis paroli Kindev.

-Pri kio temas, kial la privata detektivo interesiĝas pri mi? - demandis Darina kolere.

-Li eksciis, ke kiam vi estis studentino, vi naskis filinon, kiun oni adoptis - diris Kindev.

Darina kvazaŭ ŝtoniĝis. Ŝi ne atendis aŭdi tion. Ŝi tiel rigardis Kindev kvazaŭ neniam en la vivo ŝi vidis lin. Ŝi silentis. Ŝia vizaĝo iĝis blanka kiel tolo kaj ombro vualis ŝian rigardon.

-Ĉu la detektivo deziras ĉantaĝi aŭ kompromiti min? - demandis Darina maltrankvile.

-Ne. Via filino, kiu jam estas studentino, estis ĉe li kaj deziras renkontiĝi kun vi.

Dum minuto Darina diris nenion.

-Mi komprenas - flustris ŝi.

-La detektivo diris, ke vi pripensu ĉu vi deziras renkontiĝi kun via filino. Se vi ne deziras renkontiĝi kun ŝi, la detektivo forgesos ĉion, kion li eksciis pri vi. Mi promesis telefoni al li kaj diri vian decidon.

Darina daŭre silentis.

Kion ŝi pensas - demandis sin Kindev - pri kio ŝi meditas?

Post iom da tempo Darina ekparolis:

-Bone. Mi telefonos al la detektivo.

Ŝi vokis la kelnerinon kaj pagis la kafojn.

-Mi devas reveni en la ministerion - diris Darina. - Dankon pro la helpo. Ni renkontiĝos denove.

-Vi scias, ke mi ĉiam pretas helpi vin - diris Kindev.

Ambaŭ iris el la kafejo kaj ekis al diversaj direktoj. Kindev rigardis post Darina. Ŝi paŝis rapide. Ja, Darina estas la plej bela virino, kiun mi vidis en mia vivo - diris al si mem Kindev.

Darina kvazaŭ ne paŝis, sed glisis super la strato.

24.

Jam tutan semajnon Darina estis streĉita kaj kvazaŭ fajro bruligis ŝin. La penso pri la filino, kiun iam ŝi forlasis, renversis ŝian vivon. Darina havis la senton, ke ŝi falis en abismon, el kiu ŝi ne povas eliri. Ĝis nun ŝia vivo estis trankvila kaj similis al aŭto, kiu veturas sur rekta kaj glata vojo, sed subite okazis katastrofo.

Ĉiun matenon Darina vekiĝis kaj la kapo doloris ŝin terure. Dum la tuta tago ŝi kvazaŭ estis en vakuo. En la ministerio la gekolegoj parolis ion al ŝi, demandis ŝin, sed Darina ne aŭdis ilin kaj ne respondis al ili. Ŝia sekretariino eniris ŝian kabineton, raportis pri io. Darina respondis nenion aŭ ŝi nur diris "bone", rigardante al la senlimo. La sekretariino, simpatia junulino, ne komprenis kio okazas al Darina. La sekretariino estis maltrankvila kaj demandis ŝin ĉu Darina malsanas aŭ ŝi havas ian grandan problemon.

Ĝis nun Darina ĉiam estis kara afabla vigla. Rideto lumigis ŝian vizaĝon, sed nun ŝi kvazaŭ estus en alia mondo, nekonata kaj malproksima.

Nokte Darina ne povis dormi kaj ofte ŝi sonĝis bebon, kiu ploras kaj etendas al ŝi brakojn. Sonĝe Darina deziras krii: "Kie estas tiu ĉi bebo, kiu ploras?"

Danail vidis, ke Darina ne fartas bone kaj li demandis sin: "Kio okazas al ŝi?"

Fojfoje li demandis Darinan:

-Ĉu vi bone fartas?

Darina nur respondis:

-Jes, kompreneble.

Kiel filmo, ripetiĝanta plurfoje, Darina vidis sian ĝisnunan vivon. Jen, ŝi estas knabino en la malgranda provinca urbo Brez. Ŝia patro estas poŝtisto kaj ŝia patrino - flegistino en la urba malsanulejo. La familio vivas silente kaj modeste. Darina tamen revas loĝi en granda urbo, ŝia vivo estu alloga kun multe da amikoj. En la provinca urbo la vivo estas enua, banala, monotona. La tagoj pasas malrapide kiel la irado de lacaj bubaloj. La homoj similas al ombroj. Ili laboras, manĝas, dormas, eldiras samajn vortojn kaj frazojn.

Darina deziris esti bona lernantino, studi medicinon, forlasi la urbon kaj loĝi en la ĉefurbo. Tiuj ĉi ŝiaj revoj realiĝis. Ŝi iĝis studentino en la ĉefurbo, sed jam dum la unua studjaro ŝi freneze enamiĝis kaj gravediĝis. Ŝi tre bone sciis, ke la gepatroj akuzos ŝin. Laŭ ili tio estas granda peko kaj eĉ krimo. Ili ne povus elteni tiun ĉi teruran honton. La parencoj kaj konatoj komencos klaĉi kaj nomos Darinan malĉastulino. Ĉiuj primokos kaj malestimos ŝin. Darina devis kaŝi, ke ŝi gravediĝis kaj naskis infanon. Nek la gepatroj, nek la parencoj, nek la geamikoj eksciis, ke ŝi naskis. Darina nomis la filinon Kamelia. La familio, kiu adoptis Kamelian, malpermesis al Darina plu vidi la filinon. Darina devis forgesi la filinon, ne devis serĉi kaj interesiĝi pri ŝi.

Post la nasko Darina daŭrigis studi kaj kiam ŝi finis la studadon, ŝi edziniĝis al Danail Vladov. Tiam li studis juron, estis diligenta ambicia studento. Danail aktive okupiĝis pri politiko kaj iĝis membro de la Respublikana partio, la plej granda partio en la lando. Iom post iom Danail okupis altajn postenojn en la partio kaj iĝis deputito. Darina ankaŭ aktivis socie kaj partoprenis en la landa politika agado. Dum mallonga tempo ŝi estis kuracistino en granda ĉefurba malsanulejo kaj poste eklaboris en la Ministerio pri la Sanprotektado. Post kelkaj jaroj ŝi iĝis vicministro.

Dum dudek jaroj Darina nenion sciis pri sia filino, sed nun kvazaŭ eksplodis bombo. Ŝi senĉese demandis sin: "Kiel aspektas mia filino? Kiel ŝi fartas? Se mi renkontus ŝin, kiel ŝi reagos? Ĉu ŝi riproĉos min, ke mi naskis kaj forlasis ŝin? Ja, ni renkontiĝos kiel du tute nekonataj virinoj."

25.

Estis junia posttagmezo. La suno lante subiris kaj orumis la arbfoliojn. Blovis agrabla vento. Sur la strato svarmis homoj, kiuj post la fino de la labortago rapidis hejmen. Iuj el ili eniris vendejojn por aĉetadi, aliaj estis ĉe la busaj kaj tramaj haltejoj.

Darina iris el la ministerio. La ofica aŭto atendis ŝin. La ŝoforo, nigrahara junulo, afable malfermis la aŭtopordon antaŭ ŝi. Darina eniris kaj la aŭto ekveturis.

La domo de Darina troviĝis en la plej eleganta ĉefurba kvartalo, en kiu loĝis ministroj, deputitoj, diplomatoj. Darina sidis silente en la aŭto kaj maltrankvile meditis. Ĉi-vespere ŝi diros al la edzo kaj al la filoj pri ŝia filino, sed kio okazos? Ĉu tio estos la fino de ŝia familia vivo?

La aŭto haltis. Darina diris ĝis revido al la ŝoforo kaj eniris la domon. Ĉi-tie ĉio estis kiel dum ĉiu ordinara tago. La filoj Boris kaj Viktor estis en sia ĉambro antaŭ la komputiloj.

Iom post Darina venis Danail. Li aspektis laca. Hodiaŭ en la parlamento estis streĉita tago. Oni diskutis pri la akcepto de financa leĝo.

Darina preparis la vespermanĝon kaj ili kvarope sidis ĉe la tablo vespermanĝi. La filoj manĝis plezure, sed Darina malfacile traglutis la panpecetojn. Ŝi ŝvitis kaj ŝia koro forte batis. Darina atendis la finon de la vespermanĝo, por ke ŝi diru al ili la neatenditan novaĵon. Finfine la vespermanĝo finiĝis. La filoj rapidis ekstari de la tablo, sed Darina haltigis ilin.

-Mi deziras diri al vi ion gravan - ekparolis ŝi.

Danail, Viktor kaj Boris alrigardis ŝin. Certe ili diris al ŝi: "Eble la novaĵo tute ne estas grava."

-Mi diros al vi ion, kion vi devas scii - daŭrigis Darina. - Ĝis nun tio estis mia sekreto.

La triopo strabis ŝin maltrankvile. Subite ili komprenis, ke vere temas pri io grava. Darina malrapide ekparolis:

-Antaŭ dudek jaroj mi naskis filinon.

Ekestis profunda silento.

Danail, Viktor kaj Boris streĉe rigardis Darinan.

-Tio estis mia sekreto - flustris Darina.

Danail mallaŭte diris:

-Tio ne estas sekreto. Mi sciis, sed neniam mi menciis tion al vi.

Darina miris, sidanta senmove.

-Ĉu vi sciis?

-Jes. Tiam vi estis tre juna kaj via amo estis tre fort
a⋯

Danail turnis sin al la filoj.

-Por vi, Boris kaj Viktor, tio estas bona novaĵo. Vi
havas fratinon.

Darina silentis. En ŝiaj okuloj aperis larmoj.

-Kiel nomiĝas nia fratino? - demandis Boris.

-Mi ne scias kiel nun ŝi nomiĝas. Kiam mi naskis ŝin,
mi nomis ŝin Kamelia, sed oni adoptis ŝin kaj certe ŝi
havas alian nomon. De tiam mi ne vidis sin, sed baldaŭ
mi renkontigos kun si.

Iom post iom Darina komencis trankviliĝi kaj kvazaŭ
neordinara lumo lumigis ŝin. Post dudek jaroj ŝi vidos
ŝian filinon. Ŝi estos patrino de tri gefiloj. Darina eksciis
la strebojn, la revojn de sia filino.

Vespere, antaŭ la enlitiĝo, Darina demandis Danail:

-Do, vi ĉiam sciis, ke iam mi naskis filinon?

-Jes.

-Kaj vi eĉ vorton ne diris al mi.

-Mi amas vin. Tiam vi estis tre juna, sed pli gravas, ke
vi donis vivon, vi ne mortigis vian idon. Aliaj virinoj eble
preferos aborti, sed vi decidis naski. La knabino estis
adoptita kaj certe la homoj, kiuj adoptis ŝin, estis feliĉaj.

-Dankon - flustris Darina. - Mi ne demandos vin kiel
kaj kiam vi eksciis tion.

-Ne estis malfacile ekscii. Ĉiam ekzistas homoj, kiuj
pretas informi pri ĉio. Ilia sola deziro estas damaĝi, fari

malbonaĵon. Ili envias al aliaj homoj. Ili envias, ke aliaj homoj havas bonajn familiojn, bone salajras, ke ilia vivo estas trankvila. Tial ili deziras damaĝi.

-Tia estas la mondo, en kiu ni vivas - diris Darina. - Ĝi estas kaj blanka, kaj nigra.

-Mi ĝojus vidi vian filinon - diris Danail.

-Vi vidos ŝin. Ŝi devas koni vin kaj siajn fratojn. Ŝi, Boris kaj Viktor estos kune.

-Estos bonege. Du fratoj kaj fratino - diris Danail.

Dum tiu ĉi nokto, Darina dormis profonde kaj trankvile. Matene, kiam ŝi vekiĝis, ŝi havis la senton, ke ŝi sonĝis tre belan sonĝon, sed bedaŭrinde ŝi ne memoris ĝin. Dum iom da tempo Darina provis rememori la sonĝon, sed vane.

Boris kaj Viktor preparis sin por ekiri al la lernejo. Ĝis la fino de la lernojaro estis nur semajno. Darina faris la matenmanĝon. Ŝi boligis teon kaj metis sur la tablon mielon, buteron, ŝinkon, fromaĝon, fruktojn. Ili kvarope sidis ĉe la tablo matenmanĝi.

-Ankaŭ hodiaŭ estos streĉita tago - diris Danail. - En la parlamento ni diskutos denove pri la financa leĝo.

-Mi certas, ke la hodiaŭa tago estos bela - ridetis Darina.

Post la matenmanĝo Boris kaj Viktor diris ĝis revido kaj ekiris. Darina eliris post ili. Sur la strato atendis ŝin la ofica aŭto.

-Bonan matenon, sinjorino Vladova - salutis ŝin la

ŝoforo.

-Bonan matenon. Kiel vi fartas? - demandis Darina lin.

-Dankon bone.

La ŝoforo iom miris. Hodiaŭ Darina havis bonhumoron. Rideto lumigis ŝian belan vizaĝon kaj ŝiaj okuloj brilis. La aŭto haltis antaŭ la ministerio. Darina rapide eniris sian kabineton. Post kelkaj minutoj venis la sekretariino, kiu informis ŝin pri la hodiaŭaj taskoj. Darina atente aŭskultis. Antaŭtagmeze Darina havos du oficajn renkontiĝojn. Ŝi petis la sekretariinon, ke la renkontiĝoj estu por la morgaŭa tago.

-Jes, sinjorino Vladova, - diris la sekretariino kaj iris el la kabineto.

La sekretariino same kiel la ŝoforo miris, ke hodiaŭ Darina estas gaja, bonhumora. Kio okazis al ŝi - demandis sin la sekretariino. - Certe io tre bona.

Post la eliro de la sekretariino, Darina elprenis sian poŝtelefonon kaj telefonis.

-Ĉu sinjoro Rangelov? - demandis ŝi.

-Jes.

-Telefonas Darina Vladova.

-Bonan matenon, sinjorino Vladova - diris Rangelov.

-Mi deziras danki vin - diris Darina. - Mia advokato, sinjoro Kindev, informis min pri via konversacio.

Rangelov aŭskultis.

-Bonvolu doni al mi la telefonnumeron de mia filino. Mi deziras telefoni al ŝi.

-Tuj mi donos ĝin - kaj Rangelov diris la

telefonnumeron de Alina.

-Koran dankon, sinjoro Rangelov. Mi deziras al vi sukceson kaj bonan tagon.

Darina demandis sin - ĉu mi sukcesos renkonti ŝin? Ĉu ŝi similas al mi? Kiel ŝi parolas? Kiel ŝi ridetas?

La demandoj estis multaj.

26.

Rangelov rigardis la ekranon de la komputilo, sur kiu videblis foto de la vicministro pri la Sanprotektado Darina Vladova.

-Ŝi vere estas tre bela kaj alloga virino - diris al si mem Rangelov. - Do, post dudek jaroj vicministro Vladova renkontiĝos kun sia filino.

Rangelov rememoris la tagon, kiam Alina kaj Rosen venis al li peti lian helpon trovi la patrinon de Alina. Tiam Alina estis maltrankvila, malĝoja, ŝi ne certis, ke Rangelov sukcesos trovi la patrinon. Tamen li sukcesis.

Rangelov prenis la telefonon kaj telefonis al Alina.

-Saluton - diris li. - Mi havas bonan novaĵon.

-Ĉu vi trovis mian patrinon? - preskaŭ ekkriis Alina emociita.

-Jes.

-Kiu ŝi estas? Kie ŝi loĝas? Kiel ŝi nomiĝas? - Alina superŝutis Rangelov per demandoj.

-Trankviliĝu. Mi diros ĉion al vi. Bonvolu veni en mian

oficejon.

-Kiam? - demandis Alina.

-Venu morgaŭ.

-Ĉu mi povus veni hodiaŭ?

-Bone, venu.

-Dankon! Koran dankon! - ĝoje diris Alina.

Post la telefonparolado kun Rangelov, Alina tuj telefonis al Rosen.

-Kara mia, Rangelov trovis mian patrinon! - diris Alina al Rosen.

-Ĉu? Kiu ŝi estas?

-Ni iru en lian oficejon kaj li diros ĉion al ni.

-Bonege, mi venos preni vin kaj ni iros - diris Rosen.

Rosen rapide preparis sin kaj per la aŭto li iris al la domo de Alina, kiu atendis lin ĉe la pordo de la korto.

Kiam Rosen kaj Alina eniris la oficejon de Rangelov, li renkontis ilin kare ridetanta.

-Alina - diris Rangelov. - La nomo de via patrino estas Darina Petrova Vladova. Ŝi estas vicministro pri la Sanprotektado kaj ŝi deziras renkontiĝi kun vi.

Alina rigardis Rangelov kaj ne kredis liajn vortojn. Ĉu ŝia patrino estas vicministro? Ĉu vere ŝi deziras, ke ili renkontiĝu?

-Dankon - flustris Alina. - Koran dankon, sinjoro Rangelov.

La vizaĝo de Alina estis ruĝa kiel tomato. Ŝi tremis pro la forta emocio kaj eĉ vorton ne povis plu diri.

-Mi esperas, ke nun vi jam estas trankvila. Vi vidos vian patrinon - diris Rangelov.

Kiam Rosen kaj Alina iris el la oficejo de la detektivo, Alina diris:

-Nun mi estas pli embarasita. Mi ne povas imagi kia estos la renkontiĝo kun mia patrino. Mi vidos tute nekontan virinon kaj mi ne scias kion mi diru al ŝi. Mi ne povos diri "panjo". Kiel mi parolu kun ŝi? Mi estas ege, ege maltrankvila.

-Trankviliĝu - diris Rosen. - Ĉio estos en ordo. Eble ankaŭ ŝi estas maltrankvila. Post dudek jaroj ŝi vidos vin. Tio estos impona renkontiĝo.

Jes - meditis Alina. - Venis la momento, kiam mi vidos mian patrinon. Kiom multe mi deziris tion! Mi sonĝis ŝin, mi pense parolis kun ŝi.

Tamen Alina tute ne supozis, ke ŝia patrino estas vicministro. Alina opiniis, ke ŝi estas ordinara virino, kiu eble loĝas en malgranda provinca urbo, ke ŝi havas familion, infanojn, ke ŝi verŝajne estas instruistino aŭ vendistino en iu vendejo. Nun Alina eksciis, ke ŝi estas vicministro kaj tio ne nur surprizis ŝin, sed forte maltrankviligis ŝin. Alina eĉ konsterniĝis. Kiel ŝia patrino iĝis vicministro? Kia estis ŝia vivo? Kion ŝi studis, pri kio ŝi okupiĝis?

Alina kaj Rosen eniris dolĉaĵejon.

-Trinku iun sukon por ke vi trankviliĝu - proponis Rosen.

Rosen mendis du pomsukojn. La kelnerino alportis ilin. Alina trinkis iomete kaj diris:

-Mi ne povas trankviliĝi.

En tiu ĉi momento ŝia telefono subite eksonoris. Per tremanta mano Alina prenis ĝin.

-Halo - tramurmuris Alina.

-Saluton, Alina, mi estas via patrino - diris Darina. - Mi deziras tuj vidi vin, se eblas.

-Jes.

-Certe vi scias kie troviĝas la ministerio pri la Sanprotektado. Proksime al la ministerio sur placo "Respubliko" estas kafejo "Printempo". Post duonhoro mi estos tie kaj mi atendos vin.

-Dankon. Mi venos - diris Alina kaj alrigardis Rosen. - Ŝi atendos min en kafejo "Printempo". Ni ofte estis tie kaj mi neniam supozis, ke kontraŭ la kafejo en la Ministerio pri la Sanprotektado estas mia patrino.

-Vi iru - diris Rosen. - Dum tiu ĉi unua renkontiĝo devas esti nur vi kaj ŝi. Post la renkontiĝo telefonu al mi.

Rosen pagis la pomsukojn kaj Alina ekiris al la kafejo "Printempo".

27.

Alina eniris la kafejon "Printempo" kaj ĉirkaŭrigardis. Ŝi demandis sin: "Ĉu mia patrino estas nigrahara aŭ blonda? Kiaj estas ŝiaj okuloj? Kiel ŝi estas vestita?"

En la kafejo videblis kelkaj virinoj. Du el ili sidis ĉe tablo kun viro. Virino estis sola ĉe tablo, proksime al la enirejo kaj Alina iris al ŝi. La virino estis svelta kun nigra krispa hararo, helverdaj okuloj, rekta nazo, delikataj brovoj kaj teneraj lipoj. Ŝi surhavis modernan marbluan robon. Kiam la virino vidis Alinan, ŝi tuj ekstaris, faris kelkajn paŝojn kaj forte ĉirkaŭbrakis Alinan. Alina premis sin al ŝi kaj flustris:

-Panjo!

Tiu ĉi vorto kvazaŭ eligis el la koro de Alina.

Multfoje antaŭe Alina imagis la unuan renkontiĝon kun sia patrino, sed ŝi ne certis, ke ŝi povus diri la vorton "panjo".

-Alina!

En unu sama momento en la okuloj de Alina kaj de Darina ekbrilis larmoj.

-Tre bela vi estas! - diris Darina. - Mi supozis, ke mi vidos malgrandan knabinon, sed nun antaŭ mi estas bela ĉarma junulino.

Ambaŭ sidis ĉe tablo kaj Darina vokis la kelnerinon.

-Ĉu vi ŝatas oranĝan sukon? - demandis Darina.

-Jes.

-Pardonu min, sed mi ne scias kion vi ŝatas, kion vi preferas. Mi esperas, ke baldaŭ mi ekscios ĉion pri vi.

Alina rigardis ŝin kiel sorĉita kaj eĉ sonon ne povis prononci. Ĉu tiu ĉi eleganta bela virino estas mia patrino - demandis sin Alina. - Ankaŭ mi multon ne scias pri ŝi. Kiom da tempo estos necesa, ke ni ekkonu unu la alian?

-Viaj adoptaj gepatroj pereis en aŭtoakcidento. Akceptu miajn profundajn kondolencojn - diris Darina.

-Dankon - flustris Alina.

-Kiel nun vi loĝas sola? Por vi estas ege malfacile. Ĉu vi bezonas monon? Mi helpos vin. Ja, vi estas mia filino.

-Dankon. Mi ne bezonas monon.

Alina deziris aldoni "mi bezonas patrinan amon", sed ŝi eksilentis kaj ne diris tion.

Antaŭ Alina sidis ŝia patrino, sed Alina havis la senton, ke ŝi konversacias kun tute nekonata virino. La konversacio estis malfacila. Ŝajne Darina meditis kion demandi, pri kio paroli.

-Ĉu vi studas? - demandis Darina.

-Mi studas literaturon.

-Do, vi ŝatas la literaturon.

-Jes.

-Kiam mi lernis en la gimnazio, ankaŭ mi ŝatis la literaturon - diris Darina - eĉ tiam mi verkis poemojn, sed kiam mi finis gimnazion, mi decidis studi medicinon. Mi ŝatis la kemion, la biologion. En la gimnazio mi havis tre bonajn instruistojn pri tiuj ĉi studobjektoj.

-Kie vi naskiĝis kaj kie vi loĝis? - Alina ekkuraĝis demandi ion pli konkretan.

-Mi naskiĝis en la urbo Brez kaj mi loĝis tie, sed mi lernis en la gimnazio en la urbo Radnik. Ĉu vi iam estis en la urbo Brez?

-Neniam - respondis Alina.

-Iun tagon ni iros tien, por ke vi vidu mian naskan

urbon - proponis Darina. - Ĝi estas malgranda, sed bela urbo.

-Ĉu viaj gepatroj loĝas tie? - demandis Alina.

-Ili forpasis, sed tie estas la domo, en kiu mi loĝis. De tempo al tempo mi iras al Brez. Miaj la plej belaj infanaj jaroj pasis tie.

-Kian laboron faris viaj gepatroj, miaj geavoj? - ne ĉesis demandi Alina.

-Mia patro estis poŝtoficisto kaj mia patrino flegistino en la urba malsanulejo. Ili estis tre bonaj homoj.

-Ĉu vi havas fraton aŭ fratinon?

-Ne. Mi estis la sola infano de miaj gepatroj.

Alina rigardis ŝin. Ja, ankaŭ Alina estas la sola infano.

-Eble vi havas edzon? - demandis Alina.

-Mi havas edzon kaj du filojn - ĝemelojn Boris kaj Viktor, viaj fratoj. Ili estas gimnazianoj.

-Do, mi havas du fratojn - diris Alina.

-Vi baldaŭ vidos ilin.

-Kaj via edzo, kion li laboras?

-Li estas juristo, sed nun - deputito.

Ŝajnis al Alina, ke la okuloj de Darina forme similas al ŝiaj okuloj, sed la okuloj de Darina estis helverdaj. Tamen la hararoj de ambaŭ estas samaj - nigraj kaj krispaj.

Alina havis multajn demandojn, sed ŝi hezitis kaj ne kuraĝis demandi. Tamen ŝia scivolemo estis tre granda kaj ŝi demandis:

-Kiu estas mia patro?

Darina ne respondis tuj. Ŝi atendis tiun ĉi demandon

kaj nun ŝi kvazaŭ pripensis la respondon. Post iom da tempo Darina malrapide ekparolis:

-Via patro estis Teodor Kantilov - la profesoro.

Tio ŝokis Alinan. Ŝi malfermis large okulojn kaj stuporiĝis. Ĉu ŝi bone aŭdis la nomon? Alina streĉe rigardis Darinan kaj pene prononcis:

-Ĉu Teodor Kantilov estis mia patro? Sed kiel eblas? Ja, li kaj lia edzino Marta adoptis min.

Darina evitis rigardi Alinan. Ŝia rigardo estis direktita al la enirejo de la kafejo.

-Kiam mi studis medicinon - ekparolis Darina - via patro estis profesoro. Foje dum lia lekcio mi kaŝe legis poemaron. Estis libro de fama poeto kaj la poemoj estis tre belaj. Via patro ĉesis paroli, venis al la benko, kie mi sidis, kaj demandis min kion mi legas. Mi konfuziĝis kaj donis al li la poemaron.

Alina tuj rememoris, ke foje la patro rakontis al ŝi tion.

-Via patro prenis la poemaron - daŭrigis Darina - trafoliumis ĝin, tralegis rapide iun poemon kaj diris, ke vere la poemoj estas belaj kaj certe la poemaro estas pli alloga ol lia lekcio. Tamen li ne redonis al mi la libron. La venontan tagon mi iris en lian kabineton en la universitato.

-Kial?

-Por repreni de li mian libron. Li demandis min kiu estas mia ŝatata poeto. Poste li redonis mian libron kaj donis al mi alian libron, kiun li estis aĉetinta antaŭnelonge. Mi tralegis ĝin kaj post kelkaj tagoj mi redonis ĝin al li. Tiel ni komencis ofte renkontiĝi. Mi ekamis lin. Ja, li estis neordinara viro - saĝa, bela. Tiam ŝajnis al mi, ke mi ne povus vivi sen li, sed mi eĉ foje ne vidus lin. Mi iĝis graveda. Via patro ne povis divorci. Minacis nin granda skandalo! Profesoro gravedigis studentinon. Tamen lia edzino Marta eksciis pri nia amo. Marta ne povis gravediĝi. Tiam ŝi kaj via patro decidis, ke mi nasku kaj ili adoptos vin. Ili diris al mi, ke post la nasko mi forgesu vin. Mi ne rajtis plu vidi vin. Mi provis forgesi vin, tamen mi ofte sonĝis vin, mi pensis pri vi. Mia doloro estis tre granda, sed mi konsciis, ke mi kulpis. Mi ne devis enamiĝi en via patro.

Darina eksilentis. Kvazaŭ ombro kovris ŝian vizaĝon. Ŝiaj okuloj iĝis malhelaj. Eble ŝi rememoris la tempon, kiun ŝi pasigis kun la profesoro. Alina same silentis. Ŝi meditis pri ŝia patro, pri la profesoro Teodor Kantilov. Pli granda surprizo ne povis esti.

-Gravas, ke vi naskiĝis - diris Darina. - Jen, vi jam estas studentino kaj post tiom da jaroj ni denove estas kune - la patrino kaj la filino. Morgaŭ ni iros en mian domon kaj vi konatiĝos kun Boris kaj Viktor kaj kun mia edzo. Plu nenio povus disigi nin.

-Kial vi nomis min Kamelia? Ĉu tiu ĉi floro kamelio plaĉis al vi?

-Mi nomis vin Kamelia, ĉar mia patrino, via avino, nomiĝis Kamelia. Mi tre amis ŝin kaj mi deziris, ke estu memoro pri ŝi.

-Bedaŭrinde mi neniam vidos ŝin - diris Alina. - Mi ne konas viajn parencojn, kiuj estas same miaj.

-Vi konatiĝos kun iuj el ili - promesis Darina. - Tamen mi devas reveni en la ministerion. Darina ekstaris, ĉirkaŭbrakis kaj kisis Alinan.

-Ĝis morgaŭ.

-Ĝis revido, panjo -flustris Alina.

28.

La tagoj iĝis iom pli malvarmaj. La ĉielo tamen estis helblua kaj etaj nubetoj kiel blankaj velŝipoj naĝis tie alte. La folioj de la arboj flavis, ruĝis kaj ili aludis, ke la varma somero baldaŭ malaperos kaj venos la aŭtuno kiel bela junulino en vesto flavruĝa, portanta aromajn florojn kaj bongustajn fruktojn.

Alina bone sukcesis en la universitataj ekzamenoj. Dum la monato aŭgusto ŝi, Darina, Danail, Viktor kaj Boris du semajnojn pasigis ĉe la mara bordo. Ili ĝuis la maron kaj la belegan someran veteron.

Kiam ili revenis en la ĉefurbon, Alina tuj telefonis al Rosen, kiu dum la somero pentris kaj pretigis la pentraĵojn por la ekspozicio. Alina pasigis tagojn ĉe Rosen en la mansardo. Ŝi helpis lin, ŝi aĉetadis produktojn, kuiris la tagmanĝon, la vespermanĝon··· En la posttagmezaj horoj Alina kaj Rosen promenadis kaj fojfoje ili iris en kafejon "Printempo". Neniam antaŭe Alina supozis, ke kafejo "Printempo" estos tiel grava por ŝi. Ja, ĉi-tie ŝi renkontis unuan fojon sian patrinon.

Alina rakontis al Rosen pri la familio de Darina, pri ŝiaj fratoj Boris kaj Viktor. Rosen aŭskultis ŝin. Alina jam estas tute alia. Ŝiaj okuloj brilis kaj ŝi ĝojis. Ŝiaj maltrankvilo kaj streĉeco malaperis.

Semajnon antaŭ la inaŭguro de la ekspozicio, Rosen veturigis la pentraĵojn en la urba artgalerio. Tie oni pendigis la bildojn sur la muroj kaj aranĝis la ekspozicion. Ĝi estis impona. Alina rigardis la pentraĵojn kaj rememoris la iaman malproksiman tagon, kiam ŝi eniris la galerion sur la strato "Renesanco" por trarigardi la ekspozicion de juna nekonata pentristo, kiu poste iĝis ŝia la plej bona amiko.

La bildoj de Rosen radiis trankvilon, harmonion, lumon. Por la nova ekspozicio li pentris sian naskan domon en la vilaĝo, la vilaĝan riveron, la neordinarajn rokojn, kiuj similis al ŝtonigitaj homoj, la portretojn de siaj gepatroj kaj ankaŭ portreton de Alina.

La ekspozicio estis inaŭgurita la 6-an de septembro. En la galerion venis multaj homoj: pentristoj, amikoj de Rosen, konatoj. Estis Darina kaj Danail. Alina prezentis Rosen al Darina kaj Danail.

-Rosen estas mia amiko - diris Alina.

-Mi ĝojas kaj gratulas vin - Darina salutis Rosen.

- Mi deziras al vi ankoraŭ multajn ekspoziciojn - diris Danail.

La ekspozicion prezentis Efrem Kolev - profesoro en la

Belarta Akademio. Li parolis pri la talento de Rosen kaj pri lia sperto montri per la pentraĵoj la belecon de la mondo. Kolev emfazis, ke ĉiu detalo en la pentraĵoj simbolas la naturon kaj la vivon.

Rosen dankis al ĉiuj, kiuj venis por la inaŭguro de la ekspozicio kaj diris, ke pentrante, li montras la riĉecon de la mondo kaj la ĝojon de la homoj.

Post la inaŭguro Alina kaj Rosen ekiris piede al la mansardo de Rosen. La septembra vespero estis silenta. Sur la strȃtoj nevideblis homoj. Rosen kaj Alina paŝis malrapide. Rosen ĉirkaŭbrakis Alinan kaj diris:

-Vi estas mia inspiro! Mi dankas vin. Kiam mi estas kun vi, mi deziras pentri senĉese. Mi admiras vin! Vi travivis multajn malfacilaĵojn. Vi venkis multajn obstaklojn, vi trovis vian patrinon. Vi estas mirinda junulino, Sorĉistino!

저자에 대하여

율리안 모데스트는 1952년 5월 21일 불가리아의 소피아에서 태어났다. 1977년 소피아의 '성 클리멘트 오리드스키' 대학에서 불가리아어 문학을 공부했는데 1973년 에스페란토를 배우기 시작했다. 이미 대학에서 잡지 '불가리아 에스페란토사용자'에 에스페란토 기사와 시를 게재했다.

1977년부터 1985년까지 부다페스트에서 살면서 헝가리 에스페란토사용자와 결혼했다. 첫 번째 에스페란토 단편 소설을 그곳에서 출간했다. 부다페스트에서 단편 소설, 리뷰 및 기사를 통해 다양한 에스페란토 잡지에 적극적으로 기고했다. 그곳에서 그는 헝가리 젊은 작가 협회의 회원이었다.

1986년부터 1992년까지 소피아의 '성 클리멘트 오리드스키' 대학에서 에스페란토 강사로 재직하면서 언어, 원작 에스페란토 문학 및 에스페란토 운동의 역사를 가르쳤고, 1985년부터 1988년까지 불가리아 에스페란토 협회 출판사의 편집장을 역임했다.

1992년부터 1993년까지 불가리아 에스페란토 협회 회장을 지냈다.

현재 불가리아에서 가장 유명한 작가 중 한 명이다.

불가리아 작가 협회의 회원이며 에스페란토 PEN 클럽회원이다.

PRI LA VERKISTO

Julian Modest (Georgi Mihalkov) naskiĝis la 21-an de majo 1952 en Sofio, Bulgario. En 1977 li finis bulgaran filologion en Sofia Universitato "Sankta Kliment Ohridski", kie en 1973 li komencis lerni Esperanton. Jam en la universitato li aperigis Esperantajn artikolojn kaj poemojn en revuo "Bulgara Esperantisto".

De 1977 ĝis 1985 li loĝis en Budapeŝto, kie li edziĝis al hungara esperantistino. Tie aperis liaj unuaj Esperantaj noveloj. En Budapeŝto Julian Modest aktive kontribuis al diversaj Esperanto-revuoj per noveloj, recenzoj kaj artikoloj.

De 1986 ĝis 1992 Julian Modest estis lektoro pri Esperanto en Sofia Universitato "Sankta Kliment Ohridski", kie li instruis la lingvon, originalan Esperanto-literaturon kaj
historion de Esperanto-movado. De 1985 ĝis 1988 li estis ĉefredaktoro de la eldonejo de Bulgara Esperantista Asocio. En 1992-1993 li estis prezidanto de Bulgara Esperanto-Asocio.

Nuntempe li estas unu el la plej famaj bulgar-lingvaj verkistoj. Kaj li estas membro de Bulgara Verkista Asocio kaj Esperanta PEN-klubo.

율리안 모데스트의 저작들

-우리는 살 것이다!: 리디아 자멘호프에 대한 기록드라마
-황금의 포세이돈: 소설
-5월 비: 소설
-브라운 박사는 우리 안에 산다: 드라마
-신비한 빛: 단편 소설
-문학 수필: 수필
-바다별: 단편 소설
-꿈에서 방황: 짧은 이야기
-세기의 발명: 코미디
-문학 고백: 수필
-닫힌 조개: 단편 소설
-아름다운 꿈: 짧은 이야기
-과거로부터 온 남자: 짧은 이야기
-상어와 함께 춤을: 단편 소설
-수수께끼의 보물: 청소년을 위한 소설
-살인 경고: 추리 소설
-공원에서의 살인: 추리 소설
-고요한 아침: 추리 소설
-사랑과 증오: 추리 소설
-꿈의 사냥꾼: 단편 소설
-내 목소리를 잊지 마세요: 중편소설 2편
-인생의 오솔길을 지나: 여성 소설
-욤보르와 미키의 모험: 어린이책
-비밀 일기, 모해, 봄의 두려움 등

번역자의 말

2년만에 유명한 에스페란토 작가 율리안 모데스트의 책을 번역해서 출간합니다. 2024년에 나온 최신간, 독창적인 심리 소설 『알리나』로 독자들을 만납니다. 우리 말로 번역해서 출간하도록 허락해준 작가에게 감사드리며 전체적으로 읽고 싶다는 독자의 의견에 부응하여, 작은 글씨체로 우리 말을 먼저 싣고 큰 글씨체로 에스페란토 전문을 소개합니다.

정말로 삶은 예고 없이 우리를 어딘가로 밀어넣곤 합니다. 사랑하는 사람을 잃는 일, 믿고 있던 세계가 하루아침에 무너지는 일, 그리고 나 자신에 대해 전혀 몰랐던 진실과 마주하는 일. 이 소설은 그런 무게 있는 순간에서 시작됩니다.

주인공은 어느 날 갑작스레 교통사고로 부모를 잃고, 곧이어 집에 도둑까지 들어와 남겨진 것마저 빼앗깁니다. 더 이상 잃을 게 없다고 생각했던 그 순간, 그녀는 아버지의 오래된 메모장에서 '자신이 입양된 아이'라는 충격적인 사실을 알게 됩니다. 그 사실은 단지 출생의 비밀을 넘어서, 지금껏 살아온 삶 전체를 다시 돌아보게 하는 계기가 됩니다. 이 책을 구매하신 모든 분께 감사드립니다.

2025년 5월에
오태영(Mateno, 진달래 출판사 대표)